I0837304

LES

AUTEURS LATINS

EXPLIQUÉS D'APRÈS UNE MÉTHODE NOUVELLE

PAR DEUX TRADUCTIONS FRANÇAISES

Cet ouvrage a été expliqué, annoté et revu pour la traduction française par M. [illegible], professeur au collége royal de Dijon.

Paris. — Imprimerie de Crapelet, rue de Vaugirard, n° 9.

LES

AUTEURS LATINS

EXPLIQUÉS D'APRÈS UNE MÉTHODE NOUVELLE

PAR DEUX TRADUCTIONS FRANÇAISES

L'UNE LITTÉRALE ET JUXTALINÉAIRE PRÉSENTANT LE MOT À MOT FRANÇAIS
EN REGARD DES MOTS LATINS CORRESPONDANTS
L'AUTRE CORRECTE ET FIDÈLE PRÉCÉDÉE DU TEXTE LATIN

avec des sommaires et des notes

PAR UNE SOCIÉTÉ DE PROFESSEURS

ET DE LATINISTES

TÉRENCE

L'ANDRIENNE

PARIS

LIBRAIRIE DE L. HACHETTE

RUE PIERRE-SARRAZIN, N° 12

1845

AVIS.

On a réuni par des traits, dans la traduction juxtalinéaire, les mots français qui traduisent un seul mot latin.

On a imprimé en *italique* les mots qu'il était nécessaire d'ajouter pour rendre intelligible la phrase française, et qui n'avaient pas leur équivalent dans le latin.

Enfin, les mots placés entre parenthèses, dans le français, doivent être considérés comme une seconde explication, plus intelligible que la version latine.

ARGUMENT ANALYTIQUE.

Pamphile, jeune Athénien, s'était épris d'une jeune étrangère, et même avait résolu de l'épouser secrètement. Simon, son père, ayant eu l'éveil sur cet amour et désirant s'en assurer, feint de vouloir le marier le jour même à Philumène, fille de Chrémès, son ami, qui lui avait d'ailleurs été destinée précédemment. Pamphile, averti par son esclave que ce mariage n'est qu'une feinte, y consent. Trompé par ce consentement, Simon insiste auprès de Chrémès pour que le mariage ait lieu. Chrémès, qui sait l'engagement de Pamphile avec Glycérie, ne cède qu'après une vive résistance. Embarras de Pamphile, qui d'un côté n'ose résister à son père, et de l'autre ne peut se résoudre à abandonner sa maîtresse. Par bonheur pour lui, arrive d'Andros un certain Criton, vieillard de la connaissance de Chrémès et de Simon : il leur apprend que la jeune fille, connue sous le nom de Glycérie, n'est autre que Pasibule, seconde fille de Chrémès lui-même, laquelle on croyait morte depuis longtemps. Joie universelle : Pamphile épouse sa maîtresse, tandis que Charinus, son ami, obtient la main de Philumène, objet de tous ses vœux.

PUBLII TERENTII

ANDRIA.

PERSONÆ DRAMATIS.

SIMO, pater Pamphili.
PAMPHILUS, filius Simonis.
SOSIA, libertus Simonis.
DAVUS, } servi Simonis.
DROMO, } servi Simonis.
CHARINUS, amicus Pamphili.
BYRRHIA, servus Charini.
CHREMES, amicus Simonis, pater Philumenæ et Glycerii.
MYSIS, ancilla Glycerii.
LESBIA, obstetrix.
CRITO, senex ex Andro insula.

PERSONÆ MUTÆ.

ARCHILLIS, ancilla Glycerii.
Servi Simonis obsonia portantes.

Res agitur Athenis.

PROLOGUS [1].

Poeta, quum primum animum ad scribendum adpulit,
Id sibi negoti [2] credidit solum dari,
Populo ut placerent quas fecisset fabulas [3].
Verum aliter evenire multo intelligit :
Nam in prologis scribundis operam abutitur,

Lorsque notre poëte commença à travailler pour le théâtre, il crut que la seule chose qu'il avait à faire était de composer des pièces qui plussent au public ; mais il voit qu'il en est tout autrement, puisqu'on le force de perdre sa peine à écrire des prologues, non pour exposer

TÉRENCE.

L'ANDRIENNE.

PERSONNAGES DE LA PIÈCE.

SIMON, père de Pamphile.
PAMPHILE, fils de Simon.
SOSIE, affranchi de Simon.
DAVE, DROMON, esclaves de Simon.
CHARINUS, ami de Pamphile.
BYRRHIE, esclave de Charinus.
CHRÉMÈS, ami de Simon, père de Philumène et de Glycérie.
MYSIS, servante de Glycérie.
LESBIE, accoucheuse.
CRITON, vieillard de l'île d'Andros.

PERSONNAGES MUETS.

ARCHILLIS, servante de Glycérie.
Esclaves de Simon, portant des provisions.

L'action se passe à Athènes.

PROLOGUE.

Poeta,	*Notre* poëte,
quum primum	lorsque pour-la-première-fois
adpulit animum	il poussa (appliqua) *son* esprit
ad scribendum,	à écrire *des comédies*,
credidit id negoti solum	crut que cela de tâche (cette tâche) seul
dari sibi,	était donné (imposé) à lui *savoir*,
ut	que *les pièces*
quas fabulas fecisset	lesquelles pièces il aurait faites
placerent populo.	plussent au peuple.
Verum intelligit	Mais il comprend
evenire multo aliter :	qu'il *en* arrive bien autrement :
nam abutitur operam	car il perd *sa* peine
in scribundis prologis,	à écrire des prologues,
non qui narret	non pour qu'il expose

Non qui argumentum narret, sed qui malevoli
Veteris poetæ [1] maledictis respondeat.
Nunc, quam rem vitio dent, quæso, animum advortite [2].
Menander [3] fecit Andriam et Perinthiam [4] :
Qui utramvis recte norit, ambas noverit;
Non ita sunt dissimili argumento, sed tamen
Dissimili oratione sunt factæ ac stylo.
Quæ convenere, in Andriam ex Perinthia
Fatetur transtulisse, atque usum pro suis.
Id isti vituperant factum; atque in eo disputant,
Contaminari non decere fabulas.
Faciunt næ intelligendo ut nihil intelligant :
Qui quum hunc accusant, Nævium, Plautum, Ennium [5]
Accusant, quos hic noster auctores habet;
Quorum æmulari exoptat negligentiam
Potius quam istorum obscuram diligentiam.
Dehinc ut quiescant porro, moneo, et desinant

le sujet de ses comédies, mais pour répondre aux accusations du vieux poëte, son ennemi. Écoutez donc, je vous prie, ce qu'on reproche à notre auteur.

Ménandre a composé l'Andrienne et la Périnthienne: qui connaît une de ces pièces les connaît toutes deux, tant elles se ressemblent par le sujet, quoique différentes par la conduite et le style. Térence a pris dans la Périnthienne tout ce qui lui convenait, et l'a employé dans son Andrienne, comme un bien dont il pouvait disposer. Voilà ce que ses ennemis lui reprochent, et ils le chicanent, soutenant qu'il ne convient pas d'amalgamer ainsi plusieurs pièces. Mais en vérité, à force de vouloir montrer de l'intelligence, ils font voir qu'ils n'en ont aucune. En effet, lorsqu'ils font ce reproche à Térence, ils blâment Névius, Plaute et Ennius, que Térence prend pour guides, et dont il aime mieux imiter la libre négligence que la régularité embarrassée de ceux-ci. Qu'ils demeurent donc tranquilles, je les en avertis, et qu'ils mettent fin à leurs criailleries, s'ils ne veulent pas qu'on leur montre leurs sottises. Quant à vous,

argumentum,	le sujet *de sa pièce,*
sed qui respondeat	mais pour qu'il réponde
maledictis	aux injures
veteris poetæ malevoli.	du vieux poëte malveillant.
Nunc, quæso,	Maintenant, je *vous* prie,
advortite animum,	appliquez *votre* esprit (remarquez)
quam rem	quelle chose
dent vitio.	ils *lui* imputent à défaut.
Menander fecit	Ménandre a fait (composé)
Andriam et Perinthiam :	l'Andrienne et la Périnthienne :
qui norit recte	*celui* qui aura connu bien
utramvis,	l'une-ou-l'autre,
noverit ambas :	*les* aura connues toutes-deux,
non sunt argumento	elles ne sont pas d'un sujet
ita dissimili,	si *fort* différent,
sed tamen factæ sunt	mais cependant elles ont été faites
oratione	avec une conduite *différente*
ac stylo dissimili.	et un style différent.
Fatetur transtulisse	Il avoue avoir fait-passer
ex Perinthia in Andriam	de la Périnthienne dans l'Andrienne
quæ convenere,	les *détails* qui *lui* ont convenu,
atque usum pro suis.	et *en* avoir usé pour siens (comme siens).
Isti	*Or* ceux-là (ses ennemis)
vituperant id factum ;	blâment ce fait ;
atque disputant in eo,	et ils chicanent sur ce *point,*
non decere	*disant* qu'il ne convient point
fabulas	que des pièces-de-théâtre
contaminari.	soient mêlées.
Næ intelligendo	Certes en-ayant-de-l'intelligence
faciunt	ils font *tant*
ut nihil intelligant :	qu'ils n'ont-aucune-intelligence !
qui, quum accusant hunc,	*eux* qui, lorsqu'ils accusent celui-ci,
accusant Nævium,	accusent Névius,
Plautum, Ennium,	Plaute, Ennius,
quos hic noster	lesquels celui-ci notre *poëte*
habet auctores ;	a *pour* guides ;
quorum exoptat	desquels il désire
æmulari negligentiam	imiter le laisser-aller
potius quam	plutôt que
diligentiam obscuram	l'exactitude obscure
istorum.	de ceux-là.
Dehinc moneo	Après-cela je *les* avertis
ut quiescant porro,	qu'ils-se-tiennent-en-repos désormais
et desinant maledicere,	et *qu'*ils-cessent de dire-des-injures,
ne noscant	de peur qu'ils n'apprennent (qu'on ne leur dise)
sua malefacta.	leurs sottises.
Favete ;	Favorisez-*nous de votre attention ;*

Maledicere, malefacta ne noscant sua.
Favete; adeste æquo animo, et rem cognoscite,
Ut pernoscatis, ecquid spe [1] sit relliquum;
Posthac quas faciet de integro comœdias,
Spectandæ an exigundæ [2] sint vobis prius.

SIMO, SOSIA [1].

SIMO.

Vos istæc intro auferte; abite. Sosia,
Adesdum : paucis te volo.

SOSIA.

Dictum puta :
Nempe ut curentur recte hæc.

SIMO.

Imo aliud.

SOSIA.

Quid est;
Quod tibi mea ars efficere hoc possit amplius?

SIMO.

Nihil istac opus est arte ad hanc rem quam paro,
Sed iis, quas semper in te intellexi sitas,
Fide et taciturnitate.

SOSIA.

Exspecto quid velis.

soyez-nous favorables, assistez avec impartialité à cette représentation, de manière à pouvoir juger ce que vous devez espérer de Térence à l'avenir, et si les pièces qu'il prépare encore doivent être écoutées, ou condamnées d'avance.

SIMON, SOSIE.

SIMON. Portez cela au logis, vous autres : allez. Toi, Sosie, approche : je veux en quelques mots....

SOSIE. J'entends : me dire d'apprêter ces provisions.

SIMON. Il s'agit de toute autre chose.

SOSIE. En quoi donc mon talent peut-il vous être de quelque autre utilité?

SIMON. Ce n'est point de ton talent que j'ai besoin pour ce que je médite, mais de deux qualités que j'ai toujours remarquées en toi : de ton zèle et de ta discrétion.

SOSIE. J'attends que vous m'expliquiez....

adeste animo æquo,	assistez avec un esprit impartial,
et cognoscite rem,	et prenez-connaissance-de la chose,
ut pernoscatis,	de-sorte-que vous sachiez-bien
ecquid spe	quoi d'espérance
sit relliquum;	est de-reste (est encore) *à vous* :
	si les comédies
quas comœdias	lesquelles comédies
faciet posthac	il (notre auteur) fera par la suite
de integro,	de nouveau,
sint spectandæ vobis	seront à-voir par vous
an exigundæ	ou *seront* à-rejeter
prius.	auparavant (avant d'avoir été vues).

—

SIMO, SOSIA. / SIMON, SOSIE.

SIMO. Vos	SIMON. Vous *autres*
auferte intro istæc;	emportez *là* dedans ces *provisions*;
abite.	allez-vous-en.
Sosia, adesdum :	Sosie, approche-un-peu :
volo paucis te.	je veux en peu *de mots parler* à toi.
SOSIA. Puta dictum :	SOSIE. Suppose *que c'est* dit :
nempe ut hæc	sans-doute *tu veux* que ces *provisions*
curentur recte.	soient soignées (apprêtées) bien.
SIMO. Imo aliud.	SIMON. *Je veux* toute autre chose.
SOSIA. Quid est,	SOSIE. Qu'y a-t-il,
quod mea ars possit	que mon talent puisse
efficere tibi	faire pour toi
amplius hoc?	plus que (outre) ceci?
SIMO. Nihil opus est	SIMON. Il n'est *en* rien besoin
ad hanc rem quam paro	pour cet objet que je médite
istac arte,	de ce talent,
sed iis,	mais de ces *qualités*,
quas intellexi semper	que j'ai compris (remarqué) toujours
sitas in te,	*être*-placées (résider) en toi,
fide et taciturnitate.	de dévouement et de discrétion.
SOSIA.	SOSIE.
Exspecto quid velis....	J'attends ce que vous voulez....

SIMO.

Ego postquam te emi a parvulo, ut semper tibi
Apud me justa et clemens fuerit servitus,
Scis : feci, e servo ut esses libertus mihi,
Propterea quod servibas liberaliter.
Quod habui summum pretium, persolvi tibi.

SOSIA.

In memoria habeo.

SIMO.

Haud muto [1] factum.

SOSIA.

Gaudeo
Si tibi quid feci aut facio quod placeat, Simo;
Et id gratum fuisse advorsum te, habeo gratiam.
Sed hoc mihi molestum est; nam istæc commemoratio
Quasi exprobratio est immemoris benefici.
Quin tu uno verbo dic, quid est quod me velis.

SIMO.

Ita faciam. Hoc primum in hac re prædico tibi :
Quas credis esse has, non sunt veræ nuptiæ.

SOSIA.

Cur simulas igitur?

SIMO.

Rem omnem a principio audies :

SIMON. Depuis que je t'achetai tout petit, tu sais avec quelle bonté, quelle justice, je t'ai traité pendant ton esclavage. D'esclave, je t'ai fait mon affranchi, parce que tu me servais en honnête garçon. Ce que je pouvais te donner de plus précieux, je te l'ai donné.

SOSIE. Je m'en souviens.

SIMON. Je suis loin de m'en repentir.

SOSIE. Si j'ai fait ou si je fais quelque chose qui vous plaise, je m'en estime heureux, et je vous remercie d'avoir bien voulu agréer mes services. Mais ce que vous me dites là m'afflige; car me retracer ainsi vos bontés, c'est presque me reprocher de les avoir oubliées. Dites-moi plutôt en un mot ce que vous désirez.

SIMON. C'est ce que je vais faire. Je te préviens d'abord d'une chose : ce mariage, que tu crois réel, ne l'est pas.

SOSIE. Mais à quoi bon cette feinte?

SIMON. Tu vas tout savoir, et connaître à fond la conduite de mon

SIMO. Postquam ego	SIMON. Depuis-que moi
emi te	j'achetai toi
a parvulo,	de tout-petit (quand tu étais tout petit),
scis ut servitus	tu sais comme la servitude
fuerit semper tibi	a été toujours pour toi
justa et clemens	juste et douce
apud me :	chez moi :
feci, ut e servo	j'ai fait que d'esclave
esses libertus mihi,	tu fusses affranchi à moi,
propterea quod	pour-cela que
servibas liberaliter.	tu servais honnêtement.
Summum pretium	Le plus grand prix
quod habui,	que j'eus (que j'eusse) *à donner*,
persolvi tibi.	je l'ai payé à toi.
SOSIA.	SOSIE.
Habeo in memoria.	J'ai *cela* dans la mémoire.
SIMO. Haud muto	SIMON. Je ne change point
factum.	*ce qui est* fait.
SOSIA. Gaudeo,	SOSIE. Je me réjouis,
si feci aut facio quid	si j'ai fait ou *si* je fais quelque-chose
quod placeat tibi, Simo;	qui plaise à toi, Simon;
et habeo gratiam	et je *t*'ai de la reconnaissance
id fuisse gratum	que cela ait été agréable
advorsum te.	à-l'encontre-de toi (à toi).
Sed hoc est molestum mihi :	Mais ceci est à-charge à moi :
nam istæc commemoratio	car (c'est que) ce rappel *de tes bontés*
est quasi exprobratio	est comme un reproche
immemoris benefici.	d'*être* oublieux du bienfait.
Quin tu	Cependant toi,
dic uno verbo,	dis en un *seul* mot,
quid est quod velis me.	qu'est-ce que tu veux *dire* à moi.
SIMO. Faciam ita.	SIMON. Je ferai ainsi.
Prædico tibi	Je dis-d'avance à toi
hoc primum	cela d'abord
in hac re :	dans cette affaire :
nuptiæ, quas credis	*ces* noces, que tu crois
esse has	être telles (être un mariage en réalité)
non sunt veræ.	ne sont point vraies.
SOSIA. Cur igitur simulas?	SOSIE. Pourquoi donc feins-tu?
SIMO. Audies	SIMON. Tu apprendras
omnem rem	toute l'affaire
a principio :	depuis le commencement :

Eo pacto et gnati vitam, et consilium meum
Cognosces, et quid facere in hac re te velim.
Nam is postquam excessit ex ephebis, Sosia,
Liberius vivendi fuit potestas; nam antea
Qui scire posses, aut ingenium noscere,
Dum ætas, metus, magister prohibebant?

SOSIA.

Ita est.

SIMO.

Quod plerique omnes [1] faciunt adolescentuli,
Ut animum ad aliquod studium adjungant, aut equos
Alere, aut canes ad venandum, aut ad philosophos,
Horum ille nihil egregie præter cetera
Studebat, et tamen omnia hæc mediocriter.
Gaudebam.

SOSIA.

Non injuria; nam id arbitror
Adprime in vita esse utile, ut *ne quid nimis* [2].

SIMO.

Sic vita erat : facile omnes perferre ac pati;
Cum quibus erat cumque una, iis sese dedere;
Eorum obsequi studiis, advorsus nemini,
Nunquam præponens se illis. Ita facillume

fils mon projet et ce que j'attends de toi aujourd'hui. Lorsque Pamphile fut sorti de l'enfance, je lui laissai plus de liberté. Avant ce temps-là, comment étudier, comment connaître un caractère que l'âge, la crainte et les maîtres retenaient dans une gêne perpétuelle?

SOSIE. C'est vrai.

SIMON. Ce que la plupart des jeunes gens affectionnent le plus, pour se faire une occupation quelconque, les chiens de chasse, les chevaux, les philosophes, n'obtenait de mon fils aucune préférence marquée. Il avait tous ces goûts, mais modérément : j'en étais ravi.

SOSIE. Et vous n'aviez pas tort; car rien de plus utile, selon moi, dans la vie, que cette maxime : Rien de trop.

SIMON. Telle était sa vie : souffrir, supporter sans peine tous ceux qu'il fréquentait, se donner tout entier à eux, se prêter à leurs goûts, ne contrarier personne, ne se préférer à personne. C'est le

eo pacto	à cette condition (par là).
cognosces et vitam gnati,	tu connaîtras et la vie de *mon* fils,
et meum consilium,	et mon projet,
et quid velim	et quoi je veux
te facere in hac re.	que tu fasses en cette affaire.
Nam postquam is	En effet, depuis que celui-ci (mon fils)
excessit ex ephebis,	est sorti *de la classe* des éphèbes,
Sosia,	ô Sosie,
potestas vivendi liberius	le pouvoir de vivre plus librement
fuit;	a été *à lui;*
nam antea	car auparavant
qui posses scire,	comment aurais-tu-pu savoir
aut noscere ingenium,	ou connaître *son* caractère,
dum ætas, metus, magister	pendant que l'âge, la crainte, un maître
prohibebant?	*le* contenaient?
SOSIA. Est ita.	SOSIE. C'est ainsi.
SIMO. Quod faciunt	SIMON. Ce que font
plerique omnes	presque tous
adolescentuli,	les adolescents,
ut adjungant animum	*savoir* d'appliquer *leur* esprit
ad aliquod studium,	à quelque passion,
aut alere equos,	ou *à* nourrir des chevaux,
aut canes ad venandum,	ou *à nourrir* des chiens pour chasser,
aut ad philosophos,	ou *à fréquenter* des philosophes,
ille studebat	lui *ne* recherchait (se passionnait-pour)
egregie	extraordinairement
nihil horum	aucune de ces *choses;*
præter cetera;	de préférence à d'autres;
et tamen	et pourtant
omnia hæc	*il s'adonnait* à toutes ces *choses*
mediocriter.	avec-modération.
Gaudebam.	Je m'*en* réjouissais.
SOSIA. Non injuria;	SOSIE. Non à-tort;
nam arbitror id	car je pense cela
esse adprime utile	être surtout utile
in vita,	dans la vie,
ut NE QUID NIMIS.	que RIEN NE SE FASSE AVEC-EXCÈS.
SIMO. Vita erat sic:	SIMON. *Sa* vie était ainsi :
perferre ac pati	*il savait* supporter et souffrir
omnes facile;	tout-le-monde facilement;
se dedere iis,	se livrer à *tous* ceux,
cum quibuscunque	avec lesquels
erat una;	il était de-compagnie;
obsequi studiis eorum,	se-prêter aux goûts d'eux,
advorsus nemini,	n'*étant* opposé à personne,
nunquam præponens se	jamais-ne préférant soi
illis.	à eux.

Sine invidia invenias laudem, et amicos pares.

SOSIA.

Sapienter vitam instituit; namque hoc tempore
Obsequium amicos, veritas odium parit.

SIMO.

Interea mulier quædam, abhinc triennium,
Ex Andro commigravit huc viciniæ,
Inopia et cognatorum negligentia
Coacta, egregia forma atque ætate integra [1].

SOSIA.

Hei! vereor ne quid Andria adportet mali

SIMO.

Primum hæc pudice vitam, parce ac duriter
Agebat, lana ac tela victum quæritans.
Sed postquam ad illam adcessit adolescentulus
Unus, et item alter (ita ut ingenium est omnium
Hominum a labore proclive ad libidinem),
Famæ haud pepercit. Forte quidam filium
Perduxere illuc secum, ut una esset [2], meum.
Egomet continuo mecum : « Certe captus est;
Habet [3]. » Observabam mane illorum servulos

moyen le plus sûr d'échapper à l'envie, de s'attirer des éloges, et de trouver des amis.

SOSIE. Sage plan de conduite! car, au temps où nous sommes, la complaisance fait des amis, la vérité des ennemis.

SIMON. Les choses en étaient là, lorsqu'il y a environ trois ans, je ne sais quelle femme s'en vint de l'île d'Andros s'établir dans notre voisinage, forcée sans doute à s'expatrier par l'indigence où la laissaient ses parents. Elle était belle et dans la fleur de la jeunesse.

SOSIE. Aïe! je crains bien que cette Andrienne ne nous cause quelque malheur.

SIMON. Sa conduite fut d'abord réservée, économe, rigide même. Elle gagnait sa vie à filer, à travailler la laine. Mais à peine eut-elle ouvert sa porte au premier jeune homme qui s'offrit, qu'un second suivit; et comme le cœur humain est naturellement porté à préférer le plaisir au travail, elle ne garda plus aucun ménagement. Quelques-uns de ces jeunes gens entraînèrent chez elle mon fils, pour y tenir table avec eux. Je me dis aussitôt : « Ma foi, le voilà pris; il en tient. » Le matin, j'observais les allées et venues de leurs

Ita invenias	Ainsi tu peux-trouver (on trouve)
facillime	le plus facilement
laudem sine invidia,	de l'estime sans envie,
et pares	et tu peux-acquérir (on acquiert)
amicos.	des amis.
SOSIA. Instituit vitam	SOSIE. Il a réglé *sa* vie
sapienter;	sagement;
namque hoc tempore	car dans ce temps-*ci*
obsequium parit amicos,	la complaisance engendre les amis,
veritas odium.	la vérité *engendre* la haine.
SIMO. Interea	SIMON. Cependant
quædam mulier,	une certaine femme,
triennium abhinc,	trois-ans *ont passé* depuis-lors,
commigravit ex Andro	arriva d'Andros
huc viciniæ,	dans ce voisinage,
coacta inopia	contrainte par l'indigence
et negligentia cognatorum,	et par la négligence de *ses* parents,
forma egregia	*étant* d'une beauté remarquable
atque ætate integra.	et d'un âge intact (florissant).
SOSIA. Hei! vereor	SOSIE. Hélas! je crains
ne Andria	que *cette* Andrienne
adportet quid mali.	n'apporte quelque malheur.
SIMO. Primum hæc	SIMON. D'abord cette *femme*
agebat vitam pudice,	passait *sa* vie honnêtement,
parce ac duriter,	économiquement et sévèrement,
quæritans victum	gagnant *sa* nourriture
lana ac tela.	avec la laine et la toile.
Sed postquam	Mais après que
unus adolescentulus,	un *premier* jeune-homme
et item alter,	et de-même un second
adcessit ad illam	se fut approché d'elle
(ita ut ingenium	(ainsi comme le naturel
omnium hominum	de tous les hommes (êtres humains)
est proclive	est porté
a labore ad libidinem),	du travail au plaisir),
haud pepercit famæ.	elle ne ménagea *plus sa* réputation.
Forte quidam	Par-hasard certains *jeunes-gens*
perduxere illuc	emmenèrent là (chez elle)
meum filium secum,	mon fils avec eux,
ut esset una.	pour qu'il *y* mangeât ensemble (avec eux)
Egomet continuo	Moi-*certes* aussitôt
mecum:	*je me dis* en moi-même:
« Certe est captus;	« Assurément il est pris;
habet. »	il a *le coup* (il en tient). »
Mane observabam	Le matin j'épiais
servulos illorum	les esclaves de ces *gens-là*
venientes aut abeuntes;	quand ils-allaient ou quand ils-sortaient;

Venientes aut abeuntes, rogitabam : « Heus, puer !
Dic sodes ; quis heri Chrysidem habuit ? » (nam Andriæ
Illi id erat nomen.)

SOSIA.

Teneo.

SIMO.

Phædrum, aut Cliniam
Dicebant, aut Niceratum ; nam hi tres tum simul
Amabant. « Eho, quid Pamphilus ? — Quid ? symbolam
Dedit, cœnavit. » Gaudebam. Item alio die
Quærebam ; comperiebam nihil ad Pamphilum
Quidquam adtinere. Enimvero spectatum satis
Putabam, et magnum exemplum continentiæ ;
Nam qui cum ingeniis conflictatur ejusmodi,
Neque commovetur animus in ea re tamen,
Scias posse jam habere ipsum suæ vitæ modum.
Quum id mihi placebat, tum uno ore omnes omnia
Bona dicere, et laudare fortunas meas,
Qui gnatum haberem tali ingenio præditum.
Quid verbis opus est ? Hac fama impulsus, Chremes
Ultro ad me venit, unicam gnatam suam

esclaves : « Holà, mon garçon, leur disais-je, qui a eu hier les bonnes grâces de Chrysis ? » c'était le nom de l'Andrienne.

SOSIE. Je comprends.

SIMON. Ils me nommaient tantôt Phèdre ou Clinias, tantôt Nicérate. Ces trois jeunes gens lui faisaient alors la cour en même temps. « Et Pamphile, qu'a-t-il fait ? — Ce qu'il a fait ? il a payé son écot et soupé. » J'étais ravi. Même question un autre jour, et rien encore sur le compte de Pamphile. Je le croyais vraiment assez éprouvé ; je le regardais comme un modèle de sagesse : car lorsqu'un jeune homme fréquente des libertins de cette espèce, sans que leur exemple le séduise, on peut le croire capable de se gouverner lui-même. Outre que cela me plaisait fort, il n'y avait qu'une voix pour m'en dire toutes sortes de bien, et me féliciter d'avoir un fils aussi heureusement né. Mais j'abrége ; attiré par cette belle renommée, Chrémès

rogitabam :	je *les* questionnais-souvent :
« Heus, puer!	« Holà, garçon!
dic sodes,	dis-*moi*, s'il-te-plaît,
quis heri	qui hier
habuit Chrysidem? »	a eu (a possédé) Chrysis? »
(nam id nomen erat	(car ce nom était
illi Andriæ.)	à cette Andrienne.)
SOSIA. Teneo.	SOSIE. Je saisis (je comprends).
SIMO. Dicebant	SIMON. Ils *me* disaient (nommaient)
Phædrum, aut Cliniam,	Phèdre ou Clinias
aut Niceratum;	ou Nicérate;
nam hi tres	car ces trois *jeunes-gens*
amabant tum	aimaient alors *Chrysis*
simul.	en-même-temps.
« Eho! quid Pamphilus?—	« Hé! qu'*a fait* Pamphile? —
« Quid?	Qu'*a-t-il fait?*
dedit symbolam,	il a donné (payé) *son* écot,
cœnavit. »	il a soupé. »
Gaudebam.	Je me réjouissais.
Alio die	Un autre jour
quærebam item;	je questionnais de même;
comperiebam	(je *n*'apprenais *pas*
nihil quidquam	que rien quoi-que-ce-fût (absolument)
adtinere ad Pamphilum.	concernât Pamphile.
Enimvero putabam	Or je *le* pensais
satis spectatum,	assez éprouvé,
et magnum exemplum	et grand exemple
continentiæ;	de sagesse :
nam qui conflictatur	car *celui* qui se-frotte
cum ingeniis ejusmodi,	avec des caractères de-cette-sorte,
et animus tamen	et *dont* l'esprit cependant
non commovetur	n'est point troublé
in ea re,	en cette affaire (par une telle société),
scias posse jam	sache qu'*il* peut dès lors
habere ipsum	avoir (diriger) lui-même
modum suæ vitæ.	la règle de sa vie.
Quum id placebat mihi,	Non-seulement cela plaisait à moi,
tum omnes	mais-encore tout-le-monde
uno ore	d'une *seule* bouche (unanimement)
dicere omnia bona,	*de me* dire tous les biens *possibles*,
et laudare meas fortunas,	*et* de louer mon bonheur,
qui haberem gnatum	*moi* qui avais un fils
præditum tali ingenio.	doué d'un tel naturel.
Quid est opus verbis?	Qu'est-il besoin de paroles?
Impulsus hac fama,	Poussé par cette *bonne* renommée,
Chremes venit ad me	Chrémès vint vers moi
ultro,	de-lui-même,

Cum dote summa filio uxorem ut daret.
Placuit; despondi : hic nuptiis dictu'st dies.

SOSIA.

Quid obstat cur non veræ fiant?

SIMO.

Audies.
Fere in diebus paucis, quibus hæc acta sunt,
Chrysis, vicina hæc, moritur.

SOSIA.

O factum bene!
Beasti! metui a Chryside.

SIMO.

Ibi tum filius
Cum illis, qui amabant Chrysidem, una aderat frequens;
Curabat una funus; tristis interim,
Nonnunquam conlacrumabat. Placuit tum id mihi.
Sic cogitabam : « Hic, parvæ consuetudinis
Causa, hujus mortem tam fert familiariter;
Quid, si ipse amasset! Quid hic mihi faciet patri? »
Hæc ego putabam esse omnia humani ingeni
Mansuetique animi officia. Quid multis moror?
Egomet quoque ejus causa in funus prodeo,

vint de lui-même me trouver, et m'offrir sa fille unique pour mon fils avec une forte dot. J'acceptai, je donnai ma parole, et le mariage fut fixé à aujourd'hui.

SOSIE. Qui empêche qu'il ne se fasse en effet?

SIMON. Tu vas l'apprendre. Peu de jours après nos conventions, Chrysis, cette voisine, meurt.

SOSIE. Ah! quel bonheur! vous me rendez heureux; cette Chrysis m'épouvantait.

SIMON. Alors mon fils ne quittait plus ceux qui avaient fréquenté Chrysis. Il prenait soin des funérailles avec eux. Il était toujours triste; quelquefois même il pleurait. Cela me fit encore plaisir. Je me disais : « Quoi! une liaison d'un moment rend mon fils aussi sensible à la mort de cette femme! que serait-ce donc, s'il l'avait aimée? et que ferait-il s'il s'agissait de son père? » Je prenais tout cela pour le simple effet d'un bon naturel et d'un excellent cœur. Bref, moi-

ut daret suam gnatam	pour qu'il donnât (pour donner) sa fille
unicam	unique
uxorem filio	*comme* épouse à *mon* fils
cum dote summa.	avec une dot très-forte.
Placuit;	*La proposition me* plut;
despondi : hic dies	je promis; *et* ce jour (aujourd'hui)
dictus est nuptiis.	fut dit (assigné) pour les noces.
SOSIA. Quid obstat	SOSIE. Quoi s'oppose
cur non fiant veræ?	à-ce-qu'elles ne deviennent véritables?
SIMO. Audies.	SIMON. Tu *l'*apprendras.
Fere in paucis diebus,	Environ peu de jours,
quibus hæc sunt acta,	après-que ces *conventions* furent faites,
Chrysis, hæc vicina,	Chrysis, cette voisine,
moritur.	meurt.
SOSIA. O bene factum!	SOSIE. O *chose* bien faite!
beasti!	tu *m'*as rendu-heureux!
metui	j'ai craint (je craignais)
a Chryside.	de la part de Chrysis.
SIMO. Tum filius	SIMON. Alors *mon* fils
aderat frequens ibi	se-trouvait fréquemment là
una cum illis	ensemble avec ceux
qui amabant Chrysidem;	qui aimaient Chrysis;
una	de-compagnie *avec eux*
curabat funus;	il prenait-soin des funérailles;
tristis interim,	triste pendant-ce-temps-là,
nonnunquam	quelquefois
conlacrumabat.	il pleurait-avec-*eux*.
Tum id placuit mihi.	Alors cela plut à moi.
Cogitabam sic :	Je raisonnais ainsi :
« Hic,	« Celui-ci (mon fils),
causa parvæ consuetudinis,	par-le-motif d'une courte liaison,
fert mortem hujus	supporte la mort de cette *femme*
tam familiariter;	tant avec-sensibilité;
quid,	que *serait-ce*,
si ipse amasset?	si lui-même il *l'*eût aimée?
Quid hic faciet	Que fera-t-il *donc*
mihi patri? »	pour moi *qui suis son* père? »
Ego putabam	Moi je pensais
omnia hæc	que tous ces *soins et cette douleur*
esse officia	étaient les devoirs (des marques)
ingeni humani	d'un naturel humain (sensible)
animique mansueti.	et d'un cœur tendre.
Quid moror	Pourquoi *te* retardé-je
multis?	par beaucoup *de paroles*?
Egomet quoque	Moi-donc aussi,
causa ejus	à cause de lui (mon fils),
prodeo in funus,	je vais aux funérailles,

Nil suspicans etiam mali.

SOSIA.

Hem, quid est?

SIMO.

Scies.
Effertur; imus. Interea, inter mulieres,
Quæ ibi aderant, forte unam adspicio adolescentulam,
Forma...

SOSIA.

Bona fortasse?

SIMO.

Et voltu, Sosia,
Adeo modesto, adeo venusto, ut nil supra.
Quia tum mihi lamentari præter ceteras
Visa est, et quia erat forma præter ceteras
Honesta et liberali, adcedo ad pedisequas;
Quæ sit, rogo. Sororem esse aiunt Chrysidis.
Percussit illico animum : « At at! hoc illud est [1];
Hinc illæ lacrumæ, hæc illa est misericordia. »

SOSIA.

Quam timeo quorsum evadas!

SIMO.

Funus interim
Procedit : sequimur; ad sepulcrum venimus;
In ignem posita est; fletur. Interea hæc soror,

même par égard pour lui j'assiste aux funérailles, sans soupçonner encore le moindre mal.

SOSIE. Hé! quel mal en effet!

SIMON. Tu vas le savoir. On emporte le corps : nous suivons. Cependant parmi les femmes qui étaient au convoi, j'aperçois tout à coup une jeune fille d'une figure....

SOSIE. Charmante, n'est-il pas vrai?

SIMON. Et d'un air, Sosie, si modeste, si honnête, qu'on ne peut rien imaginer au delà. Comme elle me parut plus affligée que les autres, qu'elle était plus belle et qu'elle avait dans sa tournure je ne sais quoi de plus distingué, je m'approche de ses suivantes; je leur demande qui elle est. Elles me répondent que c'est la sœur de Chrysis. Cela me frappe sur-le-champ : « Ha! ha! m'écriai-je, c'est cela, c'est cela même; oui, voilà le sujet de ses larmes, voilà le motif de sa compassion. »

SOSIE. Je tremble pour la fin de tout cela.

SIMON. Cependant la pompe funèbre avance, nous suivons; nous arrivons au bûcher, on y place le corps, on y met le feu, on pleure. Alors cette sœur en question s'approche imprudemment de la flamme

suspicans etiam	ne soupçonnant encore
nihil mali.	rien de mal (aucun mal).
SOSIA. Hem, quid est?	SOSIE. Hé bien! quel *mal* y-a-t il?
SIMO. Scies.	SIMON. Tu *le* sauras.
Effertur;	*Le corps* est emporté;
imus.	nous allons (nous suivons).
Interea, inter mulieres,	Cependant parmi les femmes
quæ aderant ibi,	qui se-trouvaient là
adspicio forte unam	j'*en* aperçois par-hasard une
adolescentulam, forma....	toute-jeune, d'un extérieur....
SOSIA. Bona fortasse?	SOSIE. Avantageux, peut-être?
SIMO. Et voltu, Sosia,	SIMON. Et d'une figure, Sosie,
adeo modesto, adeo venusto,	si modeste, si belle,
ut nil supra.	que rien-n'*est* au-dessus.
Quia tum est visa mihi	Comme alors elle parut à moi
lamentari præter ceteras,	se lamenter plus que les autres,
et quia erat præter ceteras	et comme elle était plus que les autres
forma honesta	d'un extérieur noble
et liberali,	et digne-d'une-personne-honnête,
adcedo ad pedisequas;	je m'approche des suivantes;
rogo, quæ sit.	je demande qui elle est.
Aiunt esse sororem	Elles *me* disent que c'est la sœur
Chrysidis.	de Chrysis.
Percussit illico animum:	*Cela* frappa aussitôt *mon* esprit:
« At at! hoc est illud;	« Mais mais! c'est cela;
hinc illæ lacrumæ,	de là ces larmes *qu'elle versait*,
hæc est illa misericordia. »	c'est-là cette pitié *qu'elle montrait*. »
SOSIA. Quam timeo	SOSIE. Que je crains
quorsum evadas!	où tu *en* vas-venir!
SIMO. Interim	SIMON. Cependant
funus procedit:	le convoi-funèbre s'avance:
sequimur; venimus	nous suivons; nous arrivâmes
ad sepulcrum;	au tombeau;
posita est in ignem;	elle fut placée sur le feu (le bûcher);
fletur.	on pleure.
Interea	Cependant
hæc soror, quam dixi,	cette sœur *de Chrysis*, que j'ai dite,

Quam dixi, ad flammam adcessit imprudentius,
Sati' cum periclo. Ibi tum exanimatus Pamphilus
Bene dissimulatum amorem et celatum indicat.
Adcurrit; mediam mulierem complectitur :
« Mea Glycerium, inquit, quid agis? cur te is perditum? »
Tum illa, ut consuetum facile amorem cerneres,
Rejecit se in eum, flens, quam familiariter.

SOSIA.

Quid ais [1]?

SIMO.

Redeo inde iratus atque ægre ferens.
Nec satis ad objurgandum causæ. Diceret :
« Quid feci? quid commerui, aut peccavi, pater?
Quæ sese in ignem injicere voluit, prohibui,
Servavi : » honesta oratio est.

SOSIA.

Recte putas;
Nam si illum objurges, vitæ qui auxilium tulit,
Quid facias illi qui dederit damnum aut malum?

SIMO.

Venit Chremes postridie ad me, clamitans
Indignum facinus; comperisse Pamphilum
Pro uxore habere hanc peregrinam. Ego illud sedulo
Negare factum; ille instat factum. Denique

avec assez de danger. Aussitôt Pamphile, hors de lui, trahit par son trouble l'amour qu'il avait si bien caché, si bien dissimulé jusque-là. Il court à cette fille, il la prend dans ses bras : « Glycérie, s'écrie-t-il, ma chère Glycérie, que faites-vous? Pourquoi courir à votre perte? » Elle alors (preuve certaine d'une liaison bien établie) se penche sur lui, en pleurant, de l'air le plus tendre.

SOSIE. Est-il possible?

SIMON. Je m'en reviens en colère et très-fâché. Il n'y avait pas là cependant sujet de le gronder. Il m'aurait répondu : « Mon père, qu'ai-je fait? quelle punition ai-je méritée? quel est mon crime? une femme veut se jeter dans le feu, je l'en empêche, je lui sauve la vie. » L'excuse est plausible.

SOSIE. Sans doute; car si vous grondez un homme qui sauve la vie à un autre, comment traiterez-vous celui qui fera quelque mal, ou causera quelque dommage?

SIMON. Le lendemain, Chrémès vint chez moi, criant à l'indignité; qu'il venait d'apprendre que Pamphile était marié à cette

adcessit ad flammam	s'approcha de la flamme
imprudentius,	avec-trop-d'imprudence,
sati' cum periclo.	assez avec (avec assez) de danger.
Tum ibi Pamphilus	Alors là Pamphile
exanimatus	hors-de-lui
indicat amorem	trahit l'amour
dissimulatum	*qu'il avait* dissimulé
et celatum bene.	et caché *si* bien.
Adcurrit; complectitur	Il accourt; il embrasse
mulierem mediam :	*cette* femme par-le-milieu-du-corps :
« Mea Glycerium, inquit,	« Ma Glycérie, dit-il,
quid agis? Cur is	que fais-tu? Pourquoi vas-tu
perditum te? » Tum illa,	perdre-toi? » Alors elle,
ut cerneres	de-manière-à-ce-que tu visses (eusses vu)
facile	facilement
amorem consuetum,	un amour de-liaison-ancienne,
se rejecit in eum, flens,	se rejeta sur lui (dans ses bras), *en* pleu-rant,
quam familiariter.	le plus tendrement *du monde*.
SOSIA. Quid ais?	SOSIE. Que dis-tu?
SIMO. Redeo inde	SIMON. Je reviens de là
iratus atque ferens ægre.	irrité et portant *la chose* avec-peine.
Nec satis causæ	Et *pourtant ce* n'*était* pas assez de motif
ad objurgandum.	pour réprimander *mon fils*.
Diceret : « Quid feci?	Il *m*'eût dit : « Qu'ai-je fait?
quid commerui,	quelle *peine* ai-je méritée,
aut peccavi, pater?	ou *en quoi* ai-je failli, *mon* père?
quæ voluit	*cette fille* qui a voulu (voulait)
sese injicere in ignem.	se jeter dans le feu,
prohibui, servavi : »	je *l*'ai retenue, je *l*'ai sauvée : »
est oratio honesta.	c'est un discours (une défense) plausible.
SOSIA. Putas recte;	SOSIE. Tu penses bien;
nam si objurges illum,	car si tu réprimandais celui
qui tulit auxilium	qui a porté secours
vitæ,	à la vie *d'autrui,*
quid facias illi	que ferais-tu à celui
qui dederit	qui aurait donné (causé)
damnum aut malum?	dommage ou mal?
SIMO. Postridie	SIMON. Le lendemain
Chremes venit ad me,	Chrémès vint vers moi,
clamitans	ne-cessant-de-crier
facinus indignum;	*que c'était* une action indigne;
comperisse Pamphilum	qu'*il* avait appris que Pamphile
habere pro uxore	avait pour épouse
hanc peregrinam.	cette étrangère.
Ego negare sedulo	Moi de nier avec-empressement
illud factum;	cela *avoir été* fait;
ille instat	lui insiste

Ita tum discedo ab illo, ut qui se filiam
Neget daturum.

SOSIA.

Non tu ibi gnatum...?

SIMO.

Ne hæc quidem
Sati' vehemens causa ad objurgandum.

SOSIA.

Qui, cedo?

SIMO.

« Tute [1] ipse his rebus finem præscripsti, pater;
Prope adest quum alieno more vivendum est mihi :
Sine nunc meo me vivere interea modo. »

SOSIA.

Qui [2] igitur relictus est objurgandi locus?

SIMO.

Si propter amorem, uxorem nolit ducere,
Ea primum ab illo animadvertenda injuria est.
Et nunc id operam do, ut per falsas nuptias
Vera objurgandi causa sit, si deneget;
Simul, sceleratus Davus si quid consili
Habet, ut consumat nunc, quum nihil obsint doli.

étrangère. Je nie le fait; il insiste; bref, je le laisse bien résolu à ne nous plus donner sa fille.

SOSIE. Et votre fils, vous ne l'avez pas alors....?

SIMON. Il n'y avait pas encore là de quoi le réprimander.

SOSIE. Comment cela, s'il vous plaît?

SIMON. Non. « Mon père, pouvait-il me dire, vous avez vous-même fixé le terme de mes amusements. Bientôt il me faudra vivre à la fantaisie des autres; trouvez bon que jusque-là je vive un peu à la mienne. »

SOSIE. Quand donc trouverez-vous lieu à réprimande?

SIMON. Si sa passion l'empêche de se marier, voilà déjà un premier tort que je ne lui passerai point. Et maintenant je cherche, par ces noces simulées, un sujet légitime de le réprimander, s'il refuse. En même temps, je veux que le coquin de Dave épuise tout ce qu'il peut avoir de ruses, à présent qu'elles ne me sauraient nuire. Car je

factum.	*disant que cela a été* fait.
Denique tum	Enfin (bref) alors
discedo ab illo	je me retire d'auprès-de lui
ita,	ainsi que (comme)
ut qui neget	*d'auprès de quelqu'un* qui nie (refuse)
se daturum filiam.	soi devoir-donner *sa* fille *à mon fils.*
SOSIA. Tu ibi	SOSIE. Toi alors
non gnatum...?	*tu n'as* pas *réprimandé ton* fils?
SIMO. Ne hæc causa quidem	SIMON. Ce motif même n'*était* pas
sati' vehemens	assez fort
ad objurgandum.	pour *le* réprimander.
SOSIA. Qui, cedo?	SOSIE. Comment, dis?
SIMO. « Tute ipse, pater,	SIMON. « Toi-même, *mon* père, *eût-il dit,*
præscripsti finem	tu as assigné un terme
his rebus;	à ces choses (à mes plaisirs);
adest prope	*le temps* est proche
quum vivendum est mihi	où il faudra vivre à moi
more alieno :	à la fantaisie d'autrui :
sine nunc me interea	laisse maintenant moi en-attendant
vivere meo modo. »	vivre à ma manière. »
SOSIA. Qui locus igitur	SOSIE. Quel lieu (motif) donc
objurgandi relictus est?	de le réprimander t'est laissé (te reste)?
SIMO. Si propter amorem	SIMON. Si à cause de *son* amour
nolit ducere uxorem,	il ne-veut-pas prendre femme,
ea injuria primum ab illo	ce tort d'abord de lui (de sa part)
est animadvertenda	est devant-être-puni.
Et nunc do operam id,	Et maintenant je donne *mes* soins à cela,
ut causa vera objurgandi	qu'un motif vrai de *le* réprimander
sit per falsas nuptias,	soit *à moi* au-moyen de *ces* fausses noces,
si deneget;	s'il vient-à-refuser;
simul,	en-même-temps,
si sceleratus Davus	si *ce* coquin *de* Dave
habet quid consili,	a quelque-chose-de (quelque) projet,
ut consumat	*je veux* qu'il perde *sa peine*
nunc, quum doli	maintenant que *ses* ruses
obsint nihil.	ne sauraient-*me*-nuire *en*-rien.
Quem ego credo	Lequel (Dave) moi je crois

Quem ego credo manibus pedibusque obnixe omnia
Facturum, magis id [1] adeo, mihi ut incommodet,
Quam ut obsequatur gnato.

SOSIA.

Quapropter?

SIMO.

Rogas?
Mala mens, malus animus. Quem quidem ego si sensero...
Sed quid opu'st verbis? Sin eveniat quod volo,
In Pamphilo ut nil sit moræ, restat Chremes,
Qui mi exorandus est; et spero confore.
Nunc tuum est officium, has bene ut adsimules nuptias,
Perterrefacias Davum, observes filium
Quid agat, quid cum illo consilii captet.

SOSIA.

Sat est :
Curabo. Eamus jam nunc intro.

SIMO.

I præ, sequar [2].
(*Abit Sosia.*)
Non dubium est quin uxorem nolit filius :
Ita Davum modo timere sensi, ubi nuptias
Futuras esse audivit. Sed ipse exit foras.

suis bien convaincu qu'il fera tout au monde, plus encore pour me contrarier que pour faire plaisir à mon fils.

SOSIE. Mais quel motif ?

SIMON. Tu le demandes? son mauvais esprit, son penchant pervers. Pour peu que je m'aperçoive.... Mais finissons : si, comme je le désire, je ne trouve aucun obstacle du côté de Pamphile, il ne me restera plus qu'à ramener Chrémès, et je le ramènerai, je l'espère. A toi maintenant de feindre avec art ce mariage, d'épouvanter Dave, d'observer mon fils, de voir ce qu'il fera et quels projets ils formeront de concert.

SOSIE. C'est bien; j'y mettrai tous mes soins. Pour le moment entrons.

SIMON. Va devant, je te suis (*Sosie s'en va*). Oui, mon fils refusera de se marier, je n'en doute pas; j'en juge par la frayeur de Dave, lorsque je lui ai annoncé ce mariage. Mais le voilà qui sort.

facturum omnia obnixe	devoir-faire tout avec-effort
manibus pedibusque,	des mains et des pieds,
id adeo	*et* cela surtout
ut incommodet mihi	pour qu'il embarrasse moi
magis quam ut	plutôt que pour-que
obsequatur nato.	il fasse-plaisir à *mon* fils.
SOSIA. Quapropter?	SOSIE. Pourquoi?
SIMO. Rogas?	SIMON. Tu *le* demandes?
mala mens,	un mauvais esprit *est à lui*,
malus animus.	un mauvais naturel.
Ego quidem	Moi certes
si sensero quem....	si je viens-à-m'apercevoir lui....
Sed quid est opus verbis?	Mais qu'est-il besoin de paroles?
sin quod volo eveniat,	si-au-contraire *ce* que je veux arrive,
ut nil moræ sit	qu'aucun obstacle ne se-rencontre
in Pamphilo,	du-côté-de Pamphile,
restat Chremes,	reste Chrémès,
qui exorandus est mihi;	qui devra être fléchi-par-prière à moi;
et spero confore.	et j'espère qu'*il* se-rendra.
Nunc tuum officium est	Maintenant ton devoir est
ut adsimules bene	que tu feignes bien (avec art)
has nuptias,	ces noces,
perterrefacias Davum,	*que* tu épouvantes-fort Dave,
observes filium	*que* tu observes *mon* fils
quid agat,	quoi il fait,
quid consilii captet	quel dessein il forme
cum illo.	avec lui (avec Dave).
SOSIA. Est sat:	SOSIE. C'est assez:
curabo.	je ferai-attention.
Jam nunc	Dès maintenant (à présent)
eamus intro.	allons *là* dedans.
SIMO. I præ, sequar.	SIMON. Va devant, je *te* suivrai.
(*Sosia abit.*)	(*Sosie s'en-va.*)
Non est dubium quin filius	Il n'est pas douteux que *mon* fils
nolit uxorem:	*ne* refuse une épouse:
ita sensi modo	tant j'ai remarqué tout-à-l'heure
Davum timere,	que Dave avait-peur,
ubi audivit	dès qu'il a appris
nuptias esse futuras.	des noces être-devant-avoir-lieu.
Sed ipse exit foras.	Mais lui-même sort dehors.

DAVUS, SIMO.

DAVUS (*secum*).

Mirabar hoc si sic abiret, et heri semper lenitas
Verebar quorsum evaderet.
Qui postquam audierat non datum iri filio uxorem suo,
Nunquam cuiquam nostrum verbum fecit, neque id ægre tulit.

SIMO (*secum*).

At at [1] nunc faciet; neque, ut opinor, sine tuo magno malo.

DAVUS.

Id voluit, nos sic nec opinantes duci falso gaudio,
Sperantes jam, amoto metu, inter oscitantes opprimi,
Ne esset spatium cogitandi ad disturbandas nuptias.
Astute!

SIMO.

Carnufex quæ loquitur!

DAVUS.

Herus est, neque provideram [2].

SIMO (*ad Davum*).

Dave!

DAVUS.

Hem, quid est?

SIMO.

Ehodum, ad me.

DAVUS.

Quid hic volt?

DAVE, SIMON.

DAVE (*à part*). J'étais bien étonné que cela se passât ainsi, et je tremblais de voir où aboutirait l'éternelle douceur du maître. Lorsqu'il a su que Chrémès ne donnerait point sa fille à Pamphile, il n'en a dit mot à aucun de nous, il n'en a pas été fâché.

SIMON (*à part*). Mais cela ne tardera pas, et ce ne sera pas, je crois, sans qu'il t'en cuise.

DAVE (*à part*). Son projet était de nous abuser d'une fausse joie, de dissiper notre crainte, de nous donner l'espérance et de fondre ensuite sur nous, à la faveur de notre sécurité, sans nous laisser le temps de rompre le mariage. Habilement raisonné!

SIMON (*à part*). Le maraud! quel langage!

DAVE (*apercevant Simon, et à part*). C'est mon maître! moi qui ne l'avais pas vu!

SIMON. Dave.

DAVE. Hé bien! qu'est-ce?

SIMON. Viens çà, approche.

DAVE. Que veut-il?

DAVUS, SIMO.	DAVE, SIMON.
DAVUS (*secum*). Mirabar	DAVE (*à part*). Je m'étonnais
si hoc abiret sic,	si cela se passerait ainsi,
et verebar	et je craignais
quorsum evaderet	où aboutirait
semper lenitas heri.	la sempiternelle douceur de *mon* maître.
Qui postquam audierat	*Lui* qui lorsqu'il avait appris
non datum iri uxorem	qu'il ne serait pas donné d'épouse
suo filio,	à son fils,
nunquam fecit verbum	jamais ne fit de querelle
cuiquam nostrum,	à qui-que-ce-soit de nous,
neque tulit id ægre.	ni *ne* supporta cela avec-peine.
SIMO (*secum*). At at nunc	SIMON (*à part*). Mais mais maintenant
faciet;	il *vous* fera (cherchera) *querelle;*
neque, ut opinor,	et non, comme je pense,
sine tuo magno malo.	sans ton grand mal.
DAVUS. Voluit id,	DAVE. Il a voulu ceci,
nos nec opinantes,	que ne-nous-doutant-de-rien
duci sic	nous fussions promenés (amusés) ainsi
falso gaudio,	par une fausse joie,
sperantes,	*et qu'*espérant,
metu amoto,	*toute* crainte étant écartée,
opprimi jam	nous fussions surpris enfin
inter oscitantes,	parmi ceux qui bâillent,
ne spatium cogitandi	pour que le temps de réfléchir
esset	ne fût pas *à nous*
ad disturbandas nuptias.	pour troubler (rompre) les noces.
Astute!	Finement *pensé!*
SIMO. Quæ loquitur	SIMON. Que dit
carnufex!	le bourreau!
DAVUS. Est herus,	DAVE. C'est *mon* maître,
neque provideram.	et je ne *l'*avais pas vu-d'abord.
SIMO (*ad Davum*). Dave!	SIMON (*à Dave*). Dave!
DAVUS. Hem, quid est?	DAVE. Hé! qu'est-*ce*?
SIMO. Ehodum, ad me.	SIMON. Hé!-donc, *viens* vers moi.
DAVUS. Quid volt hic?	DAVE. Que veut cet *homme?*

SIMO.

Quid ais [1]?

DAVUS.

Qua de re?

SIMO.

Rogas?

Meum gnatum rumor est amare.

DAVUS.

Id populus curat scilicet [2]!

SIMO.

Hoccine agis, an non?

DAVUS.

Ego vero istuc.

SIMO.

Sed nunc ea me exquirere
Iniqui patris est. Nam quod antehac fecit, nihil ad me adtinet.
Dum tempus ad eam rem tulit, sini [3] animum ut expleret suum;
Nunc hic dies aliam vitam adfert, alios mores postulat.
Dehinc postulo, sive æquum est, te oro, Dave, ut redeat jam in viam.

DAVUS.

Hoc quid sit....

SIMO.

Omnes qui [4] amant, graviter sibi dari uxorem ferunt.

DAVUS.

Ita aiunt.

SIMO.

Tum si quis magistrum cepit ad eam rem improbum,

SIMON. Que dis-tu?

DAVE. De quoi s'agit-il?

SIMON. Tu le demandes! Tout le monde dit que mon fils a une inclination.

DAVE. C'est, ma foi, bien de quoi le monde s'occupe!

SIMON. M'écoutes-tu, ou non?

DAVE. Je vous écoute.

SIMON. Mais un père équitable ne doit pas s'informer de tout cela maintenant; car sa conduite antérieure ne me regarde en rien. Tant que l'âge l'a permis, j'ai souffert qu'il se contentât. Ce jour-ci demande un autre genre de vie, réclame d'autres mœurs. J'exige donc de toi, ou, si tu veux même, je t'en prie, Dave, qu'il rentre désormais dans le bon chemin.

DAVE. Qu'entendez-vous par là?

SIMON. Tous ceux qui ont quelque amour en tête voient avec peine qu'on les marie.

DAVE. On le dit.

SIMON. Et surtout, s'ils sont dirigés par quelque maître fripon, le

SIMO. Quid ais?	SIMON. Que dis-tu? (réponds.)
DAVUS. De qua re?	DAVE. Sur quelle chose?
SIMO. Rogas?	SIMON. Tu *le* demandes?
Rumor est	Bruit est
meum gnatum amare.	que mon fils aime.
DAVUS. Populus	DAVE. Le peuple (le monde)
curat scilicet id!	se soucie bien de cela!
SIMO. Agisne	SIMON. T'occupes-tu
hocce,	de ceci (de ce que je dis)
an non?	ou non?
DAVUS. Ego vero	DAVE. Mais parbleu! moi
istuc.	*je m'occupe* de cela (de ce que tu dis).
SIMO. Sed nunc	SIMON. Mais maintenant
est patris iniqui	c'est *le propre* d'un père injuste
me exquirere ea.	que je m'enquière-de ces *choses*.
Nam quod fecit antehac	Car ce qu'il a fait jusque-là
adtinet nihil ad me.	ne regarde en rien moi.
Dum tempus	Tant que le temps (l'âge)
tulit ad eam rem,	*l'*a porté à cette chose (au plaisir),
sivi ut expleret	j'ai permis qu'il contentât
suum animum;	sa passion;
hic dies nunc	ce jour maintenant
adfert aliam vitam,	apporte (amène) une autre vie,
postulat alios mores.	exige d'autres mœurs.
Dehinc postulo,	En-conséquence j'exige *de toi*,
sive est æquum,	ou-si c'est convenable,
oro te, Dave,	je supplie toi, Dave,
ut redeat jam in viam.	qu'il revienne enfin dans la *bonne* voie.
DAVUS.	DAVE. *Je ne comprends pas*
Quid hoc sit...	quoi cela est....
SIMO. Omnes qui amant,	SIMON. Tous *ceux* qui aiment
ferunt graviter	supportent difficilement
uxorem dari sibi.	une épouse être donnée à eux.
DAVUS. Aiunt ita.	DAVE. On dit ainsi.
SIMO. Tum si quis	SIMON. Puis si quelqu'un
cepit ad eam rem	a pris pour cette chose (ses amours)
magistrum improbum,	un maître pervers,

Ipsum animum ægrotum ad deteriorem partem plerumque adplicat.

DAVUS.

Non hercle intelligo.

SIMO.

Non? hem!

DAVUS.

Non : Davus sum, non Œdipus [1].

SIMO.

Nempe ergo aperte vis, quæ restant, me loqui?

DAVUS

Sane quidem.

SIMO.

Si sensero hodie quidquam in his te nuptiis
Fallaciæ conari, quo fiant minus,
Aut velle in ea re ostendi quam sis callidus,
Verberibus cæsum te in pistrinum, Dave, dedam usque ad necem,
Ea lege atque omine, ut, si te inde exemerim, ego pro te molam.
Quid? hoc intellexti? an nondum etiam ne hoc quidem?

DAVUS.

Imo callide :
Ita aperte ipsam rem modo locutus, nil circitione usus es [2].

SIMO.

Ubivis facilius passus sim, quam in hac re, me deludier.

drôle ne manque pas d'entraîner leur esprit malade au plus mauvais parti.

DAVE. Ma foi, je ne comprends pas.

SIMON. Non? ha!

DAVE. Non, assurément, je suis Dave, et non pas Œdipe.

SIMON. Tu veux donc que je m'explique plus clairement sur le reste ?

DAVE. Oui, sans doute.

SIMON. Si je m'aperçois aujourd'hui que tu médites quelque fourberie à l'encontre de ce mariage, ou que tu veuilles profiter de la circonstance pour faire preuve de ton adresse ordinaire, Dave, mon ami, je commencerai par te faire donner les étrivières d'importance, et puis je t'enverrai au moulin pour le reste de tes jours, avec le serment le plus sacré que, si je t'en retire jamais, j'irai tourner la meule à ta place. Hé bien! m'entends-tu maintenant? ou ne suis-je pas encore assez clair?

DAVE. A merveille! voilà ce qui s'appelle parler clairement et sans détour.

SIMON. Dans toute autre occasion, je souffrirais qu'on me jouât plutôt que dans celle-ci.

plerumque adplicat	le-plus-souvent il applique (porte)
animum ægrotum ipsum	*son* esprit malade de-lui-même
ad partem deteriorem.	au parti le pire.
DAVUS. Hercle	DAVE. Par-Hercule
non intelligo.	je ne comprends pas.
SIMO. Non? hem!	SIMON. Non? hein!
DAVUS. Non :	DAVE. Non :
sum Davus, non OEdipus.	je suis Dave, non OEdipe.
SIMO. Nempe ergo vis,	SIMON. Or donc veux-tu
me loqui aperte,	moi dire ouvertement
quæ restant?	*ce* qui reste?
DAVUS. Sane quidem.	DAVE. Certes oui.
SIMO. Si sensero	SIMON. Si je viens-à-m'apercevoir
hodie	aujourd'hui
te conari quidquam fallaciæ	toi faire-quelque-effort de fourberie
in his nuptiis,	à-propos-de ces noces,
quominus fiant,	pour-qu'elles-ne se-fassent pas,
aut velle ostendi	ou vouloir être montré (que l'on voie)
in ea re	en cette affaire
quam sis callidus,	combien tu es adroit,
dedam te, Dave,	je livrerai toi, Dave,
cæsum verberibus,	roué de coups,
in pistrinum	au moulin,
usque ad necem,	jusqu'à la mort;
ea lege atque omine,	avec cette condition et sous *ces* auspices,
ut, si exemerim te inde,	que, si je viens-à-tirer toi de là,
ego molam pro te.	moi je moudrai pour toi (à ta place).
Quid? intellexti hoc?	Quoi (eh bien)? as-tu compris cela?
an nondum etiam	ou n'*as-tu* pas encore *compris* davantage
ne hoc quidem?	pas même cela?
DAVUS. Imo	DAVE. Au-contraire
callide :	*j'ai compris* avec-perspicacité :
ita locutus modo	tellement ayant dit à-l'instant-même
rem ipsam aperte,	la chose elle-même ouvertement, [se.
es usus nil circitione.	tu es ne t'-étant-servi en-rien de périphra-
SIMO. Passus sim	SIMON. J'aurais souffert (je souffrirais)
me deludier ubivis	moi être joué n'-importe-où

DAVUS.

Bona verba [1], quæso.

SIMO.

Irrides; nil me fallis. Sed dico tibi,
Ne temere facias, neque tu hoc dicas tibi non prædictum, cave.

(*Abit Simo.*)

DAVUS.

Enimvero, Dave, nihil loci est segnitiæ neque socordiæ,
Quantum intellexi modo senis sententiam de nuptiis :
Quæ, si non astu providentur, me aut herum pessumdabunt.
Nec quid agam certum est : Pamphilumne adjutem, an auscultem seni?
Si illum relinquo, ejus vitæ timeo; sin opitulor, hujus minas,
Cui verba dare [2] difficile est. Primum jam de amore hoc comperit;
Me infensus servat [3], ne quam faciam in nuptiis fallaciam.
Si senserit, perii; aut, si lubitum fuerit, causam ceperit;
Qua [4] jure, quaque injuria, præcipitem in pistrinum dabit.
Ad hæc mala, hoc mi adcedit etiam : hæc Andria,

DAVE. De grâce, ne vous fâchez pas.

SIMON. Tu te moques, mais tu ne m'abuses pas. Au surplus, je te dis ceci, pour t'épargner des sottises, et pour que tu n'ailles pas dire qu'on ne t'avait pas averti. Prends-y garde. (*Simon s'en va.*)

DAVE.

Allons, Dave, ce n'est pas le moment de s'endormir, autant que j'ai pu comprendre l'intention du vieillard au sujet de ce mariage. Si quelque ruse ne vient promptement à notre secours, mon maître et moi, nous sommes perdus. Mais je ne sais trop quel parti prendre. Servirai-je Pamphile? obéirai-je au vieillard? Si j'abandonne le fils, je tremble pour lui; si je le sers, j'ai à redouter le courroux du père, à qui l'on n'en donne pas facilement à garder. D'abord il a déjà découvert nos amours; il m'en veut, il me guette, pour m'empêcher de rien machiner contre ce mariage. S'il s'aperçoit de quelque chose, je suis un homme mort; ou bien, s'il lui en prend fantaisie, un prétexte quelconque lui suffira pour m'envoyer à l'instant au moulin. Et pour comble de malheur, cette Andrienne,

facilius quam in hac re.	plus facilement qu'en cette affaire.
DAVUS. Bona verba,	DAVE. *Dis* de bonnes paroles,
quæso.	je *t'en* prie.
SIMO. Irrides;	SIMON. Tu railles;
nil fallis me.	tu *ne* trompes en-rien moi.
Sed dico tibi,	Mais je dis *cela* à toi,
ne facias temere,	pour que tu n'agisses pas imprudemment,
neque tu dicas	et que tu ne dises pas
hoc non prædictum tibi;	cela n'avoir pas été dit-d'avance à toi;
cave. (*Simo abit.*)	prends-garde. (*Simon s'en-va.*)

DAVUS.	DAVE.
Enimvero, Dave,	En vérité, Dave,
nihil loci est	aucun lieu n'est
segnitiæ neque socordiæ,	à nonchalance ni à paresse,
quantum intellexi modo	autant-que j'ai compris tout-à-l'heure
sententiam senis	la pensée du vieillard (Simon)
de nuptiis:	sur *ces* noces:
quæ,	lesquelles,
si non providentur astu,	si elles ne sont prévenues par ruse,
pessum dabunt	perdront
me aut herum.	moi ou *mon* maître.
Nec est certum	Et il n'est pas arrêté *dans mon esprit*
quid agam:	quoi je dois-faire:
adjutemne Pamphilum,	si-je-viendrai-en-aide à Pamphile,
an auscultem seni?	ou si-j'écouterai le vieillard.
Si relinquo illum,	Si j'abandonne celui-là (Pamphile),
timeo vitæ ejus;	j'ai-peur pour la vie de lui;
sin opitulor,	si-au-contraire je *lui* viens-en-aide,
minas hujus,	*je redoute* les menaces de celui-ci (Simon),
cui est difficile	à qui il est difficile
dare verba.	de donner des mots (d'en imposer).
Primum jam comperit	D'abord déjà il a découvert (il est instruit)
de hoc amore;	au sujet de cet amour;
servat me infensus,	il observe moi *en* ennemi,
ne faciam quam fallaciam	pour que je ne fasse pas quelque fourberie
in nuptiis.	à-propos-de *ces* noces.
Si senserit,	S'il vient-à-remarquer *quelque chose*,
perii;	je-suis-perdu;
aut, si fuerit lubitum,	ou, s'il *lui* aura plu (s'il lui plaît),
ceperit causam;	il saisira un prétexte *quelconque;*
qua jure,	*et* soit à-droit,
quaque injuria,	soit à-tort,
dabit præcipitem	il *me* jettera
in pistrinum.	au moulin.
Ad hæc mala, hoc,	A ces maux celui-ci

Quæ clam vocatur uxor, gravida e Pamphilo est.
Audireque eorum est operæ pretium audaciam
(Nam inceptio est amentium, haud amantium) :
Quidquid peperisset, decreverunt tollere;
Et fingunt quamdam inter se nunc fallaciam :
Civem Atticam esse hanc (fuit olim quidam senex
Mercator; navem is fregit apud Andrum insulam;
Is obiit mortem); ibi tunc hanc ejectam Chrysidis
Patrem recepisse, orbam, parvam. Fabulæ!
Mi hercle quidem non fit verisimile; atque ipsis commentum placet.
Sed Mysis ab ea egreditur. At ego hinc me ad forum[1];
Conveniam Pamphilum, ne de hac re pater imprudentem opprimat.

(*Abit.*)

MYSIS.

Audivi, Archillis, jam dudum; Lesbiam adduci jubes.
Sane pol temulenta est illa mulier, et temeraria,
Nec sat digna cui committas primo partu mulierem;

cette épouse secrète de Pamphile, est grosse. Ils sont d'une audace!.... il faut voir: car c'est un projet de fous plutôt que d'amants. Fille ou garçon, n'importe, ils ont résolu d'élever l'enfant, et ils bâtissent ensemble je ne sais quelle histoire : que Glycérie est citoyenne d'Athènes; qu'il y eut autrefois un vieux marchand; que ce marchand fit naufrage sur les côtes de l'île d'Andros; qu'il y mourut; qu'alors le père de Chrysis prit chez lui cette pauvre orpheline sauvée du naufrage, et encore toute petite. La belle fable! pour moi, je ne trouve pas à tout cela une ombre de vraisemblance; mais ils sont enchantés de leur idée. Mais voilà Mysis qui sort de chez elle. Je vais de ce pas à la place publique pour prévenir Pamphile, afin que son père ne l'accable pas à l'improviste de la nouvelle de ce mariage. (*Il s'en va.*)

MYSIS.

Fort bien, Archillis, je vous entends à merveille! vous voulez que j'amène Lesbie. Il est vrai que c'est une femme qui aime le vin, une imprudente à qui l'on ne devrait pas confier un premier

adcedit etiam mihi :
hæc Andria,
quæ vocatur clam uxor
est gravida
e Pamphilo.
Estque pretium operæ
audire audaciam eorum
(nam incœptio est
amentium,
haud amantium) :
quidquid
peperisset,
decreverunt tollere;
et fingunt nunc inter se
quamdam fallaciam :
hanc esse civem Atticam
(quidam senex mercator
fuit olim;
is fregit navem
apud insulam Andrum ;
is obiit mortem);
tunc ibi
patrem Chrysidis
recepisse hanc ejectam,
orbam, parvam.
Fabulæ!
Mihi, hercle quidem,
non fit verisimile;
atque ipsis
commentum placet.
Sed Mysis egreditur
ab ea.
At ego me
hinc ad forum;
conveniam Pamphilum,
ne pater
opprimat imprudentem
de hac re. (*Abit.*)

s'ajoute encore pour moi :
cette Andrienne,
qui est appelée secrètement épouse,
est grosse (enceinte)
du fait de Pamphile.
Et c'est le prix de la peine (c'est plaisir)
d'entendre l'audace d'eux
(car *leur* dessein est *un dessein*
d'insensés,
non d'amants) :
quelque *enfant* que
elle-aurait-mis-(elle mette)-au-jour,
ils ont résolu de *l'*élever ;
et ils imaginent maintenant entre eux
une certaine fourberie :
que cette *fille* est citoyenne d'-Athènes
(un certain vieillard marchand
fut autrefois ;
cet-*homme* brisa *son* navire (fit naufrage)
auprès de l'île d'Andros ;
cet-*homme y* trouva la mort);
ils ajoutent qu'alors là
le père de Chrysis
recueillit cette *fille* naufragée,
orpheline, petite.
Fables *que tout cela !*
Pour moi, par-Hercule certes,
cela n'est pas vraisemblable;
et *pourtant* à eux-mêmes (aux deux amants)
cette invention plaît.
Mais Mysis sort
de-chez elle (Glycérie).
Quant-à-moi je me *rends*
d'ici à la place-publique;
j'irai trouver Pamphile,
de peur que *son* père
ne surprenne *lui* ne-s'attendant-à-rien
sur cette affaire. (*Il s'en-va.*)

MYSIS.

Archillis, audivi
jam dudum;
jubes Lesbiam adduci.
Sane pol illa mulier
est temulenta, et temeraria,
nec sat digna

MYSIS.

Archillis, j'ai entendu
déjà depuis-longtemps;
tu ordonnes Lesbie être amenée.
Certes par-Pollux cette femme-*là*
est ivrognesse et imprudente,
et pas assez digne

Tamen eam adducam. Importunitatem spectate aniculæ :
Quia compotrix ejus est! Di, date facultatem, obsecro,
Huic pariundi, atque illi in aliis potius peccandi locum.
Sed quidnam Pamphilum exanimatum video? Vereor quid siet[1].
Opperiar, ut sciam num quidnam hæc turba tristitiæ adferat

PAMPHILUS, MYSIS.

PAMPHILUS (*secum*).

Hocce est humanum factum, aut incœptum? Hocce est officium patris?

MYSIS.

Quid illud est ?

PAMPHILUS.

Pro deum atque hominum fidem! Quid est,
Si non hæc contumelia est?
Uxorem decrerat[2] dare sese mi hodie : nonne oportuit
Præscisse me ante? Non prius communicatum oportuit?

MYSIS.

Miseram me! quod verbum audio?

PAMPHILUS.

Quid id[3]? Chremes, qui denegarat se commissurum mihi
Gnatam suam uxorem, id mutavit, quia me immutatum videt.

accouchement: je l'amènerai cependant. Voyez un peu l'entêtement de cette vieille; et cela, parce qu'elles boivent ensemble! Dieux! accordez une heureuse délivrance à ma maîtresse, et que cette accoucheuse fasse des sottises ailleurs plutôt qu'ici. Mais d'où vient que Pamphile est si troublé? Je crains bien ce que ce peut être. Attendons, pour apprendre ce que son trouble annonce de fâcheux.

PAMPHILE, MYSIS.

PAMPHILE (*à part*). Est-ce l'action, l'entreprise d'un honnête homme? Est-ce là le devoir d'un père?

MYSIS. Qu'est-ce que cela ?

PAMPHILE. J'en atteste les dieux et les hommes, qu'est-ce que cela, si ce n'est pas la plus grande des indignités? Il avait résolu de me marier aujourd'hui : ne devait-il pas m'en prévenir? Ne devait-il pas d'avance me communiquer son projet?

MYSIS. Malheureuse! qu'entends-je?

PAMPHILE. Et ce Chrémès, qui s'était dédit, qui ne voulait plus me donner sa fille, le voilà qui change, parce qu'il me trouve inva-

cui committas	à qui tu (que tu lui) confies
mulierem primo partu ;	une femme au premier accouchement ;
tamen adducam eam.	cependant j'amènerai elle.
Spectate importunitatem	Voyez l'entêtement
aniculæ :	de *cette* petite-vieille (Archillis) :
quia est compotrix	parce qu'elle est compagne-de-bouteille
ejus !	de cette *femme* (Lesbie) !
Dii, obsecro,	Dieux, je *vous* supplie,
date huic	donnez à celle-ci (à Glycérie)
facultatem pariundi,	facilité d'accoucher,
atque illi	et à celle-là (à Lesbie)
locum peccandi	occasion de se-tromper
potius in aliis.	de-préférence sur d'autres *femmes*.
Sed quidnam video	Mais pourquoi-donc vois-je
Pamphilum exanimatum ?	Pamphile hors-de-lui ?
Vereor quid siet.	Je crains ce-que *cela* peut être.
Opperiar, ut sciam	J'attendrai, pour que je sache
num hæc turba	si ce trouble
adferat	apporte (annonce)
quidnam tristitiæ.	quelque-chose de (quelque) tristesse.

PAMPHILUS, MYSIS.	PAMPHILE, MYSIS.
PAMPHILUS (*secum*).	PAMPHILE (*à part*).
Hocce est factum,	Est-ce-là une action
aut inceptum humanum ?	ou un dessein digne-d'un-homme ?
Hocce est officium patris ?	Est-ce-là le devoir (le procédé) d'un père ?
MYSIS. Quid est illud ?	MYSIS. Qu'est-ce *que* cela ?
PAMPHILUS. Pro fidem	PAMPHILE. Oh ! *j'en atteste* la foi
deum atque hominum !	des dieux et des hommes !
Quid est,	Qu'est-ce,
si hæc non est contumelia ?	si ce n'est pas un affront ?
Decrerat	Il (mon père) avait arrêté
sese dare uxorem mi	qu'il donnait une épouse à moi
hodie :	aujourd'hui :
nonne oportuit	n'a-t-il pas fallu (n'aurait-il pas fallu)
me præscisse ante ?	que je *l'*eusse su avant ?
Non oportuit	Est-ce-qu'il n'a pas (n'aurait pas) fallu
communicatum	*que cela m'eût été* communiqué
prius ?	auparavant ?
MYSIS. Me miseram !	MYSIS. O moi malheureuse !
quod verbum audio ?	quelle parole entends-je ?
PAMPHILUS. Quid id ?	PAMPHILE. Qu'est-ce *que* cela ?
Chremes, qui denegarat	Chrémès, qui avait refusé
se commissurum mihi	lui devoir confier à moi
suam gnatam uxorem,	sa fille *pour* épouse,
mutavit id,	a changé cela (cette résolution),

Itane obstinate operam dat ut me a Glycerio miserum abstrahat?
Quod si fit, pereo funditus.
Adeon' hominem esse invenustum aut infelicem quemquam ut ego sum?
Pro deum atque hominum fidem!
Nullon' ego Chremetis pacto affinitatem effugero?
Quot modis contemptus, spretus? Facta, transacta omnia. Hem,
Repudiatus repetor! Quamobrem? Nisi si id est quod suspicor:
Aliquid monstri alunt: ea [1] quoniam nemini obtrudi potest,
Itur ad me.

MYSIS.

Oratio hæc me miseram exanimavit metu.

PAMPHILUS.

Nam quid ego dicam de patre? Ah!
Tantamne rem tam negligenter agere? Præteriens modo
Mi apud forum: « Uxor tibi ducenda est, Pamphile, hodie, inquit: para;
Abi domum. » Id mihi visus est dicere: « Abi cito ac suspende te. »
Obstupui: censen' ullum me verbum potuisse proloqui,

riable! Peut-il s'obstiner ainsi à m'arracher à celle qui a tout mon cœur? C'en est fait, je suis perdu, si cela arrive. Est-il un homme aussi infortuné, aussi malheureux en amour que je le suis? Ah! grands dieux! ne trouverai-je donc aucun moyen d'échapper à l'alliance de Chrémès? Suis-je assez joué, assez méprisé? Tout était fait, conclu; allons, on me refuse, puis on me recherche. Et pourquoi? si ce n'est ce que je soupçonne: cette fille est un monstre, sans doute; et comme on ne peut forcer personne à la prendre, on me la jette à la tête.

MYSIS. Ce discours me fait mourir de frayeur.

PAMPHILE. Mais que dire de mon père? Ah! faire avec tant d'indifférence une chose de cette importance! il passe près de moi tout à l'heure sur la place publique: « Pamphile, me dit-il, tu te maries aujourd'hui; tiens-toi prêt, va à la maison. C'est comme s'il m'eût dit: « Cours vite te pendre. » Croyez-vous que j'aie pu lui répondre un seul mot? lui donner quelque défaite, même sotte, fausse, absurde?

quia videt me
immutatum.
Datne operam
ita obstinate
ut abstrahat me miserum
a Glycerio?
Quod si fit,
pereo funditus.
Hominemne quemquam
esse adeo invenustum
aut infelicem
ut ego sum?
Pro fidem deum
atque hominum!
Egone
effugero nullo pacto
affinitatem Chremetis?
Quot modis
contemptus, spretus?
Omnia facta, transacta.
Hem, repudiatus
repetor!
Quamobrem? Nisi si est
id quod suspicor:
alunt aliquid monstri:
quoniam ea
potest obtrudi nemini,
itur ad me.
MYSIS. Hæc oratio
exanimavit metu
me miseram.
PAMPHILUS. Nam quid
ego dicam de patre? Ah!
agerene tantum rem
tam negligenter?
Præteriens modo
apud forum:
« Pamphile, inquit mi,
uxor est ducenda tibi
hodie: para;
abi domum. »
Visus est dicere mihi id:
« Abi cito ne suspende te. »
Obstupui:
Censen' me potuisse
proloqui ullum verbum
aut ullam causam,

parce qu'il voit moi
incapable-de-changer.
Donne-t-il (faut-il qu'il donne) *ses* soins
tant avec-d'obstination
pour arracher moi malheureux
à Glycérie?
Laquelle *chose* si elle se fait,
je suis-perdu de-fond-en-comble.
Se peut-il qu'un homme quelconque
soit aussi infortuné
ou *aussi* malheureux
comme moi je suis?
Oh! *j'en atteste* la foi des dieux
et des hommes!
Est-ce-que moi
je ne pourrai-échapper en aucune façon
à l'alliance de Chrémès?
De combien de manières
je suis bravé, méprisé?
Tout *était* fait, conclu.
Hé bien! *après avoir été* refusé
je suis recherché-de-nouveau!
Pourquoi? si ce n'est
ce que je soupçonne:
ils (Chrémès) élèvent quelque monstre:
et comme cette *fille*
ne peut être jetée-de-force à personne,
on vient vers moi.
MYSIS. Ce discours
a fait-mourir de frayeur
moi malheureuse.
PAMPHILE. Mais quoi
moi dirai-je de *mon* père? Ah!
se peut-il qu'il fasse une si-grande chose
tant avec-d'indifférence?
Passant-près *de moi* tout-à-l'heure
dans la place publique:
« Pamphile, a-t-il dit à moi,
femme doit être prise à toi (par toi)
aujourd'hui: tiens-toi-prêt;
va-t'en à la maison. »
Il a semblé dire à moi ceci:
« Va-t'en vite et pends-toi. »
Je-suis-resté-stupéfait:
crois-tu (croit-on) que j'aie pu
proférer quelque parole,
ou *donner* quelque raison,

Aut ullam causam, ineptam saltem, falsam, iniquam? Obmutui.
Quod si ego rescissem id prius... Quid facerem, si quis nunc me roget...
Aliquid facerem, ut hoc ne facerem. Sed nunc quid primum exsequar?
Tot me impediunt curæ, quæ meum animum divorse[1] trahunt:
Amor, hujus misericordia, nuptiarum sollicitatio,
Tum patris pudor, qui me tam leni passus est animo usque adhuc,
Quæ meo cumque animo lubitum est, facere; eine ego ut advorser? Hei mihi!
Incertum est quid agam.

MYSIS.

Misera timeo, hoc incertum quorsum accidat.
Sed nunc peropu' st aut hunc cum ipsa, aut me aliquid de illa adversum hunc loqui.
Dum in dubio est animus, paulo momento huc illuc impellitur.

PAMPHILUS.

Quis hic loquitur? Mysis, salve.

MYSIS.

O salve, Pamphile.

PAMPHILUS.

Quid agit?

MYSIS.

Rogas?
Laborat e dolore; atque ex hoc misero[2] sollicita est, diem

Non; je suis resté muet. Si j'avais su plus tôt.... Qu'auriez-vous fait? me dira-t-on. J'aurais fait tout pour ne pas faire ce qu'on veut que je fasse. Mais à présent, quel parti prendre, au milieu de tant de sentiments opposés qui troublent et déchiren[t] [m]on cœur? L'amour, la pitié que m'inspire Glycérie, les soucis q[ue me] cause ce mariage, mon respect pour un père qui, jusqu'à ce moment, m'a laissé faire avec tant de bonté tout ce que j'ai voulu. Et je lui résisterais! que je suis malheureux! je ne sais à quoi me déterminer.

MYSIS. Cette irrésolution me fait souffrir, et j'en redoute les suites. Cependant il faut absolument, ou qu'il parle à ma maîtresse, ou que je l'entretienne d'elle. Lorsqu'un cœur balance, le moindre poids le fait pencher d'un côté ou de l'autre.

PAMPHILE. Qui est-ce qui parle ici? ha! Mysis, bonjour

MYSIS. Bonjour, Pamphile.

PAMPHILE. Hé bien! que fait-elle?

MYSIS. Ce qu'elle fait? elle est dans les douleurs; et de plus la

saltem ineptam,	du moins (même) sotte,
falsam, iniquam?	fausse, absurde?
Obmutui.	Je-suis-resté-muet.
Quod si ego rescissem	Que si moi j'avais appris (su)
id prius.....	cela plus-tôt....
Si quis roget me nunc,	Si quelqu'un demandait à moi maintenant
quid facerem....	quoi je ferais (j'aurais fait)....
facerem aliquid,	je ferais (j'aurais fait) quelque-chose,
ut ne facerem hoc.	pour ne pas faire cela (ne me pas marier).
Sed nunc	Mais maintenant
quid exsequar primum?	qu'entreprendrai-je d'abord?
Tot curæ impediunt me,	Tant de soucis embarrassent moi,
quæ trahunt diverse	lesquels tirent en-divers-sens
meum animum:	mon cœur:
amor, misericordia hujus,	l'amour, la pitié pour cette *fille* (Glycérie),
sollicitatio nuptiarum,	l'inquiétude de *ce* mariage,
tum pudor patris,	puis *mon* respect pour un père,
qui usque adhuc	qui jusqu'à-ce-moment
passus est animo tam leni	a souffert d'une âme si tranquille
me facere	que je fisse
quæcumque est lubitum	toutes-les-choses-qu'il a plu
meo animo;	à ma passion;
egone ut adverser ei?	*se peut-il* que moi je résiste à lui!
Hei mihi!	Malheur à moi!
incertum est quid agam.	il est incertain *à moi* quoi je dois-faire.
MYSIS. Misera timeo,	MYSIS. Malheureuse, je crains
quorsum accidat	où doit-aboutir
hoc incertum.	cette incertitude.
Sed nunc est peropus	Mais maintenant il est grand-besoin
aut hunc	ou que celui-ci (Pamphile)
loqui cum ipsa,	s'entretienne avec elle-même (Glycérie),
aut me adversum hunc	ou que moi *je dise* à lui
aliquid de illa.	quelque-chose (quelques mots) sur elle.
Dum animus est in dubio,	Tant-que le cœur est dans le doute,
impellitur huc illuc	il est poussé çà *et* là
paulo momento.	par un tout-petit poids.
PAMPHILUS.	PAMPHILE.
Quis loquitur hic?	Qui parle ici?
Mysis, salve.	*Ah!* Mysis, bonjour.
MYSIS. O salve, Pamphile.	MYSIS. Oh! bonjour, Pamphile.
PAMPHILE. Quid agit?	PAMPHILE. Que fait-elle (Glycérie)?
MYSIS. Rogas?	MYSIS. Tu *le* demandes?
Laborat e dolore;	Elle souffre des douleurs *de l'enfantement*,
atque est misere sollicita	et elle est misérablement inquiète
ex hoc, quia nuptiæ	par ce *motif*, que *ton* mariage
constitutæ sunt olim	a été fixé naguère
in hunc diem;	pour ce jour-*ci*;

Quia olim in hunc sunt constitutæ nuptiæ; tum autem hoc timet,
Ne deseras se.

PAMPHILUS.

Hem, egone istuc conari queam?
Ego propter me illam?... Decipi miseram sinam,
Quæ mihi suum animum atque omnem vitam credidit,
Quam ego animo egregie caram pro uxore habuerim?
Bene et pudice ejus doctum atque eductum sinam,
Coactum egestate, ingenium immutarier?
Non faciam.

MYSIS.

Haud vereor, si in te solo sit situm;
Sed vim ut queas ferre.

PAMPHILUS.

Adeon' me ignavum putas?
Adeon' porro ingratum, aut inhumanum, aut ferum,
Ut neque me consuetudo, neque amor, neque pudor
Commoveat, neque commoneat ut servem fidem?

MYSIS.

Unum hoc scio, hanc meritam esse ut memor esses sui.

PAMPHILUS.

Memor essem! O Mysis, Mysis, etiam nunc mihi
Scripta illa dicta sunt in animo Chrysidis
De Glycerio. Jam ferme moriens me vocat;

malheureuse est inquiète, parce qu'on avait fixé jadis votre mariage à ce jour-ci. Elle craint que vous ne l'abandonniez.

PAMPHILE. Ha! moi! je pourrais seulement en avoir la pensée! Je souffrirais que, pour m'avoir aimé, elle fût trahie, elle qui m'a donné son cœur et sa vie tout entière, elle que j'ai chérie entre toutes les femmes, regardée comme mon épouse? Un cœur si bien formé à l'honneur, à la vertu, je souffrirais que la misère le forçât à changer! Non, jamais!

MYSIS. Aussi ne craindrais-je rien, s'il dépendait de vous seul. Mais pourrez-vous braver la force!

PAMPHILE. Me crois-tu donc assez lâche, assez ingrat, assez inhumain, assez barbare, pour que l'amitié, l'amour et l'honneur me disent en vain de lui garder ma foi?

MYSIS. Tout ce que je sais, c'est qu'elle mérite que vous vous souveniez d'elle.

PAMPHILE. Me souvenir d'elle! Ah! Mysis, Mysis, elles sont encore gravées dans mon cœur, les dernières paroles de Chrysis en faveur de Glycérie. Elle allait mourir, elle m'appelle, j'approche;

tum autem timet hoc,	or alors elle craint ceci,
ne deseras se.	que tu n'abandonnes elle.
PAMPHILUS. Hem,	PAMPHILE. Hé!
egone queam	est-ce que moi je pourrais
conari istuc?	faire-cet-effort-là?
Ego propter me	Moi à cause de moi (parce qu'elle m'aime)
illam....?	*je* la....?
Sinam decipi miseram,	Je laisserais être trompée malheureuse
quæ credidit mihi	*elle* qui a confié à moi
suum animum	son cœur
atque omnem vitam,	et toute *sa* vie,
quam ego animo	*elle* que moi dans *mon* cœur
habuerim pro uxore	j'ai eue pour épouse
caram egregie?	chère par-dessus-tout?
Sinam immutarier,	Je laisserais se changer (se pervertir),
coactum egestate,	forcé *qu'il y serait* par la misère,
ingenium ejus	le naturel d'elle
doctum atque eductum	*qui a été* formé et développé
bene et pudice?	dans-le-bien et dans-l'honneur?
Non faciam.	Je ne *le* ferai pas.
MYSIS. Haud vereor,	MYSIS. Je ne crains *rien*,
si sit situm in te solo;	si *la chose* dépend de toi seul;
sed ut queas	mais *je crains* que tu *ne* puisses *pas*
ferre vim.	soutenir (braver) la violence.
PAMPHILUS. Putasne me	PAMPHILE. Crois-tu moi
adeo ignavum?	si lâche?
Porrone adeo ingratum,	Et-aussi *me crois-tu* si ingrat,
aut inhumanum,	ou *si* inhumain,
aut ferum,	ou *si* barbare,
ut neque consuetudo,	que ni l'intimité,
neque amor, neque pudor	ni l'amour, ni l'honneur
commoveat me,	*ne* touchent moi,
neque commoneat	ni *ne m'*avertissent
ut servem fidem?	que je *lui* garde (de lui garder) *ma* foi?
MYSIS. Scio hoc unum,	MYSIS. Je sais ceci seul (seulement)
hanc esse meritam	*c'est* qu'elle (Glycérie) a mérité
ut esses memor sui.	que tu fusses te-souvenant d'elle.
PAMPHILUS.	PAMPHILE.
Essem memor!	Que je fusse m'-*en*-souvenant!
O Mysis, Mysis,	O Mysis, Mysis,
illa dicta Chrysidis	ces paroles de Chrysis
de Glycerio	sur Glycérie
sunt etiam nunc	sont encore maintenant
scripta in animo.	écrites (gravées) dans *mon* cœur.
Jam ferme moriens	Déjà presque mourante
vocat me;	elle appelle moi;
adcessi	je m'approchai

Adcessi (vos semotæ, nos soli); incipit :
« Mi Pamphile : hujus formam atque ætatem vides,
Nec clam te est quam illi utræque[1] nunc inutiles
Et ad pudicitiam et rem tutandam sient.
Quod[2] ego te per dextram hanc oro, et genium tuum[3],
Per tuam fidem, perque hujus solitudinem
Te obtestor, ne abs te hanc segreges, neu deseras :
Si te in germani fratris dilexi loco,
Sive hæc te solum semper fecit maxumi,
Seu tibi morigera fuit in rebus omnibus.
Te isti virum do, amicum, tutorem, patrem ;
Bona nostra hæc tibi permitto, et tuæ mando fidei. »
Hanc mi in manum dat; mors continuo ipsam occupat.
Adcepi : adceptam servabo.

MYSIS.

Ita spero quidem.

PAMPHILUS.

Sed cur tu abis ab illa?

vous étiez éloignées, nous étions seuls : Mon cher Pamphile, me dit-elle, vous voyez sa jeunesse et sa beauté, et vous n'ignorez pas combien ces deux avantages lui sont inutiles pour conserver son honneur et son bien. Je vous en conjure donc par cette main que je vous présente, par votre Génie, par votre bonne foi, enfin par l'abandon où vous la voyez, ne vous séparez point d'elle, ne la délaissez pas. Si je vous ai chéri comme un frère, si elle n'a jamais aimé que vous, si elle a eu pour vous toutes sortes de complaisances, je vous la donne; soyez son époux, son ami, son tuteur, son père. Je vous laisse tout ce que j'ai de plus cher, je le confie à votre bonne foi. Puis elle met la main de Glycérie dans la mienne, et expire à l'instant même. Je l'ai reçue, je la garderai.

MYSIS. Je l'espère bien ainsi.

PAMPHILE. Mais pourquoi t'éloigner d'elle?

(vos semotæ,	(vous *étiez* éloignées,
nos soli); incipit :	nous *étions* seuls); elle commence :
« Mi Pamphile,	« Mon *cher* Pamphile,
vides formam hujus	tu vois la beauté de cette *jeune fille*
atque ætatem,	et *son* âge,
nec est clam te	et il n'est pas à-l'insu-de toi
quam utræque nunc	combien *ces* deux-*choses* maintenant
sient inutiles illi	sont inutiles à elle
ad tutandam et pudicitiam	pour protéger et *son* honneur
et rem.	et *son* bien.
Quod ego oro te	C'est pourquoi moi je prie toi
per hanc dextram,	par cette main-droite,
et tuum genium,	et *par* ton *bon* génie,
obtestor te	je conjure toi
per tuam fidem,	par ta bonne-foi (ton honneur),
perque solitudinem hujus,	et par l'abandon d'elle (où je la laisse),
ne segreges hanc abs te,	ne sépare-pas elle de toi,
neu deseras :	ni *ne l'*abandonne :
si dilexi te	si j'ai chéri toi
in loco fratris germani,	en place de (comme) un frère légitime,
sive hæc	et-si celle-ci
fecit semper maximi	a estimé toujours le-plus-possible
te solum,	toi seul (entre tous),
seu fuit morigera tibi	et si elle a été complaisante pour toi
in omnibus rebus.	en toutes choses.
Do te isti	Je donne toi à elle
virum, amicum,	*pour* époux, *pour* ami,
tutorem, patrem;	*pour* tuteur, *pour* père;
permitto tibi	je confie à toi
hæc bona nostra,	ces biens nôtres (ce que j'ai de plus cher),
et mando	et je *les* lègue
tuæ fidei. »	à ta bonne-foi. »
Dat hanc mi	Elle donne celle-ci (Glycérie) à moi
in manum;	dans la main;
continuo mors	aussitôt la mort
occupat ipsam.	*la* saisit elle-même (Chrysis).
Accepi;	Je *l'*ai reçue (Glycérie);
servabo acceptam.	je *la* garderai reçue *par moi*.
MYSIS. Spero quidem ita.	MYSIS. J'espère certes ainsi.
PAMPHILUS. Sed cur tu	PAMPHILE. Mais pourquoi toi
abis ab illa?	t'en-vas-tu d'auprès d'elle?

MYSIS.

Obstetricem accersio [1].

PAMPHILUS.

Propera... Atque audin' ? Verbum unum cave de nuptiis ;
Ne ad morbum hoc etiam...

MYSIS.

Teneo.

(*Abeunt.*)

CHARINUS, BYRRHIA, *et post* PAMPHILUS [2].

CHARINUS.

Quid ais, Byrrhia ?
Datur illa Pamphilo hodie nuptum ?

BYRRHIA.

Sic est.

CHARINUS.

Qui scis, Byrrhia?

BYRRHIA.

Apud forum modo de Davo audivi.

CHARINUS.

Væ misero mihi!
Ut animus in spe atque in timore usque antehac adtentus fuit,
Ita, postquam adempta spes est, lassus, cura confectus stupet.

BYRRHIA.

Quæso ædepol; Charine, quoniam non potest id fieri
Quod vis, id velis quod possit.

MYSIS. Je vais chercher l'accoucheuse.

PAMPHILE. Va, cours.... Mais écoute; prends garde; pas un seul mot de ce mariage.... Dans l'état où elle est....

MYSIS. J'entends. (*Ils s'en vont.*)

CHARINUS, BYRRHIE, *puis* PAMPHILE

CHARINUS. Que dis-tu, Byrrhie? On la donne aujourd'hui en mariage à Pamphile?

BYRRHIE. Oui.

CHARINUS. Comment le sais-tu

BYRRHIE. Je le tiens de Dave, qui vient de me le dire sur la place.

CHARINUS. Malheureux que je suis! jusqu'à ce jour mon cœur avait flotté entre l'espérance et la crainte; aujourd'hui, l'espérance m'est ravie, et je reste en proie au chagrin qui m'accable.

BYRRHIE. Je vous en conjure, Charinus, puisque ce que vous désirez ne se peut faire, ne formez que des vœux qui puissent s'accomplir.

MYSIS. Accersio	MYSIS. Je vais-chercher
obstetricem.	l'accoucheuse.
PAMPHILUS. Propera....	PAMPHILE. Hâte-toi....
Atque audin' ?	Mais entends-tu?
Cave unum verbum	Prends-garde *de dire* un *seul* mot
de nuptiis;	de ce mariage;
ne ad morbum	de peur qu'à *son* mal
hoc etiam....	cela encore *ne s'ajoute.*
MYSIS. Teneo.	MYSIS. Je saisis (j'entends).
(*Abeunt.*)	(*Ils s'en-vont.*)
CHARINUS, BYRRHIA, *et post* PAMPHILUS.	CHARINUS, BYRRHIE, *et ensuite* PAMPHILE.
CHARINUS.	CHARINUS.
Quid ais, Byrrhia?	Que dis-tu, Byrrhie?
illa datur nuptum	elle est donnée à épouser
hodie Pamphilo?	aujourd'hui à Pamphile?
BYRRHIA. Est sic.	BYRRHIE. C'est ainsi.
CHARINUS. Qui scis,	CHARINUS. Comment *le* sais-tu,
Byrrhia?	Byrrhie?
BYRRHIA. Modo	BYRRHIE. Tout-à-l'heure
audivi de Davo	je *l*'ai appris de Dave
apud forum.	sur la place-publique.
CHARINUS. Væ	CHARINUS. Malheur
mihi misero!	à moi infortuné!
Ut animus	De même que *mon* cœur
fuit adtentus	fut tendu
usque antehac	jusqu'à-ce-jour
in spe atque in timore,	dans l'espérance et dans la crainte,
ita, postquam	de même, depuis-que
spes est adempta,	l'espérance *m*'est ravie,
stupet	il reste-stupéfait
lassus, confectus cura.	fatigué, accablé de chagrin.
BYRRHIA. Quæso ædepol;	BYRRHIE. Je *t'en* prie par-Pollux,
Charine,	Charinus,
quoniam id quod vis	puisque ce que tu veux
non potest fieri,	ne peut se faire,
velis id quod possit.	veuilles ce qui peut *se faire.*

CHARINUS.

Nil volo aliud, nisi Philumenam.

BYRRHIA.

Ah[1] ! quanto te satius est
Id dare operam, istum qui amorem ex animo dimoveas tuo,
Quam id loqui quo mage[2] libido frustra incendatur tua!

CHARINUS.

Facile omnes, quum valemus, recta consilia ægrotis damus:
Tu si hic[4] sis, aliter sentias.

BYRRHIA.

Age, age ut lubet.

CHARINUS.

Sed Pamphilum
Video. Omnia experiri certum est prius quam pereo.

BYRRHIA.

Quid hic agit ?

CHARINUS.

Ipsum hunc orabo, huic supplicabo, amorem huic narrabo meum:
Credo, impetrabo ut aliquot saltem nuptiis prodat[5] dies,
Interea fiet aliquid, spero.

BYRRHIA.

Id aliquid nihil est.

CHARINUS.

Byrrhia,
Quid tibi videtur? Adeon' ad eum?

CHARINUS. Je n'en forme qu'un; c'est d'obtenir Philumène.

BYRRHIE. Ah! qu'il vaudrait bien mieux travailler à bannir cet amour de votre cœur, que de tenir des discours qui ne peuvent qu'enflammer encore une passion insensée !

CHARINUS. Il est facile, quand on se porte bien, de donner de bons conseils aux malades. A ma place, tu penserais autrement.

BYRRHIE. Faites, faites comme il vous plaira.

CHARINUS. Mais je vois Pamphile. Je suis décidé à tout tenter avant que de périr.

BYRRHIE. Que va-t-il faire ?

CHARINUS. Je le prierai, je le supplierai, je lui exposerai mon amour : j'obtiendrai peut-être qu'il diffère son mariage au moins de quelques jours; et cet intervalle amènera, je l'espère, quelque chose.

BYRRHIE. Ce quelque chose ne sera rien.

CHARINUS. Byrrhie, qu'en penses-tu ? l'aborderai-je?

CHARINUS. Volo nil aliud,	CHARINUS. Je ne veux rien autre,
nisi Philumenam.	si-ce-n'est Philumène.
BYRRHIA. Ah !	BYRRHIE. Ah !
quanto est satius	combien il est préférable
te dare operam id,	que tu donnes *tes* soins à ceci,
qui dimoveas	comment tu pourrais-éloigner
ex tuo animo	de ton cœur
istum amorem,	cet amour,
quam loqui id,	*plutôt* que de dire cela (tenir-un-langage)
quo tua libido	par quoi (par lequel) ta passion
incendatur mage frustra ?	doit-s'enflammer davantage en vain !
CHARINUS. Omnes,	CHARINUS. Tous *tant que nous sommes*,
quum valemus,	quand nous nous portons-bien,
damus facile	nous donnons facilement
recta consilia ægrotis :	de bons conseils aux malades :
tu si sis	toi si tu étais
hic,	celui-ci (celui qui te parle, à ma place),
sentias aliter.	tu penserais autrement.
BYRRHIA. Age, age	BYRRHIE. Fais, fais
ut lubet.	comme il *te* plait.
CHARINUS.	CHARINUS.
Sed video Pamphilum	Mais je vois Pamphile.
Est certum	Il est résolu *par moi*
experiri omnia	de tenter tout
prius quam pereo.	avant que je périsse.
BYRRHIA. Quid agit hic ?	BYRRHIE. Que fait-il ?
CHARINUS. Orabo	CHARINUS. Je prierai
hunc ipsum,	celui-ci lui-même (Pamphile),
supplicabo huic,	je supplierai lui,
narrabo huic	j'exposerai à lui
meum amorem :	mon amour :
impetrabo, credo,	j'obtiendrai, je crois,
ut prodat saltem	qu'il diffère du moins
aliquot dies nuptiis.	quelques jours pour *son* mariage.
Interea, spero,	Pendant-ce-temps, j'espère,
aliquid fiet.	quelque-chose arrivera.
BYRRHIA. Id aliquid	BYRRHIE. Ce quelque-chose
est nihil.	n'est rien.
CHARINUS. Byrrhia,	CHARINUS. Byrrhie,
quid videtur tibi ?	que semble-t-il à toi ?
Adeone ad eum ?	Vais-je (irai-je) vers lui ?

BYRRHIA.

Quidni? si nihil impetres,
Te sibi cavendum credat, si illam duxerit.

CHARINUS.

Abin' hinc in malam rem cum suspicione : tac, scelus!

PAMPHILUS.

Charinum video. Salve.

CHARINUS.

O salve, Pamphile;
Ad te advenio, spem, salutem, auxilium, consilium expetens.

PAMPHILUS.

Neque pol auxilii locum habeo, neque consilii ' copiam.
Sed istuc quidnam est?

CHARINUS.

Hodie uxorem ducis?

PAMPHILUS.

Aiunt.

CHARINUS.

Pamphile,
Si id facis, hodie postremum me vides.

PAMPHILUS.

Quid ita?

CHARINUS.

Hei mihi!
Vereor dicere. Huic dic, quæso, Byrrhia.

BYRRHIA.

Ego dicam.

BYRRHIE. Pourquoi pas? Si vous n'obtenez rien, il saura du moins qu'il doit prendre garde à vous, s'il l'épouse.

CHARINUS. Va-t'en au diable avec tes soupçons, coquin!

PAMPHILE. C'est Charinus que je vois. Bonjour.

CHARINUS. Ah! bonjour, Pamphile. Je viens à vous, et je vous demande espoir, salut, secours, conseil.

PAMPHILE. Je ne suis, ma foi, en état de vous donner ni secours ni conseil. Mais de quoi s'agit-il cependant?

CHARINUS. Vous vous mariez aujourd'hui?

PAMPHILE. On le dit.

CHARINUS. Pamphile, s'il en est ainsi, vous me voyez aujourd'hui pour la dernière fois.

PAMPHILE. Pourquoi donc?

CHARINUS. Hélas! je rougis d'en faire l'aveu. Parle pour moi, Byrrhie, je t'en prie.

BYRRHIE. Ah! je parlerai, moi.

BYRRHIA. Quidni?	BYRRHIE. Pourquoi pas
Si impetres nihil,	Si tu n'obtiens rien,
credat	qu'il croie *du moins*
te cavendum sibi,	que tu *es* à-craindre pour lui,
si duxerit illam.	s'il prend elle *pour épouse.*
CHARINUS. Abin' hinc	CHARINUS. T'en-vas-tu d'ici (va-t'en)
in malam rem	au malheur (au diable)
cum istac suspicione,	avec ce soupçon-*là*
scelus!	scélérat!
PAMPHILUS.	PAMPHILE.
Video Charinum.	Je vois Charinus.
Salve.	Bonjour.
CHARINUS.	CHARINUS.
O salve, Pamphile;	O bonjour, Pamphile;
advenio ad te,	j'arrive vers toi,
expetens spem,	*te* demandant espérance,
salutem, auxilium,	salut, secours,
consilium.	conseil.
PAMPHILUS. Pol habeo	PAMPHILE. Par-Pollux je *n*'ai
neque locum auxilii,	ni moyen de *te porter* secours,
neque copiam consilii.	ni possibilité de *te donner* conseil.
Sed quidnam est istuc?	Mais quoi-donc est cela *dont tu parles?*
CHARINUS. Ducis uxorem	CHARINUS. Tu prends femme
hodie?	aujourd'hui?
PAMPHILUS. Aiunt.	PAMPHILE. On *le* dit.
CHARINUS. Pamphile,	CHARINUS. Pamphile,
si facis id,	si tu fais cela
vides me hodie	tu vois moi aujourd'hui
postremum.	pour-la-dernière-fois.
PAMPHILUS. Quid ita?	PAMPHILE. Pourquoi *est-ce* ainsi?
CHARINUS. Hei mihi!	CHARINUS. Malheur à moi!
vereor dicere.	je crains de *le* dire.
Dic huic, quæso, Byrrhia.	Dis-*le*-lui, je *t'en* prie, Byrrhie.
BYRRHIA. Ego dicam.	BYRRHIE. Moi je *le* dirai.

PAMPHILUS.

Quid est?

BYRRHIA.

Sponsam hic tuam amat.

PAMPHILUS (*secum*).

Næ iste haud mecum sentit.
(*Ad Charinum.*) Ehodum dic mihi,
Num quidnam amplius tibi cum illa fuit, Charine?

CHARINUS.

Ah! Pamphile,
Nil.

PAMPHILE (*secum*).

Quam vellem!

CHARINUS.

Nunc te per amicitiam et per amorem obsecro,
Principio ut ne ducas.

PAMPHILUS.

Dabo equidem operam.

CHARINUS.

Sed si id non potes,
Aut tibi nuptiæ hæ sunt cordi...

PAMPHILUS.

Cordi!

CHARINUS.

Saltem aliquot dies
Profer, dum proficiscor aliquo, ne videam.

PAMPHILUS.

Audi nunc jam [1].

PAMPHILE. Qu'est-ce que c'est?

BYRRHIE. Il aime votre future.

PAMPHILE (*à part*). En ce cas nous pensons bien différemment. (*A Charinus.*) Mais dites-moi, Charinus, il ne s'est rien passé de plus entre vous?

CHARINUS. Ah! Pamphile, rien.

PAMPHILE (*à part*). Tant pis.

CHARINUS. Et maintenant, au nom de notre amitié, au nom de mon amour, pour première grâce, je vous en prie, ne l'épousez pas.

PAMPHILE. Je ferai tout mon possible, je vous en réponds.

CHARINUS. Mais si vous ne pouvez ce que je vous demande, ou que ce mariage vous soit à cœur....

PAMPHILE. A cœur, à moi!

CHARINUS. Différez-le du moins de quelques jours; que j'aie le temps de partir pour ne pas assister à ce cruel spectacle.

PAMPHILE. A votre tour, écoutez-moi, Charinus. Je crois qu'il

PAMPHILUS. Quid est?	PAMPHILE. Qu'est-*ce* ?
BYRRHIA. Hic amat	BYRRHIE. Il aime
tuam sponsam.	ta fiancée.
PAMPHILUS (*secum*). Næ	PAMPHILE (*à part*). Certes
iste haud sentit	celui-là ne pense pas
mecum.	avec moi (comme moi).
(*Ad Charinum.*)	(*A Charinus.*)
Ehodum! dic mihi,	Holà! dis-moi,
num quidnam amplius	est-ce-que quelque-chose de-plus
fuit tibi cum illa, Charine?	a été à toi avec elle, Charinus?
CHARINUS. Ah! Pamphile,	CHARINUS. Ah! Pamphile,
nil.	rien.
PAMPHILUS (*secum*).	PAMPHILE (*à part*).
Quam vellem!	Que je voudrais *qu'il en fût autrement!*
CHARINUS. Nunc	CHARINUS. Maintenant
obsecro te	je conjure toi
per amicitiam	par *notre* amitié
et per amorem,	et par *mon* amour,
principio	d'abord (pour première grâce)
ut ne ducas.	que tu ne *l'*épouses pas.
PAMPHILUS. Equidem	PAMPHILE. Certainement
dabo operam.	j'*y* mettrai *mes* soins.
CHARINUS. Sed si non potes	CHARINUS. Mais si tu ne peux
id,	*m'accorder* cela,
aut hæ nuptiæ	ou *si* ce mariage
sunt cordi tibi...	est à cœur à toi...
PAMPHILUS. Cordi!	PAMPHILE. A cœur!
CHARINUS. Saltem	CHARINUS. Du moins
profer aliquot dies,	diffère quelques jours,
dum proficiscor aliquo	jusqu'à ce que je m'en-aille quelque-part,
ne videam.	pour que je ne *le* voie pas.
PAMPHILUS. Nunc jam	PAMPHILE. Maintenant enfin
audi.	écoute *à ton tour*.

Ego, Charine, neutiquam esse officium liberi hominis puto,
Quum is nil mereat, postulare id gratiæ adponi sibi.
Nuptias effugere ego istas malo, quam tu apiscier[1].

CHARINUS.

Reddidisti animum.

PAMPHILUS.

Nunc si quid potes aut tu, aut hic Byrrhia,
Facite, fingite, invenite, efficite qui detur tibi;
Ego id agam, mihi qui ne detur.

CHARINUS.

Sat habeo.

PAMPHILUS.

Davum optume
Video: hujus consilio fretus sum.

CHARINUS.

At tu hercle haud quidquam mihi,
Nisi ea quæ nihil opu' sunt scire. Fugin' hinc?

BYRRHIA.

Ego vero, ac lubens.
(*Abit Byrrhia.*)

DAVUS, CHARINUS, PAMPHILUS.

DAVUS

Di boni! boni quid porto! Sed ubi inveniam Pamphilum,
Ut metum, in quo nunc est, adimam, atque expleam animum gaudio?

n'est point d'un galant homme d'exiger de la reconnaissance, lorsqu'il n'a rendu aucun service. Sachez donc que j'ai plus envie, moi, d'éviter ce mariage, que vous de le contracter.

CHARINUS. Vous me rendez la vie.

PAMPHILE. Maintenant, si vous pouvez quelque chose, vous ou votre Byrrhie, agissez, imaginez, inventez, faites enfin qu'on vous la donne, et je ferai, moi, tout ce qu'il faut pour qu'on ne me la donne point.

CHARINUS. Je n'en demande pas davantage.

PAMPHILE. Je vois Dave fort à propos: je compte sur ses conseils.

CHARINUS (*à Byrrhie*). Pour toi, tu n'es bon à rien qu'à dire ce qu'il est inutile de savoir. T'en iras-tu?

BYRRHIE. Oui, vraiment; et bien volontiers. (*Il s'en va.*)

DAVE, CHARINUS, PAMPHILE.

DAVE. Bons dieux! quelle bonne nouvelle j'apporte! Mais où trouverai-je Pamphile, pour le tirer de l'inquiétude où il est maintenant, et le combler de joie?

Ego, Charine, puto
esse neutiquam officium
hominis liberi,
quum is mereat nil,
postulare
id adponi sibi
gratiæ.
Ego malo
effugere istas nuptias,
quam tu apiscier.
CHARINUS. Reddidisti
animum.
PAMPHILUS. Nunc
si potes quid
aut tu, aut hic Byrrhia,
facite, fingite, invenite,
efficite
qui detur tibi;
ego agam id,
qui ne detur mihi.
CHARINUS. Habeo sat.
PAMPHILUS. Video Davum
optume:
sum fretus consilio hujus.
CHARINUS. At tu,
hercle haud quidquam
mihi,
nisi ea
quæ nihil sunt opu' scire.
Fugin' hinc?
BYRRHIA. Ego vero,
ac lubens. (*Byrrhia abit.*)

Moi, Charinus, je pense
n'être nullement le devoir (le procédé)
d'un homme libre (d'un galant homme),
quand il ne-rend-aucun-service,
d'exiger
que cela soit imputé à lui
à (comme motif de) reconnaissance.
Moi *donc* j'ai-plus-envie
d'éviter ce mariage,
que toi *tu n'as envie* de *l'*obtenir.
CHARINUS. Tu as rendu *à moi*
du cœur (la vie).
PAMPHILE. Maintenant
si tu peux quelque-chose
ou toi ou ce Byrrhie,
faites, imaginez, inventez,
efforcez-vous
pour qu'elle (Philumène) soit donnée à toi,
moi je travaillerai-à ceci,
qu'elle ne soit pas donnée à moi.
CHARINUS. J'*en* ai assez (je suis content).
PAMPHILE. Je vois Dave
fort-à-propos :
je suis fort de la prudence de lui.
CHARINUS. Quant à toi (Byrrhie),
par-Hercule *tu* n'*as* rien *à dire*
à moi,
si-ce-n'est des choses
qui ne sont *en* rien nécessaires à savoir.
Te sauves-tu d'ici?
BYRRHIE. Moi certes *je me sauve*,
et volontiers. (*Byrrhie s'en-va.*)

DAVUS, CHARINUS, PAMPHILUS.

DAVUS. Di boni!
quid boni
porto!
Sed
ubi inveniam Pamphilum,
ut adimam metum,

DAVE, CHARINUS, PAMPHILE.

DAVE. Dieux bons!
quoi de bon (quelle bonne nouvelle)
j'apporte!
Mais
où trouverai-je Pamphile,
pour que je *lui* ôte la crainte,

CHARINUS (*secum*).

Lætus est, nescio quid.

PAMPHILUS.

Nihil est. Nondum hæc rescivit mala.

DAVUS.

Quem ego nunc credo, si jam audierit sibi paratas nuptias....

CHARINUS.

Audin' tu illum?

DAVUS.

... toto me oppido exanimatum quærere.
Sed ubi quæram? aut quo nunc primum intendam?

CHARINUS.

Cessas adloqui?

DAVUS.

Abeo.

PAMPHILUS.

Dave, ades; resiste.

DAVUS.

Quis homo est qui me...? O Pamphile!
Te ipsum quæro. Euge, o Charine! ambo opportune. Vos volo.

CHARINUS.

Dave, perii.

DAVUS.

Quin tu hoc audi.

CHARINUS.

Interii.

DAVUS.

Quid timeas, scio.

CHARINUS (*à part*). Il est joyeux, je ne sais pourquoi.

PAMPHILE. Ce n'est rien. Il n'a pas encore appris nos malheurs.

DAVE. Je crois que, s'il sait déjà qu'on va le marier....

CHARINUS. L'entendez-vous?

DAVE. ... il me cherche, hors de lui, par toute la ville. Mais où le chercherai-je, moi? où irai-je d'abord?

CHARINUS. Qu'attendez-vous pour lui parler?

DAVE. Je m'en vais.

PAMPHILE. Dave, viens çà; arrête.

DAVE. Quel est cet homme qui me....? Ah! Pamphile! c'est vous précisément que je cherche. Charinus aussi! bon, l'heureuse rencontre! C'est à vous deux que j'en voulais.

CHARINUS. Dave, je suis perdu.

DAVE. Mais écoutez-moi.

CHARINUS. Je suis mort.

DAVE. Je sais ce que vous craignez.

in quo est nunc,	dans laquelle il est maintenant,
atque expleam animum	et *pour que* je remplisse *son* cœur
gaudio?	de joie?
CHARINUS (*secum.*)	CHARINUS (*à part*).
Est lætus, nescio quid.	Il est joyeux, je ne-sais pourquoi.
PAMPHILUS. Est nihil.	PAMPHILE. *Ce* n'est rien.
Nondum rescivit hæc mala.	Il n'a-pas-encore-appris ces malheurs.
DAVUS. Ego credo	DAVE. Moi je crois
quem nunc, si jam audierit	que lui maintenant, s'il a déjà appris
nuptias paratas sibi....	ce mariage *être* préparé pour lui....
CHARINUS. Audin' tu,	CHARINUS. Entends-tu, toi (Pamphile)
illum?	celui-ci (Dave)?
DAVUS....	DAVE. *Je crois, dis-je, qu'il*
quærere me	cherche moi
exanimatum	tout-hors-de-lui
toto oppido.	par toute la ville.
Sed ubi quæram?	Mais où *le* chercherai-je, *moi?*
aut quo primum nunc	ou bien où d'abord maintenant
intendam?	dirigerai-je *mes pas?*
CHARINUS. Cessas adloqui?	CHARINUS. Tu tardes à *lui* parler?
DAVUS. Abeo.	DAVE. Je m'en vais.
PAMPHILUS. Dave, ades;	PAMPHILE. Dave, approche;
resiste.	arrête.
DAVUS. Quis est homo	DAVE. Quel est l'homme
qui me...? O Pamphile!	qui me...? O Pamphile!
te ipsum quæro.	*c'est* toi-même *que* je cherche.
Euge, o Charine!	A merveille, ô Charinus!
ambo opportune.	*vous voilà* tous-deux à-propos.
Volo vos.	Je veux vous *parler.*
CHARINUS. Dave, perii.	CHARINUS. Dave, je suis-perdu.
DAVUS. Quin tu audi hoc.	DAVE. Mais toi entends ceci.
CHARINUS. Interii.	CHARINUS. Je suis-mort.
DAVUS. Scio, quid timeas.	DAVE. Je sais quoi tu crains.
PAMPHILUS.	PAMPHILE.
Mea vita quidem	Ma vie du-moins
hercle certe	par-Hercule certes
est in dubio.	est en danger.

PAMPHILUS.

Mea quidem hercle certe in dubio vita est.

DAVUS.

Et quid tu, scio.

PAMPHILUS.

Nuptiæ mihi...

DAVUS.

Et id scio.

PAMPHILUS.

Hodie...

DAVUS.

Obtundis, tametsi intelligo.
Id paves, ne ducas tu illam; tu autem, ut ducas.

CHARINUS.

Rem tenes.

PAMPHILUS.

Istuc ipsum.

DAVUS.

Atque istuc[1] ipsum nil pericli est. Me vide.

PAMPHILUS.

Obsecro te, quamprimum hoc me libera miserum metu.

DAVUS.

Hem,
Libero. Uxorem tibi jam non dat Chremes.

PAMPHILUS.

Qui scis?

DAVUS.

Scio.
Tuus pater modo me prehendit: ait tibi uxorem dare

PAMPHILE. Ma vie, je te le jure, est en grand danger.

DAVE. Je sais aussi ce que vous redoutez, vous.

PAMPHILE. Mon mariage....

DAVE. Je sais encore cela.

PAMPHILE. Aujourd'hui....

DAVE. Vous me rompez la tête. Je sais tout, vous dis-je. (*A Pamphile.*) Vous avez peur, vous, de l'épouser. (*A Charinus.*) Et vous, de ne pas l'épouser.

CHARINUS. Tu l'as dit.

PAMPHILE. C'est cela même.

DAVE. Et cela même n'est rien. Comptez sur moi.

PAMPHILE. Je t'en conjure, délivre-moi au plus tôt de cette frayeur qui fait mon supplice.

DAVE. Volontiers. Chrémès ne vous donne plus sa fille.

PAMPHILE. Comment le sais-tu?

DAVE. Je le sais. Tout à l'heure votre père m'a tiré en particulier. Il m'a dit qu'il vous mariait aujourd'hui; et mille autres choses qu'il

DAVUS. Et scio,	DAVE. Je sais aussi,
quid tu.	quoi *tu crains*, toi (Pamphile).
PAMPHILUS. Nuptiæ	PAMPHILE. Un mariage
mihi....	*se prépare* pour moi....
DAVUS. Scio et id.	DAVE. Je sais aussi cela.
PAMPHILUS. Hodie....	PAMPHILE. Aujourd'hui....
DAVUS. Obtundis,	DAVE. Tu *me* rebats *les oreilles*,
tametsi intelligo.	bien que je sache *tout*.
Paves id tu,	Tu crains ceci, toi (Pamphile),
ne ducas illam;	que tu n'épouses cette *fille;*
tu autem,	et toi (Charinus),
ut ducas.	*tu crains* que tu ne *l'*épouses pas.
CHARINUS. Tenes rem.	CHARINUS. Tu tiens (as saisi) la chose.
PAMPHILUS. Istuc ipsum.	PAMPHILE. *C'est* cela même.
DAVUS. Atque istuc ipsum	DAVE. Or cela même
est nil pericli.	n'est rien *en fait* de danger.
Vide me.	Regarde moi (fie-toi à moi).
PAMPHILUS. Obsecro te,	PAMPHILE. Je conjure toi,
libera hoc metu	délivre de cette crainte
quamprimum	au plus tôt
me miserum.	moi *qu'elle rend* malheureux.
DAVUS. Hem, libero.	DAVE. Allons (eh bien!), je *t'en* délivre.
Chremes non dat jam tibi	Chrémès ne donne plus à toi
uxorem.	*sa fille pour* épouse.
PAMPHILUS. Qui scis?	PAMPHILE. Comment *le* sais-tu?
DAVUS. Scio.	DAVE. Je *le* sais.
Tuus pater modo	Ton père tout-à-l'heure
prehendit me :	a pris moi *à part :*
ait se dare hodie	il *m'*a dit qu'il donnait aujourd'hui
uxorem tibi;	une épouse à toi;
item multa alia,	et-aussi bien d'autres-choses,

Se hodie; item alia multa, quæ nunc non est narrandi locus.
Continuo, ad te properans, percurro ad forum, ut dicam tibi hæc.
Ubi te non invenio, ibi escendo in quemdam excelsum locum;
Circumspicio: nusquam. Forte ibi hujus video Byrrhiam.
Rogo; negat vidisse. Mihi molestum. Quid agam cogito.
Redeunti interea, ex ipsa re mi incidit suspicio. Hem,
Paululum obsoni, ipsus [1] tristis; de improviso nuptiæ:
Non cohærent.

PAMPHILUS.

Quorsumnam istuc?

DAVUS.

Ego me continuo ad Chremem [2].
Quum advenio illoc [3], solitudo ante ostium. Jam id gaudeo.

CHARINUS.

Recte dicis.

PAMPHILUS.

Perge.

DAVUS.

Maneo. Interea introire neminem
Video, exire neminem; matronam nullam; in ædibus
Nil ornati, nil tumulti [4]. Accessi, introspexi.

---

est inutile de répéter ici. Je cours aussitôt vous chercher sur la place pour vous faire part de tout cela. Ne vous apercevant point, je monte sur un lieu élevé, je regarde autour de moi : personne. Je vois par hasard le Byrrhie de Charinus; je l'interroge. Il ne vous a point vu : j'enrage. Je réfléchis alors à ce que je ferai. Cependant, en m'en revenant, ce mariage m'a fait naître un soupçon. Quoi ! presque point de provisions, votre père tout triste, ce mariage improvisé.... Tout cela ne s'accorde pas.

PAMPHILE. Hé bien! la fin de tout cela?

DAVE. Je vais sur-le-champ chez Chrémès. Lorsque j'y arrive, solitude parfaite devant la porte. Me voilà déjà tout ravi.

CHARINUS. C'est bien dit.

PAMPHILE. Continue.

DAVE. Je m'arrête. Cependant je ne vois entrer personne, sortir personne; pas une matrone; dans la maison, point d'appareil, pas le moindre tumulte. Car je me suis approché, j'ai regardé dans l'intérieur.

quæ non est locus nunc	que *ce* n'est pas le lieu maintenant
narrandi.	de rapporter.
Continuo, properans ad te,	Aussitôt, me hâtant vers toi,
percurro ad forum,	je cours-jusqu'à la place-publique,
ut dicam hæc tibi.	pour que je dise ces *nouvelles* à toi.
Ubi non invenio te,	Comme je ne trouve pas toi,
ibi escendo	alors je monte
in quemdam locum	sur un certain lieu
excelsum ;	élevé;
circumspicio :	je regarde-autour *de moi :*
nusquam.	*je ne te vois* nulle-part.
Forte video ibi	Par-hasard je vois là
Byrrhiam hujus.	Byrrhie *l'esclave* de celui-ci (Charinus);
Rogo ; negat	je *l'*interroge; il nie (dit ne pas)
vidisse.	*l'*avoir vu.
Molestum mihi.	*Cela semble alors* fâcheux à moi.
Cogito quid agam.	Je songe quoi je dois-faire.
Interea mi redeunti	Cependant à moi revenant
incidit suspicio	vient un soupçon
ex re ipsa.	*né* de la chose même (du mariage).
Hem, paululum obsoni,	Quoi! si-peu de provisions,
ipsus tristis ;	lui-même (Simon) triste,
nuptiæ de improviso :	un mariage à l'improviste !
non cohærent.	*ces choses* ne s'accordent pas.
PAMPHILUS.	PAMPHILE.
Quorsumnam istuc ?	Où donc *aboutit* cela (ce que tu dis) ?
DAVUS. Continuo ego me	DAVE. Aussitôt moi *je* me *rends*
ad Chremem.	à-la-maison-de Chrémès.
Quum advenio illoc,	Lorsque j'arrive là,
solitudo ante ostium.	la solitude *régnait* devant la porte.
Jam gaudeo id.	Déjà je me réjouis de cela.
CHARINUS. Dicis recte.	CHARINUS. Tu dis bien.
PAMPHILUS. Perge.	PAMPHILE. Continue.
DAVUS. Maneo.	DAVE. Je m'y arrête.
Interea video	Cependant je ne vois
neminem introire,	personne entrer,
neminem exire ;	personne sortir;
nullam matronam ;	aucune matrone;
in ædibus nil ornati,	dans la maison rien de (nul) appareil,
nil tumulti.	rien de (nul) mouvement.
Accessi, introspexi.	*Car* je m'approchai, je regardai-dedans.

PAMPHILUS.

Scio
Magnum signum.

DAVUS.

Num videntur convenire hæc nuptiis?

PAMPHILUS.

Non opinor, Dave.

DAVUS.

Opinor narras?

PAMPHILUS.

Non recte adcipis;
Certa res est.

DAVUS.

Etiam puerum inde abiens conveni Chremis,
Olera et pisciculos minutos ferre obolo in cœnam seni.

CHARINUS.

Liberatus sum, Dave, hodie tua opera.

DAVUS.

Ac nullus [1] quidem.

CHARINUS.

Quid ita? Nempe huic prorsus illam non dat.

DAVUS.

Ridiculum caput!
Quasi necesse sit, si huic non dat, te illam uxorem ducere!
Nisi vides, nisi senis amicos oras, ambis...

PAMPHILE. En effet, c'est une excellente preuve.

DAVE. Tout cela, dites-moi, s'accorde-t-il avec un mariage?

PAMPHILE. Mais je ne le pense pas, Dave.

DAVE. *Je ne le pense pas*, dites-vous?

PAMPHILE. Tu m'entends mal; je veux dire : la chose est sûre.

DAVE. Il y a plus : en revenant j'ai rencontré l'esclave de Chrémès, qui portait pour une obole de légumes et de petits poissons pour le souper du vieillard.

CHARINUS. Mon cher Dave, je dois aujourd'hui la vie à tes bons offices.

DAVE. Mais point du tout.

CHARINUS. Pourquoi cela? Il est certain qu'il ne lui donne pas sa fille.

DAVE. Quelle tête! comme s'il fallait absolument qu'il vous la donne, à vous, parce qu'il ne la donne pas à Pamphile. Si vous n'allez voir, prier les amis du vieillard, faire votre cour....

PAMPHILUS. Scio magnum signum.	PAMPHILE. Je sais (je reconnais) *que c'est* une grande preuve.
DAVUS. Num hæc videntur convenire nuptiis?	DAVE. Est-ce-que ces-choses paraissent s'accorder avec un mariage?
PAMPHILUS. Non opinor, Dave.	PAMPHILE. Je ne *le* pense pas, Dave.
DAVUS. Narras *opinor?*	DAVE. Tu dis « Je *ne* pense *pas?* »
PAMPHILUS. Non adcipis recte; res est certa.	PAMPHILE. Tu ne comprends pas la chose (mon idée); le fait est certain.
DAVUS. Etiam abiens inde conveni puerum Chremis, ferre seni in cœnam olera et pisciculos minutos obolo.	DAVE. De plus, *en* revenant de là j'ai rencontré l'esclave de Chrémès, *et j'ai vu* qu'il portait au vieillard pour le souper des légumes et de petits-poissons menus pour une obole.
CHARINUS. Dave, sum liberatus hodie tua opera.	CHARINUS. Dave, je suis délivré (sauvé) aujourd'hui par tes soins.
DAVUS. Ac nullus quidem.	DAVE. Mais *tu*-ne-*l'-es*-point-du-tout certes.
CHARINUS. Quid ita? Nempe prorsus non dat illam huic.	CHARINUS. Pourquoi ainsi (pourquoi [cela)? Puisque absolument il (Chrémès) ne donne point elle (Philumène) à lui (Pamphile).
DAVUS. Caput ridiculum! quasi sit necesse, si non dat huic, te ducere illam uxorem! Nisi vides, amicos senis nisi oras, ambis....	DAVE. Tête ridicule! comme-si il était nécessaire, parce qu'il ne *la* donne pas à celui-ci, que *toi* tu prennes elle *pour* épouse! Si tu ne-vois les amis du vieillard, si tu ne-*les*-pries, si tu *ne-leur*-fais-la-cour...

CHARINUS.

Bene mones.
Ibo : etsi hercle sæpe jam me spes hæc frustrata est. Vale.
(*Abit.*)

PAMPHILUS, DAVUS.

PAMPHILUS.

Quid igitur sibi volt pater? Cur simulat?

DAVUS.

Ego dicam tibi.
Si id succenseat nunc, quia non dat tibi uxorem Chremes,
Ipsus sibi videatur esse injurius, neque id injuria,
Prius quam tuum ut sese habeat animum ad nuptias, perspexerit.
Sed si tu negaris ducere, ibi culpam in te transferet;
Tum illæ turbæ fient.

PAMPHILUS.

Quid vis? patiar [1].

DAVUS.

Pater est, Pamphile;
Difficile est. Tum hæc sola est mulier : dictum ac factum, invenerit
Aliquam causam quamobrem ejiciat oppido.

PAMPHILUS.

Ejiciat?

DAVUS.

Cito.

CHARINUS. Tu as raison : j'irai, quoique ces moyens-là aient plus d'une fois frustré mes espérances. Adieu. (*Il s'en va.*)

PAMPHILE, DAVE.

PAMPHILE. Que prétend donc mon père? Pourquoi feint-il?

DAVE. Je vais vous le dire. S'il vous grondait de ce que Chrémès ne vous donne point sa fille, avant d'avoir sondé vos dispositions sur ce mariage, il croirait agir injustement, et il n'aurait pas tort. Mais si vous refusez de l'épouser, il rejettera la faute sur vous, et ce sera alors un beau train.

PAMPHILE. Que veux-tu? Je supporterai tout.

DAVE. C'est votre père, Pamphile; il n'est pas aisé de lui résister. D'ailleurs, elle est seule, cette femme : aussitôt dit, aussitôt fait, il trouvera un prétexte quelconque pour la faire chasser de la ville.

PAMPHILE. La chasser?

DAVE. Et vite encore.

CHARINUS. Mones bene.	CHARINUS. Tu *m'*avertis bien.
Ibo : etsi hercle	J'irai ; quoique par-Hercule
sæpe jam hæc spes	souvent déjà cette espérance
est frustrata me. Vale.	a (ait) frustré (trompé) moi. Adieu.
(*Abit.*)	(*Il s'en-va.*)
PAMPHILUS, DAVUS.	**PAMPHILE, DAVE.**
PAMPHILUS. Quid igitur	PAMPHILE. Quoi donc
pater volt sibi?	*mon* père veut-il pour soi ?
Cur simulat ?	Pourquoi feint-il ?
DAVUS. Ego dicam tibi.	DAVE. Moi je *le* dirai à toi.
Si nunc succenseat id,	Si maintenant il se fâchait *pour* cela,
quia Chremes	parce que Chrémès
non dat tibi uxorem,	ne donne pas à toi *sa fille pour* femme,
prius quam perspexerit	avant qu'il ait connu
tuum animum	ton cœur
ut sese habeat ad nuptias,	comme il se tient *disposé* pour *ce* mariage,
ipsus videatur sibi	lui-même il paraîtrait à soi
esse injurius,	être injuste,
neque injuria.	et cela non à-tort.
Sed si tu negaveris ducere,	Mais si toi tu refuses d'épouser *elle*,
ibi transferet culpam	alors il reportera la faute
in te ;	sur toi ;
tum illæ turbæ	alors ce *beau* tapage *que tu peux prévoir*
fient.	aura-lieu.
PAMPHILUS. Quid vis?	PAMPHILE. Que veux-tu?
patiar.	je supporterai *tout.*
DAVUS. Est pater,	DAVE. *C'*est *ton* père,
Pamphile,	Pamphile ;
est difficile.	il est difficile *de lui résister.*
Tum hæc mulier	Puis cette femme (Glycérie)
est sola :	est seule :
dictum ac factum,	*aussitôt* dit, et *aussitôt* fait,
invenerit aliquam causam	il aura *bientôt* trouvé quelque prétexte
quamobrem ejiciat oppido.	pourquoi il *la* fasse-chasser de la ville.
PAMPHILUS. Ejiciat?	PAMPHILE. Il *la* ferait-chasser !
DAVUS. Cito.	DAVE. *Et* promptement.

PAMPHILUS.

Cedo igitur, quid faciam, Dave?

DAVUS.

Dic te ducturum.

PAMPHILUS.

Hem!

DAVUS.

Quid est?

PAMPHILUS.

Egone dicam?

DAVUS.

Cur non?

PAMPHILUS.

Numquam faciam.

DAVUS.

Ne nega.

PAMPHILUS.

Suadere noli.

DAVUS.

Ex ea re quid fiat, vide.

PAMPHILUS.

Ut ab illa excludar, huc concludar.

DAVUS.

Non ita est.

Nempe hoc sic esse opinor dicturum patrem:
« Ducas volo hodie uxorem. » Tu: « Ducam, » inquies.
Cedo, quid jurgabit tecum? Hic reddes omnia,

PAMPHILE. Que faire donc, Dave? Dis-le moi.

DAVE. Promettre d'épouser.

PAMPHILE. Ho!

DAVE. Hé bien!

PAMPHILE. Que je promette, moi, de l'épouser!

DAVE. Pourquoi pas?

PAMPHILE. Jamais, non, jamais.

DAVE. Ne dites pas non.

PAMPHILE. Ne m'en parle plus.

DAVE. Voyez ce qui vous en arrivera.

PAMPHILE. Que je serai à jamais privé de Glycérie et enchaîné à l'autre.

DAVE. Vous n'y êtes pas; mais voici à peu près ce que votre père vous dira: *Je veux que vous vous mariiez aujourd'hui*. Et vous: *Je me marierai*, répondrez-vous. Dites-moi, comment s'y prendra-t-il pour vous quereller? Par là vous déconcerterez tous les projets qu'il

PAMPHILUS. Cedo igitur,	PAMPHILE. Dis-*moi* donc,
quid faciam, Dave?	que dois-je-faire, Dave?
DAVUS. Dic te ducturum.	DAVE. Dis que tu épouseras.
PAMPHILUS. Hem!	PAMPHILE. Ah!
DAVUS. Quid est?	DAVE. Qu'est-*ce*?
PAMPHILUS. Egone dicam?	PAMPHILE. Moi! que je dise *cela!*
DAVUS. Cur non?	DAVE. Pourquoi non?
PAMPHILUS.	PAMPHILE.
Numquam faciam.	Jamais je ne *le* ferai.
DAVUS. Ne nega.	DAVE. Ne dis-*pas*-non.
PAMPHILUS. Noli	PAMPHILE. Ne-veuille-pas
suadere.	*me* conseiller *ainsi*.
DAVUS. Vide,	DAVE. Vois
quid fiat ex ea re.	quoi doit-arriver de cette chose.
PAMPHILUS.	PAMPHILE. *Il arrivera*
Ut excludar	que je serai exclus (banni)
ab illa,	de-chez celle-là (Glycérie),
concludar	et que je serai enfermé (fourré de force)
huc.	ici (chez Chrémès) *et marié à Philumène.*
DAVUS. Non est ita.	DAVE. Il n'*en* est pas ainsi.
Nempe opinor patrem	En effet je pense *ton* père
dicturum hoc sic :	devoir-dire ceci ainsi :
« Volo	« Je veux
ducas uxorem hodie. »	que tu prennes femme aujourd'hui. »
Tu : « Ducam, »	*Et* toi : « Je prendrai *femme*, »
inquies.	diras-tu.
Cedo, quid jurgabit	Dis-*moi*, pourquoi disputera-t-il
tecum?	avec toi?
Hic	Là (par là, du coup)
reddes omnia consilia,	tu rendras tous les projets,
quæ nunc	qui maintenant

Quæ nunc sunt certa ei consilia, incerta ut sient,
Sine omni periclo[1]. Nam hocce haud dubium est, quin Chremes
Tibi non det gnatam ; nec tu ea causa minueris
Hæc quæ facis, ne is mutet suam sententiam.
Patri dic velle, ut, quum velit, tibi jure irasci non queat.
Nam quod tu speres, propulsabo facile : uxorem his moribus
Dabit nemo : inopem inveniet potius quam te corrumpi sinat.
Sed si te æquo animo ferre adcipiet, negligentem feceris ;
Aliam otiosus quæret. Interea aliquid adciderit boni.

PAMPHILUS.

Ita credis?

DAVUS.

Haud dubium id quidem est.

PAMPHILUS.

Vide quo me inducas.

DAVUS.

Quin tace.

PAMPHILUS.

Dicam. Puerum autem ne resciscat mi esse ex illa, cautio[1] est ;
Nam pollicitus sum suscepturum.

regarde comme sûrs, et cela, sans aucun danger. Car certainement Chrémès ne vous donne point sa fille. Mais quand vous aurez promis, ne changez rien à votre conduite, de peur que Chrémès ne change d'avis. Dites à votre père que vous voulez bien vous marier, afin qu'il n'ait pas le droit de se fâcher contre vous, quand il le voudrait. Car pour ce qui est de l'espérance dont vous pourriez vous flatter, je la détruirai facilement : *avec les mœurs que j'ai, personne ne me donnera sa fille.* Il en trouvera une sans bien, plutôt que de vous abandonner à la corruption. Si au contraire vous montrez de la docilité, il se ralentira ; il cherchera à loisir une autre femme pour vous ; et pendant ce temps-là, il peut survenir quelque heureux événement.

PAMPHILE. Tu le crois?

DAVE. J'en suis sûr.

PAMPHILE. Vois où tu m'engages.

DAVE. Eh bien ! alors ne parlez pas.

PAMPHILE. Hé bien ! je promettrai. Mais qu'il ne vienne pas à apprendre que j'ai un enfant d'elle ; prenons-y garde ; car j'ai promis de l'élever.

sunt certa ei,	sont arrêtés à lui,
ut sient incerta,	de-manière-à-ce-qu'ils soient incertains,
sine periclo omni.	*et cela* sans danger aucun.
Nam hocce haud est dubium,	Car ceci n'est pas douteux,
quin Chremes	que Chrémès
non det tibi gnatam;	ne donne pas à toi *sa* fille;
et tu ea causa	et toi pour ce motif
ne minueris	ne-fais-pas-moins
hæc quæ facis,	ces-choses que tu fais;
ne is mutet	de peur qu'il *ne* change
suam sententiam.	son avis, *s'il te voyait quitter Glycérie.*
Dic patri velle,	Dis à *ton* père que tu veux *bien te marier,*
ut non queat	afin qu'il ne puisse pas
irasci tibi jure,	se fâcher contre toi avec raison,
quum velit.	quand-même il *le* voudrait.
Nam quod tu speres,	Car *quant à* ce-que toi tu espères,
propulsabo facile :	je *le* réfuterai facilement :
nemo	personne, *te dis-tu sans doute,*
dabit uxorem	ne donnera *sa fille pour* femme
his moribus :	à ces mœurs *que j'ai* (à un débauché) :
inveniet inopem	il (ton père) *en* trouvera une sans-bien
potius quam sinat	plutôt qu'il ne permette (que de permettre)
te corrumpi.	que tu te corrompes.
Sed si adcipiet	Mais s'il vient-à-apprendre
te ferre animo æquo,	que tu prends *la chose* d'un esprit docile,
feceris negligentem;	tu *le* rendras négligent (indifférent);
quæret aliam	il cherchera *pour toi* une autre *fille*
otiosus.	à-loisir (sans se presser, pas du tout).
Interea aliquid boni	Cependant quelque-chose de bon
adciderit.	sera arrivé (pourra arriver).
PAMPHILUS. Credis ita?	PAMPHILE. Crois-tu ainsi?
DAVUS. Id quidem	DAVE. Cela certes
haud est dubium.	n'est pas douteux.
PAMPHILUS. Vide	PAMPHILE. Vois
quo inducas me.	où tu engages moi.
DAVUS. Quin taces?	DAVE. Que-ne te tais-tu?
PAMPHILUS. Dicam.	PAMPHILE. *Eh! bien,* je dirai *oui.*
Ne autem resciscat	Mais qu'il n'apprenne-pas
puerum esse mihi ex illa,	un enfant être à moi d'elle,
est cautio;	c'est une précaution *à prendre;*
nam pollicitus sum	car j'ai promis

DAVUS.

O facinus audax!

PAMPHILUS.

Hanc fidem
Sibi me obsecravit, qui se sciret non deserturum, ut darem.

DAVUS.

Curabitur. Sed pater adest : cave te esse tristem sentiat.

SIMO, DAVUS, PAMPHILUS.

SIMO (*secum*).

Reviso quid agant, aut quid captent consili.

DAVUS.

Hic nunc non dubitat quin te ducturum neges.
Venit meditatus alicunde ex solo loco ;
Orationem sperat invenisse se,
Qua differat [1] te. Proin tu face [2] apud te ut sies.

PAMPHILUS.

Modo possim, Dave !

DAVUS.

Crede, inquam, hoc mihi, Pamphile,
Numquam [3] hodie tecum commutaturum patrem
Unum esse verbum, si te dices ducere.

BYRRHIA, SIMO, DAVUS, PAMPHILUS.

BYRRHIA (*secum*).

Herus me, relictis rebus, jussit Pamphilum

DAVE. Quelle témérité !

PAMPHILE. Elle m'a conjuré de le lui promettre, pour preuve que je ne l'abandonnerais jamais.

DAVE. On s'en occupera.... Mais voici votre père.... Prenez garde qu'il ne remarque votre tristesse.

SIMON, DAVE, PAMPHILE.

SIMON (*à part*). Je reviens pour voir ce qu'ils font et les projets qu'ils forment.

DAVE (*à Pamphile*). Il ne doute pas que vous ne refusiez de vous marier. Il vient de méditer dans quelque lieu solitaire, et se flatte d'avoir trouvé un beau discours qui vous terrassera. Ainsi tenez-vous bien sur vos gardes.

PAMPHILE. Pourvu que je le puisse, Dave.

DAVE. Croyez-m'en, vous dis-je, Pamphile ; il n'a pas un mot à répliquer, si vous consentez à épouser.

BYRRHIE, SIMON, DAVE, PAMPHILE.

BYRRHIE (*à part*). Mon maître m'a ordonné, toute affaire ces-

susceptururum.	moi devoir-élever *lui*.
DAVUS. O facinus audax!	DAVE. O action audacieuse!
PAMPHILUS.	PAMPHILE.
Obsecravit me	Elle a conjuré moi
ut darem sibi hanc fidem,	que je donnasse à elle cette assurance,
qui sciret	par-quoi elle sût
non deserturum se.	que *je* n'abandonnerais pas elle.
DAVUS. Curabitur.	DAVE. On s'*en* occupera.
Sed pater adest :	Mais *ton* père approche :
cave sentiat	prends-garde qu'il *ne* s'aperçoive
te esse tristem.	que tu es triste.

SIMO, DAVUS, PAMPHILUS.	SIMON, DAVE, PAMPHILE.
SIMO (*secum*). Reviso	SIMON (*à part*). Je reviens-voir
quid agant,	quoi ils font,
aut quid consili captent.	et quoi de (quel) projet ils forment.
DAVUS. Hic nunc	DAVE. Celui-ci maintenant
non dubitat quin neges	ne doute pas que tu ne nies (refuses)
te ducturum.	toi devoir-prendre *femme*.
Venit alicunde	Il vient de-quelque-part
ex loco solo	d'un lieu solitaire
meditatus ;	après-avoir-médité ;
sperat se invenisse	il espère qu'il a trouvé
orationem,	un discours,
qua differat te.	par lequel il puisse-déconcerter toi.
Proin tu face	Ainsi-donc toi fais-en-sorte
ut sies apud te.	que tu sois chez toi (maître de toi).
PAMPHILUS. Modo possim,	PAMPHILE. Pourvu que je *le* puisse,
Dave!	Dave!
DAVUS. Crede mihi hoc,	DAVE. Crois-moi *sur* cela (crois-m'en),
inquam, Pamphile,	dis-je, Pamphile,
numquam hodie patrem	que jamais aujourd'hui *ton* père
esse commutaturum tecum	n'échangera avec toi
unum verbum,	une *seule* parole *de colère*,
si dices te ducere.	si tu dis que tu prends *femme*.

BYRRHIA, SIMO, DAVUS, PAMPHILUS.	BYRRHIE, SIMON, DAVE, PAMPHILE.
BYRRHIA (*secum*). Herus	BYRRHIE (*à part*). *Mon* maître
jussit me,	a ordonné moi,

Hodie observare, ut, quid ageret de nuptiis,
Scirem id [1]. Propterea nunc hunc venientem sequor.
Ipsum adeo præsto video cum Davo. Hoc agam.

SIMO (*secum*).

Utrumque adesse video.

DAVUS (*ad Pamphilum*).

Hem, serva.

SIMO (*ad eumdem*).

Pamphile!

DAVUS.

Quasi de improviso respice ad eum.

PAMPHILUS.

Hem! pater!

DAVUS.

Probe.

SIMO.

Hodie uxorem ducas, ut dixi, volo.

DAVUS.

Nunc nostræ timeo parti, hic quid respondeat.

PAMPHILUS.

Neque istic, neque alibi tibi usquam erit in me mora.

BYRRHIA.

Hem!

sante, d'épier Pamphile aujourd'hui, pour savoir ce qu'il fera à l'occasion de ce mariage. Voilà pourquoi j'arrive ici sur les pas de son père. Je le vois fort à propos avec Dave. Attention!

SIMON (*à part*). Je les vois tous deux.

DAVE (*à Pamphile*). Allons, tenez-vous bien.

SIMON. Pamphile!

DAVE. Retournez-vous comme par hasard de son côté.

PAMPHILE. Ha! mon père!

DAVE. Fort bien.

SIMON. Je veux, comme je vous l'ai dit tantôt, que vous vous mariiez aujourd'hui.

DAVE. Ah! je tremble pour nous de la réponse qu'il va faire.

PAMPHILE. Dans cette occasion, comme dans toute autre, jamais je ne balancerai pour vous obéir.

BYRRHIE. Hein?

rebus relictis,	*toutes* affaires étant laissées,
observare hodie	épier aujourd'hui
Pamphilum,	Pamphile,
ut scirem id,	pour que je susse ceci,
quid ageret de nuptiis.	quoi il faisait relativement à *son* mariage.
Propterea nunc	C'est pourquoi maintenant
sequor hunc venientem.	je suis cet *homme* (Simon) qui vient.
Video ipsum cum Davo	Je *le* vois lui-même avec Dave
adeo præsto.	fort à-propos.
Agam hoc.	Je vais-faire cela (ce qu'on m'a ordonné).
SIMO (*secum*). Video	SIMON (*à part*). Je vois
utrumque adesse.	que l'un-et-l'autre est-ici.
DAVUS (*ad Pamphilum.*)	DAVE (*à Pamphile*).
Hem, serva.	Allons, fais-attention.
SIMO (*ad eumdem*).	SIMON (*au même*).
Pamphile!	Pamphile!
DAVUS. Respice ad eum	DAVE. Regarde vers lui
quasi de improviso.	comme à l'improviste.
PAMPHILUS. Hem! pater!	PAMPHILE. Ah! *mon* père!
DAVUS. Probe.	DAVE. Bien.
SIMO. Volo, ut dixi,	SIMON. Je veux, comme je *te l'ai* dit,
ducas uxorem hodie.	que tu prennes femme aujourd'hui.
DAVUS. Nunc timeo	DAVE. Maintenant je crains
nostræ parti,	pour notre parti (pour mon maître),
quid hic respondeat.	quoi il va-répondre.
PAMPHILUS. Neque istic,	PAMPHILE. Ni ici (en cette occasion),
neque usquam alibi	ni nulle-part ailleurs (en aucune autre),
mora erit tibi	obstacle *ne* sera à toi
in me.	en moi (de ma part).
BYRRHIA. Hem!	BYRRHIE. Ah! (que dit-il?)

DAVUS.

Obmutuit.

BYRRHIA.

Quid dixit?

SIMO.

Facis ut te decet,
Quum istuc, quod postulo, impetro cum gratia.

DAVUS.

Sum verus.

BYRRHIA.

Herus, quantum audio, uxore excidit[1].

SIMO.

I jam nunc intro, ne in mora, quum opu' sit, sies.

PAMPHILUS.

Eo. (*Abit.*)

BYRRHIA.

Nullane in re esse homini cuiquam fidem!
Verum illud verbum est, vulgo quod dici solet:
Omnes sibi malle melius esse quam alteri[2].
Renuntiabo, ut hoc pro malo mihi det malum.
(*Abit.*)

DAVUS, SIMO.

DAVUS (*secum*).

Hic nunc me credit aliquam sibi fallaciam
Portare, et ea me hic restitisse gratia.

DAVE. Il ne dit plus rien.

BYRRHIE. Qu'a-t-il dit?

SIMON. Vous ne faites que votre devoir, mon fils, en m'accordant de bonne grâce ce que je vous demande.

DAVE. Je l'avais bien dit.

BYRRHIE. Mon maître, à ce que j'entends, peut chercher une autre femme.

SIMON. Entrez donc maintenant, pour ne point faire attendre, lorsqu'on aura besoin de vous.

PAMPHILE. J'entre. (*Il s'en va.*)

BYRRHIE. On ne trouvera donc jamais de bonne foi chez personne! Il est bien vrai, ce proverbe: *Chacun se préfère à son prochain.* Allons le retrouver, et recevoir la récompense de cette bonne nouvelle.

DAVE, SIMON.

DAVE (*à part*). Le bonhomme me croit une batterie toute dressée contre lui, et que c'est pour la faire jouer que je suis resté ici.

DAVUS.	DAVE.
Obmutuit.	Il (Simon) s'est tu (il ne dit plus rien).
BYRRHIA. Quid dixit?	BYRRHIE. Qu'a-t-il dit?
SIMO. Facis	SIMON. Tu fais
ut decet te,	comme il convient toi *faire*,
quum impetro cum gratia	puisque j'obtiens de bonne-grâce
istuc, quod postulo.	cette-chose, que je *te* demande.
DAVUS.	DAVE.
Sum verus.	Je suis véridique (je l'avais bien dit).
BYRRHIA. Herus,	BYRRHIE. *Mon* maître,
quantum audio,	autant que (à ce que) j'entends,
excidit uxore.	est tombé de (a perdu) *son* épouse.
SIMO. Jam nunc	SIMON. Dès-à-présent (maintenant)
i intro,	va *là* dedans (à la maison),
ne sies in mora,	pour que tu ne sois pas en retard,
quum opu' sit.	lorsque besoin pourra-être (sera).
PAMPHILUS. Eo. (*Abit.*)	PAMPHILE. J'y vais. (*Il s'en-va.*)
BYRRHIA. Fidemne	BYRRHIE. *Faut-il* que la bonne-foi
esse homini cuiquam	ne soit à un homme quelconque
in nulla re!	en aucune chose!
Illud verbum est verum,	Ce mot-*là* est vrai,
quod solet dici vulgo:	qui a-coutume d'être dit communément:
OMNES MALLE	QUE TOUT LE MONDE AIME-MIEUX
ESSE MELIUS	*les choses* ÊTRE MIEUX (RÉUSSIR)
SIBI	POUR SOI
QUAM ALTERI.	QUE POUR UN AUTRE.
Renuntiabo,	Je vais-annoncer *cela à mon maître*,
ut det mihi malum	afin qu'il donne à moi du mal
pro hoc malo.	pour ce mal (cette mauvaise nouvelle).
(*Abit.*)	(*Il s'en-va.*)

DAVUS, SIMO. — DAVE, SIMON.

DAVUS (*secum*). Hic	DAVE (*à part*). Celui-ci (Simon)
credit nunc	croit maintenant
me portare sibi	moi apporter à lui
aliquam fallaciam,	quelque fourberie,
et me restitisse hic	et moi être resté ici
ea gratia.	pour ce motif.

SIMO.

Quid Davus narrat?

DAVUS.

Æque quidquam nunc quidem.

SIMO.

Nilne? Hem!

DAVUS.

Nil prorsus.

SIMO.

Atqui exspectabam quidem.

DAVUS.

Præter spem evenit; sentio: hoc male habet virum.

SIMO.

Potin' es [1] mihi verum dicere?

DAVUS.

Nil facilius.

SIMO.

Num illi molestæ quidpiam hæ sunt nuptiæ,
Hujusce propter consuetudinem hospitæ?

DAVUS.

Nihil hercle; aut si adeo, bidui est, aut tridui
Hæc sollicitudo: nostin'? deinde desinet;
Etenim ipsus secum recta reputavit via.

SIMO.

Laudo.

SIMON. Que dit Dave?

DAVE. Ma foi, juste autant que tout à l'heure.

SIMON. Comment? Rien? Ha!

DAVE. Rien du tout.

SIMON. Je m'attendais pourtant à quelque chose.

DAVE. Voilà son attente trompée! je le vois. Il enrage.

SIMON. Es-tu homme à me dire la vérité?

DAVE. Rien de plus aisé.

SIMON. Ce mariage ne lui fait il pas un peu de peine, à cause de sa liaison avec cette étrangère?

DAVE. Non, vraiment: ou, si cela le fâche, ce sera l'affaire de deux ou trois jours; vous le connaissez; ensuite il n'y songera plus; en effet il a réfléchi, et il prend la chose comme il faut.

SIMON. Il fait bien.

SIMO. Quid	SIMON. *Qu'est-ce-que*
Davus narrat?	Dave dit?
DAVUS. Nunc quidem	DAVE. Pour-le-moment certes
quidquam	*je dis* toute *espèce de* chose
æque.	sur-le-même-ton (je ne dis rien).
SIMO. Nilne? Hem!	SIMON. *Tu ne dis* rien? Ah!
DAVUS. Nil prorsus.	DAVE. Rien du-tout.
SIMO. Atqui quidem	SIMON. Et-pourtant certes
expectabam.	j'attendais *que tu dirais quelque chose.*
DAVUS. Evenit	DAVE. *La chose* est arrivée
præter spem;	contre *son* attente;
sentio:	je m'*en* aperçois:
hoc habet male virum.	cela met mal-à-l'aise *notre* homme.
SIMO. Esne potis	SIMON. Es-tu capable
dicere verum mihi?	de dire vrai à moi?
DAVUS. Nil facilius.	DAVE. Rien *de* plus facile.
SIMO. Num hæ nuptiæ	SIMON. Est-ce-que ces noces
sunt quidpiam	sont en-quoi-que-ce-soit
molestæ illi,	fâcheuses à lui,
propter consuetudinem	à cause de la liaison
hujusce hospitæ?	de (avec) cette étrangère (Glycérie)?
DAVUS. Nihil hercle;	DAVE. *En*-rien par-Hercule,
aut si adeo,	ou si *elles sont* ainsi,
hæc sollicitudo	cette peine (contrariété)
est bidui, aut tridui:	est de deux-jours ou de trois-jours:
nostin'?	connais-tu (tu connais bien) *ton fils?*
deinde desinet;	ensuite elle cessera;
etenim reputavit	en effet il a réfléchi
ipsus secum	lui-même avec-soi
recta via.	par le droit chemin (comme il faut).
SIMO. Laudo.	SIMON. Je *l'en* loue.

DAVUS.

Dum licitum est ei, dumque ætas tulit,
Amavit; tum id clam [1]: cavit ne unquam infamiæ
Ea res sibi esset, ut virum fortem decet.
Nunc uxore opus est; animum ad uxorem adpulit.

SIMO.

Subtristis visu' st esse aliquantulum mihi.

DAVUS.

Nil propter hanc rem; sed est quod tibi succenseat.

SIMO.

Quid est?

DAVUS.

Puerile est.

SIMO.

Quidnam est [2]?

DAVUS.

Nil.

SIMO.

Quin dic; quid est?

DAVUS.

Ait nimium parce facere sumptum.

SIMO.

Mene?

DAVUS.

Te.
« Vix, inquit, drachmis obsonatus est decem [3]:
Num filio videtur uxorem dare?

DAVE. Tant qu'il lui a été permis, et que l'âge le comportait, il a aimé, mais sans éclat, mais sans compromettre jamais sa réputation d'homme d'honneur. Aujourd'hui il faut se marier, il ne rêve plus que mariage.

SIMON. J'ai cru remarquer cependant un petit fond de tristesse.

DAVE. Oh! cela n'a rien de commun avec ce mariage: mais il y a une chose qui le fâche contre vous.

SIMON. Qu'est-ce que c'est?

DAVE. Pur enfantillage.

SIMON. Mais encore?

DAVE. Rien.

SIMON. Mais enfin, qu'est-ce que c'est? dis-le moi.

DAVE. Il prétend que l'on fait les choses trop mesquinement.

SIMON. Qui? moi?

DAVE. Vous. A peine, dit-il, mon père a-t-il fait pour dix drachmes de provisions. Dirait-on qu'il marie son fils? Qui de

DAVUS. Dum est licitum ei,	DAVE. Tant-qu'il a été permis à lui,
dumque ætas tulit,	et tant-que l'âge *l'a* comporté,
amavit;	il a aimé;
tum id clam :	*mais* alors *il a fait* cela en-secret :
cavit ne unquam	il a pris-garde que jamais
ea res esset sibi infamiæ,	cette chose ne-fût à lui à honte,
ut decet virum fortem.	comme il convient à un homme d'honneur.
Nunc opus est uxore;	Maintenant besoin est d'une épouse;
adpulit animum	il a dirigé (porté) *son* esprit
ad uxorem.	vers une épouse.
SIMO. Est visus mihi esse	SIMON. Il a semblé à moi être
aliquantulum subtristis.	quelque-peu mélancolique.
DAVUS. Nil	DAVE. *Il* ne *l'est en*-rien
propter hanc rem;	à cause de cette chose;
sed est quod	mais *un point* est pour-lequel
succenseat tibi.	il peut-être-fâché contre toi.
SIMO. Quid est?	SIMON. Qu'est-*ce?*
DAVUS. Est puerile.	DAVE. C'est puéril (c'est un enfantillage).
SIMO. Quidnam est?	SIMON. Qu'est-*ce* donc?
DAVUS. Nil.	DAVE. Rien.
SIMO. Quin dic; quid est?	SIMON. Mais dis; qu'est-*ce?*
DAVUS. Ait	DAVE. Il prétend
facere sumptum	qu'*on* fait la dépense
nimium parce.	trop mesquinement.
SIMO. Mene?	SIMON. Moi?
DAVUS. Te.	DAVE. Toi.
« Vix, inquit,	« A-peine, dit-il,
est obsonatus	a-t-il fait-des-provisions
decem drachmis.	pour dix drachmes.
Num videtur	Est-ce-qu'il semble
dare uxorem filio?	donner une épouse à *son* fils?

Quem, inquit, vocabo ad cœnam meorum æqualium
Potissimum nunc? » Et, quod dicendum hic siet,
Tu quoque perparce nimium. Non laudo.

SIMO.

Tace.

DAVUS (*secum*).

Commovi.

SIMO.

Ego istæc recte ut fiant videro.
(*Secum.*) Quidnam hoc re [1] est? Quidnam volt hic veterator sibi?
Nam si hic mali est quidquam, hem illic est huic re caput.

MYSIS, SIMO, DAVUS, LESBIA [2].

MYSIS.

Ita pol quidem res est, ut dixti [3], Lesbia:
Fidelem haud ferme mulieri invenias virum.

SIMO (*ad Davum*).

Ab Andria est ancilla hæc; quid narras?

DAVUS.

Ita est.

MYSIS.

Sed hic Pamphilus...

SIMO.

Quid dicit?

---

mes amis inviterai-je de préférence à souper? Et tenez, entre nous, vous allez aussi un peu trop à l'épargne. Je n'approuve pas cela.

SIMON. Tais-toi.

DAVE (*à part*). Bon! je l'ai intrigué.

SIMON. J'aurai soin que tout se fasse comme il convient. (*A part.*) Mais que veut dire tout ceci? et que prétend ce vieux coquin? S'il se fait ici quelque chose de mal, on est bien sûr de le trouver à la tête.

MYSIS, SIMON, DAVE, LESBIE.

MYSIS. Vous avez, ma foi, raison, Lesbie; rien de plus rare qu'un amant fidèle.

SIMON (*à Dave*). Cette femme-là est de chez l'Andrienne; qu'en dis-tu?

DAVE. Oui, en effet.

MYSIS. Quant à Pamphile....

SIMON. Que dit-elle?

Quem, inquit,	Lequel, dit-il,
meorum sodalium	de mes camarades
vocabo nunc potissimum	inviterai-je maintenant de préférence
ad cœnam? »	au souper? »
Et, quod siet dicendum	Et, ce-qui peut-bien-être à-dire
hic,	ici (entre nous),
tu quoque	toi aussi
nimium perparce:	*tu fais les choses* trop chichement:
Non laudo.	Je ne *t*'approuve pas.
SIMO. Tace.	SIMON. Tais-toi.
DAVUS (*secum*). Commovi.	DAVE (*à part*). Je *l*'ai remué (piqué).
SIMO. Ego videro	SIMON. Moi je verrai
ut istæc fiant recte.	à-ce-que ces-choses-là se fassent bien.
(*Secum.*) Quidnam re	(*A part.*) Quoi-donc de chose
hoc est?	cela est-il (qu'est-ce donc que cela)?
quidnam volt sibi	Quoi-donc veut pour soi
hic veterator?	ce vieux-routier?
Nam si hic	Car si ici
Quidquam mali est,	quelque mal est,
hem illic	oh! celui-là
est caput huic re.	est la tête à cette chose (en est l'auteur).

MYSIS, SIMO, DAVUS, LESBIA.	MYSIS, SIMON, DAVE, LESBIE.
MYSIS. Pol quidem	MYSIS. Par-Pollux assurément
res est ita,	la chose est ainsi,
ut dixti, Lesbia:	comme tu as dit, Lesbie:
haud invenias	tu ne trouverais (on ne saurait trouver)
ferme virum	presque un *seul* homme
fidelem mulieri.	fidèle à une femme.
SIMO (*ad Davum*).	SIMON (*à Dave*).
Hæc ancilla	Cette servante
est ab Andria;	est de-chez l'Andrienne;
quid narras?	qu'*en* dis-tu?
DAVUS. Est ita.	DAVE. C'est ainsi.
MYSIS. Sed hic Pamphilus.	MYSIS. Mais ce Pamphile....
SIMO. Quid dicit?	SIMON. Que dit-elle?

MYSIS.

Firmavit fidem.

SIMO.

Hem!

DAVUS.

Utinam aut hic surdus, aut hæc muta facta sit!

MYSIS.

Nam, quod peperisset, jussit tolli.

SIMO.

O Jupiter!
Quid ego audio? actum est, siquidem hæc vera prædicat.

LESBIA.

Bonum adolescentis narras ingenium [1].

MYSIS.

Optumum.
Sed sequere me intro, ne in mora illi sis.

LESBIA.

Sequor.
(*Mysis et Lesbia abeunt.*)

DAVUS (*secum*).

Quod remedium nunc huic malo inveniam?

SIMO (*secum*).

Quid hoc?
Adeon' est demens? Ex peregrina...! Jam scio. Ah!
Vix tandem sensi stolidus.

DAVUS.

Quid hic sensisse ait?

MYSIS. Il a donné un gage de sa fidélité.

SIMON. Ho! ho!

DAVE. Que n'est-il sourd, ou que n'est-elle muette?

MYSIS. Car il a ordonné qu'on élevât l'enfant dont elle accoucherait.

SIMON. O Jupiter! qu'entends-je? C'en est fait si elle dit vrai.

LESBIE. A ce qu'il paraît, il est d'un bon caractère, ce jeune homme.

MYSIS. Excellent. Mais entrons, de peur que vous n'arriviez trop tard.

LESBIE. Je vous suis. (*Mysis et Lesbie s'en vont.*)

DAVE (*à part*). Comment parer maintenant à ce malheur?

SIMON (*à part*). Qu'est-ce que c'est que cela? serait-il assez fou? D'une étrangère.... Ah! m'y voilà. A la fin pourtant je comprends, sot que je suis!

DAVE. Que dit-il qu'il comprend?

MYSIS. Firmavit fidem.	MYSIS. Il a garanti *sa* foi.
SIMO. Hem!	SIMON. Ah!
DAVUS. Utinam	DAVE. Plût-aux-dieux
aut hic surdus,	ou que celui-ci *fût devenu* sourd,
aut hæc facta sit muta!	ou que celle-ci fût devenue muette!
MYSIS. Nam, quod	MYSIS. Car, *quelque enfant* que
peperisset,	elle-aurait-mis-(elle mît) au jour,
jussit tolli.	il a ordonné qu'il fût élevé.
SIMO. O Jupiter!	SIMON. O Jupiter!
quid ego audio?	quoi moi entends-je?
Actum est, siquidem	*C'en* est fait, si-toutefois
hæc prædicat vera.	celle-ci dit des choses vraies.
LESBIA. Narras	LESBIE. Tu parles-*là*
bonum ingenium	d'un bon caractère
adolescentis.	de jeune-homme.
MYSIS. Optumum.	MYSIS. Excellent.
Sed sequere me intro,	Mais suis-moi *là*-dedans (à la maison),
ne sis in mora	de peur que tu ne sois en retard
illi.	pour elle (Glycérie).
LESBIA. Sequor.	LESBIE. Je suis.
(*Mysis et Lesbia abeunt.*)	(*Mysis et Lesbie s'en-vont.*)
DAVUS (*secum*).	DAVE (*à part*).
Quod remedium	Quel remède
inveniam nunc huic malo?	trouverai-je maintenant à ce mal?
SIMO (*secum*). Quid hoc?	SIMON (*à part.*) Qu'*est-ce que* cela?
estne adeo demens?	est-il (Pamphile) tellement fou?
Ex peregrina...!	D'une étrangère...!
Jam scio. Ah!	Enfin je devine! Ah!
Vix tandem sensi stolidus.	A-peine à-la-fin ai-je compris, sot *que je* [*suis*.
DAVUS. Quid ait hic	DAVE. Que dit celui-ci
sensisse?	avoir compris?

SIMO.

Hæc primum adfertur jam mihi ab hoc fallacia.
Hanc simulant parere, quo Chremetem absterreant.
Hui, tam cito? Ridiculum. Postquam ante ostium
(*Ad Davum.*)
Me audivit stare, adproperat. Non sat commode
Divisa sunt temporibus tibi, Dave, hæc.

DAVUS.

Mihin'?

SIMO.

Num immemores discipuli?

DAVUS.

Ego quid narres nescio.

SIMO (*secum*).

Hiccine, si me imparatum in veris nuptiis
Adortus esset, quos mihi ludos redderet!
Nunc hujus periclo fit; ego in portu navigo.

LESBIA, SIMO, DAVUS.

LESBIA.

Adhuc, Archillis, quæ adsolent, quæque oportent [1]
Signa esse ad salutem, omnia huic esse video.

SIMON. Oui; voilà le premier piége où m'attend ce fripon. On feint que cette fille accouche, pour empêcher Chrémès.... Ho! ho! si vite? voilà qui est plaisant. Lorsqu'elle apprend que je suis devant sa porte, elle se hâte d'accoucher. Dave, tu n'as pas bien divisé les actes de ta comédie.

DAVE. Moi!

SIMON. Est-ce que tes acteurs ont oublié leurs rôles?

DAVE. Je ne sais ce que vous voulez dire.

SIMON (*à part*). Si mon projet de mariage eût été sérieux, et que ce drôle-là m'eût ainsi attaqué à l'improviste, quel tour il m'eût joué! Mais le danger est maintenant pour lui, et je suis dans le port.

LESBIE, SIMON, DAVE.

LESBIE. Jusqu'à présent, Archillis, je ne vois là que les symptômes d'un heureux accouchement. Commencez par la baigner;

SIMO. Hæc fallacia	SIMON. Cette fourberie
ab hoc	venue de (imaginée par) lui (Dave)
adertur mihi	est présentée à moi par celui-ci
jam primum.	dès-l'abord (toute fraîche).
Simulant hanc parere,	Ils feignent que cette *fille* accouche,
quo absterreant	afin qu'ils détournent
Chremetem.	Chrémès *de nous donner sa fille.*
Hui! tam cito?	Oh! sitôt?
Ridiculum.	*C'est* plaisant.
Postquam audivit	Lorsqu'elle a appris
me stare ante ostium,	que j'étais devant sa porte,
adproperat.	elle se hâte *d'accoucher.*
(*Ad Davum.*) Hæc, Dave,	(*A Dave.*) Ces *incidents* Dave,
non sunt divisa tibi	n'ont pas été divisés (classés) par toi
sat commode	assez à-propos
temporibus.	pour les temps *où chacun devait arriver.*
DAVUS. Mihine?	DAVE. Par moi?
SIMO. Num	SIMON. Est-ce-que
discipuli	*tes* disciples (acteurs)
immemores?	*sont* oublieux *de leurs rôles?*
DAVUS. Ego nescio	DAVE. Moi je ne-sais
quid narres.	quoi tu veux-dire.
SIMO (*secum*). Hiccine,	SIMON (*à part.*) Ce-*fripon*-là,
si esset adortus	s'il eût attaqué
me imparatum	moi n'-étant-pas-prêt
in veris nuptiis,	à-l'occasion de vraies noces,
quos ludos redderet mihi!	quelle pièce il eût jouée à moi!
nunc fit	maintenant *la chose* se fait
periclo hujus;	au péril de lui;
ego navigo in portu.	moi je navigue dans le port.

LESBIA, SIMO, DAVUS.	LESBIE, SIMON, DAVE.
LESBIA. Adhuc, Archillis,	LESBIE. Jusqu'ici, Archillis,
video omnia signa,	je vois que tous les symptômes,
quæ adsolent,	qui ont-coutume *d'être*,
quæque oportent esse	et qui doivent être
ad salutem,	pour le salut *d'une accouchée,*

Nunc primum fac istæc lavet; post deinde,
Quod jussi ei dari bibere, et quantum imperavi,
Date : mox ego huc revertor.
Per ecastor scitus puer natus est Pamphilo.
Deos quæso ut sit superstes; quandoquidem ipse est ingenio bono;
Quumque huic veritus est optumæ adolescenti facere injuriam.
(*Abit.*)

SIMO.

Vel hoc quis non credat, qui norit te, abs te esse ortum?

DAVUS.

Quidnam id est?

SIMO.

Non imperabat coram quid opus facto esset puerperæ;
Sed postquam egressa est, illis quæ sunt intus, clamat de via.
O Dave, itane contemnor abs te? aut itane tandem idoneus
Tibi videor esse, quem tam aperte fallere incipias dolis?
Saltem adcurate [1], ut metui videar : certe, si resciverim...

DAVUS (*secum*).

Certe hercle hic nunc ipsus se fallit, haud ego.

SIMO.

Edixin' tibi?

puis vous lui donnerez à boire ce que j'ai ordonné, et la dose prescrite. Je reviens dans l'instant. Pamphile a là, par ma foi, un joli petit garçon. Plaise aux dieux de le lui conserver, puisqu'il est d'un si bon naturel, puisqu'il n'a pas fait à cette excellente jeune fille l'affront de l'abandonner.

(*Elle s'en va.*)

SIMON. Peut-on te connaître, et douter que tout ceci ne soit ton ouvrage?

DAVE. Comment? tout ceci!

SIMON. Quoi! elle n'ordonne rien dans la maison de ce qu'il faut faire à l'accouchée; et à peine est-elle sortie, qu'elle le crie de la rue à celles qui sont restées en dedans! O Dave, me méprises-tu donc à ce point? Me crois-tu donc capable de donner dans des ruses si ouvertement grossières? Mets-y du moins un peu de finesse, afin que je puisse croire que tu me crains : certes, si je viens à découvrir....

DAVE (*à part*). Pour le coup, c'est bien lui qui se trompe lui-même; ce n'est pas moi.

SIMON. Ne t'ai-je pas averti? Ne t'ai-je pas défendu de faire aucun

esse huic.
Nunc primum fac
istæc lavet ;
post deinde,
date quod jussi
dari ei bibere,
et quantum imperavi :
ego mox revertor huc.
Ecastor perscitus puer
est natus Pamphilo.
Quæso deos
ut sit superstes ;
quandoquidem ipse
est bono ingenio ;
cumque est veritus
facere injuriam
huic optumæ adolescenti.
(*Abit.*)
SIMO. Quis,
qui norit te,
non credat
vel hoc
esse ortum abs te?
DAVUS. Quidnam est id?
SIMO. Non imperabat
coram
quid opus esset facto
puerperæ ;
sed postquam est egressa,
clamat de via
illis quæ sunt intus.
O Dave,
contemnorne ita abs te?
aut tandem videor tibi
esse ita idoneus
quem incipias
fallere dolis
tam aperte?
Saltem adcurate,
ut videar metui :
certe, si resciverim....
DAVUS (*secum*).
Certe hercle
hic nunc
fallit se ipsus,
haud ego.
SIMO. Edixin' tibi?

sont à celle-ci.
Maintenant d'abord fais-en-sorte
qu'elle *se* lave (prenne un bain) ;
puis ensuite,
donnez-*lui* ce-que j'ai ordonné
être donné à elle à boire,
et autant-que j'ai commandé :
quant-à moi bientôt je reviens ici.
Par-Castor un fort-gentil enfant
est né à Pamphile.
Je prie les dieux
qu'il soit survivant (l'enfant) ;
puisque lui-même (Pamphile)
est d'un bon naturel ;
et puisqu'il a craint
de faire affront
à cette excellente jeune-fille.
(*Elle s'en-va.*)
SIMON. Quelle *personne*,
qui connaîtrait toi,
ne croirait pas
qu'encore cela (cette invention)
est né (venu) de toi?
DAVE. Qu'est-ce-donc *que* cela?
SIMON. *Quoi!* elle ne commandait pas
en-présence *de l'accouchée*
quoi besoin était d'*être* fait
à l'accouchée;
et lorsqu'elle est sortie,
elle crie de la rue
à celles qui sont dedans (dans la maison)
O Dave,
suis-je méprisé à-ce-point par toi?
ou enfin semblé-je à toi
être si commode
lequel tu entreprennes
de tromper par des ruses
si ouvertement?
Agis du moins avec-finesse,
de-sorte-que je paraisse être craint :
certes, si je viens-à-apprendre....
DAVE (*à part*).
Certainement par-Hercule
cet *homme* maintenant
se trompe lui-même,
et ce n'est pas moi *qui le trompe*.
SIMON. Ai-je averti toi? *oui ou non?*

Interminatus sum ne faceres? Num veritus? Quid rettulit?
Credon' tibi hoc, nunc peperisse hanc e Pamphilo?

DAVUS (*secum*).

Teneo quid erret : quid ego agam habeo.

SIMO.

Quid taces?

DAVUS.

Quid credas? quasi non tibi renuntiata sint hæc sic fore.

SIMO.

Min' quisquam?

DAVUS.

Eho! an tute intellexti hoc adsimulari?

SIMO.

Inrideor.

DAVUS.

Renuntiatum est : nam qui istæc tibi incidit suspicio?

SIMO.

Qui? quia te noram.

DAVUS.

Quasi tu dicas, factum id consilio meo.

SIMO.

Certe enim scio.

DAVUS.

Non satis me pernosti etiam, qualis sim, Simo.

tour de ton métier? As-tu tenu compte de mes menaces? A quoi donc ont-elles servi? T'imagines-tu m'avoir fait croire qu'elle vient de mettre au monde un enfant de Pamphile?

DAVE (*à part*). Bon! je vois son erreur, et ce qu'il me faut faire.

SIMON. Hé bien! tu te tais?

DAVE. Pourquoi le croiriez-vous? comme si on ne vous avait pas prévenu qu'il en serait ainsi?

SIMON. Moi! quelqu'un m'a prévenu?

DAVE. Quoi! vous auriez deviné de vous-même que tout ceci n'est qu'un jeu?

SIMON. Tu te moques de moi.

DAVE. On vous l'a dit : comment, sans cela, vous serait venu ce soupçon?

SIMON. Comment? parce que je te connaissais.

DAVE. Vous voulez peut-être dire que cela s'est fait par mon conseil.

SIMON. Oh! j'en suis convaincu.

DAVE. Vous ne me connaissez pas bien encore, Simon; vous ne savez pas quel homme je suis.

interminatus sum	t'ai-je défendu-avec-menace
ne faceres?	de faire *ainsi? oui ou non?*
Num veritus?	Est-ce-que tu as respecté *ma défense ?*
Quid retulit?	Que *t*'a importé?
Credon' tibi hoc,	Crois-je toi sur ce *point,*
nunc hanc	que maintenant cette *fille*
peperisse e Pamphilo?	a accouché *du fait* de Pamphile?
DAVUS (*secum*). Teneo	DAVE (*à part*). Je saisis
quid erret :	*en* quoi il se trompe :
habeo quid ego agam.	j'ai (je sais) quoi moi je dois-faire.
SIMO. Quid taces?	SIMON. Pourquoi te tais-tu?
DAVUS. Quid credas?	DAVE. Pourquoi *le* croirais-tu?
quasi hæc	comme-si ces-choses
non renuntiata sint tibi	n'avaient pas été annoncées à toi
fore sic.	devoir-être ainsi.
SIMO. Quisquamn'	SIMON. Est-ce-que personne
mi?	*a annoncé cela* à moi?
DAVUS. Eho! an intellexti	DAVE. Quoi! as-tu deviné
tute	toi-même
hoc adsimulari?	que cela était feint?
SIMO. Irrideor.	SIMON. Je suis raillé *par toi.*
DAVUS. Renuntiatum est :	DAVE. *La chose* a été annoncée *à toi :*
nam qui istæc suspicio	car comment ce soupçon-là
incidit tibi?	est-il venu à toi?
SIMO. Qui?	SIMON. Comment?
quia noram te.	parce que je connaissais toi.
DAVUS. Quasi tu dicas,	DAVE. Comme-si toi tu disais
id factum meo consilio.	cela *avoir été* fait par mon conseil.
SIMO. Scio enim certe.	SIMON. Je *le* sais en effet à-coup-sûr.
DAVUS. Non pernosti me	DAVE. Tu ne connais pas moi
etiam satis, Simo,	encore assez, Simon,
qualis sim.	quel je suis.

SIMO.

Egone te?

DAVUS.

Sed si quid narrare occœpi, continuo dari
Tibi verba censes.

SIMO.

Falso [1].

DAVUS.

Itaque hercle nil jam mutire audeo.

SIMO.

Hoc ego scio unum, neminem peperisse hic.

DAVUS.

Intellexti enim.
Sed nihilo secius mox puerum huc deferent ante ostium.
Id ego jam nunc tibi renuntio, here, futurum, ut sis sciens;
Ne hoc posterius dicas, Davi factum consilio aut dolis :
Prorsus a me opinionem hanc tuam esse ego amotam volo.

SIMO.

Unde id scis?

DAVUS.

Audivi et credo : multa concurrunt simul
Qui conjecturam hanc nunc facio : jam primum hæc se e Pamphilo
Gravidam dixit esse; inventum est falsum. Nunc, postquam videt
Nuptias domi adparari, missa est ancilla illico

SIMON. Moi, je ne te connais pas?

DAVE. Je n'ouvre pas plutôt la bouche que vous vous imaginez que je vous trompe.

SIMON. J'ai tort sans doute.

DAVE. Aussi je n'ose plus souffler mot.

SIMON. Tout ce que je sais, c'est que personne n'est accouché ici.

DAVE. Vous l'avez deviné. Mais on n'en va pas moins apporter un enfant devant votre porte; je m'empresse de vous en prévenir, mon cher maître, afin que vous soyez averti, et que vous ne veniez pas dire après: *Voilà encore un tour de Dave!* Je veux absolument détruire la mauvaise opinion que vous avez de moi.

SIMON. D'où sais-tu cela?

DAVE. Je l'ai entendu dire, et je le crois. Une foule de circonstances concourent à me le faire conjecturer. D'abord cette fille s'est dite grosse de Pamphile; cela s'est trouvé faux. Aujourd'hui qu'elle voit faire ici des préparatifs de noce, vite elle a envoyé sa servante

SIMO. Egone te?	SIMON. Moi *je ne connais* pas toi?
DAVUS. Sed si occœpi	DAVE. Mais si je commence
narrare quid,	à dire quelque-chose,
continuo censes verba	aussitôt tu penses que des mots
dari tibi.	sont donnés à toi (que je te trompe).
SIMO. Falso.	SIMON. *Je le pense* à-tort.
DAVUS. Itaque hercle	DAVE. Aussi par-Hercule
audeo jam	je n'ose plus
mutire nil.	ouvrir-la-bouche *pour* rien.
SIMO. Ego scio hoc unum,	SIMON. Moi je sais ceci seulement
neminem peperisse hic.	que personne n'a accouché ici.
DAVUS. Intellexti enim.	DAVE. En effet tu *l'*as deviné.
Sed nihilo secius mox	Mais néanmoins bientôt
deferent puerum	on déposera un enfant
huc ante ostium.	ici devant *ta* porte.
Ego jam nunc, here,	Moi dès-à-présent, *mon* maître,
renuntio tibi,	j'annonce à toi
id futurum,	que cela sera,
ut sis sciens;	afin que tu sois *le* sachant;
ne dicas posterius hoc,	pour que tu ne dises pas plus tard ceci,
factum consilio	que *ç'a été* fait par le conseil
aut dolis Davi:	ou par les ruses de Dave:
ego volo prorsus	moi je veux absolument
hanc opinionem tuam	que cette opinion de-toi
esse amotam a me.	soit éloignée de moi.
SIMO. Unde scis id?	SIMON. D'où sais-tu cela?
DAVUS. Audivi	DAVE. Je *l'*ai entendu-dire
et credo:	et je *le* crois:
multa concurrunt simul	bien-des-choses concourent ensemble
qui facio nunc	pourquoi je fais maintenant
hanc conjecturam:	cette conjecture:
jam primum hæc	tout d'abord cette *fille* (Glycérie)
dixit se esse gravidam	a dit qu'elle était enceinte
e Pamphilo;	*du fait* de Pamphile;
inventum est falsum.	*cela* s'est trouvé faux.
Nunc, postquam videt	Maintenant, comme elle voit
nuptias adparari	que des noces se préparent

Obstetricem accersitum ad eam, et puerum ut adferret simul.
Hoc nisi fit, puerum ut tu videas, nil moventur nuptiæ.

SIMO.

Quid ais? quum intellexeras
Id consilium capere, cur non dixti extemplo Pamphilo?

DAVUS.

Quis igitur eum ab illa abstraxit, nisi ego? Nam omnes nos quidem
Scimus quam misere hanc amarit; nunc sibi uxorem expetit.
Postremo id mihi da negoti; tu tamen idem has nuptias
Perge facere, ita ut facis; et id spero adjuturos deos.

SIMO.

Imo abi intro; ibi me opperire, et quod parato opus est, para.
(*Davus abit.*)
Non impulit me, hæc nunc omnino ut crederem :
Atque haud scio an, quæ dixit, sint vera omnia;
Sed parvi pendo. Illud mihi multo maxumum est,
Quod mihi pollicitu' st ipsus gnatus. Nunc Chremem

chez l'accoucheuse, avec ordre d'apporter un enfant. Si l'on ne vient pas à bout de vous faire voir un enfant, on ne dérange rien à ce mariage.

SIMON. Que dis-tu là? Lorsque tu t'es aperçu du complot, que ne le disais-tu sur-le-champ à mon fils?

DAVE. Et qui donc l'a arraché à cette fille, si ce n'est moi? Car nous savons tous combien il en était fou. Aujourd'hui il désire se marier. Enfin, laissez-moi le soin de cette affaire, et vous cependant continuez de travailler à ce mariage, comme vous faites, et j'espère que les dieux vous aideront.

SIMON. Entre plutôt au logis; va m'y attendre, et prépare tout ce qui est nécessaire. (*Dave s'en va.*) Non, il ne m'a pas complétement persuadé, et cependant tout ce qu'il dit là pourrait bien être vrai; mais peu m'importe. Ce qui me touche beaucoup plus, c'est la promesse de mon fils. Allons maintenant trouver Chrémès; je le prierai de lui

domi,	à la maison (ici),
ancilla missa est illico	une servante a été envoyée sur-le-champ
accersitum obstetricem	pour-faire-venir l'accoucheuse
ad eam, et simul	auprès d'elle, et en-même-temps
ut afferret puerum.	afin qu'elle apportât un enfant.
Nisi hoc fit,	Si cela n'arrive pas,
ut tu videas puerum,	que toi tu voies un enfant,
nuptiæ moventur nil.	*ces* noces ne sont dérangées *en* rien.
SIMO. Quid ais?	SIMON. Que dis-tu?
quum intellexeras	puisque tu avais compris
capere id consilium,	qu'elle (Glycérie) formait ce dessein,
cur non dixti extemplo	pourquoi ne *l*'as-tu pas dit sur-le-champ
Pamphilo?	à Pamphile?
DAVUS. Quis igitur	DAVE. Qui donc
abstraxit eum ab illa,	a arraché lui à elle,
nisi ego?	si-ce-n'est moi?
Nam nos omnes quidem	Car nous tous certes
scimus quam misere	nous savons combien éperdument
amarit hanc;	il a aimé cette *fille;*
nunc expetit sibi	maintenant il demande pour lui
uxorem.	une épouse.
Postremo da mihi	Enfin donne à moi (confie-moi)
id negoti;	cette tâche (de démasquer l'intrigue);
tu tamen	toi cependant
idem	le même (persistant dans ton dessein)
perge facere has nuptias,	continue à préparer ces noces,
ita ut facis;	ainsi comme tu *les* prépares;
et spero deos	et j'espère que les dieux
adjuturos id.	favoriseront cela.
SIMO. Imo	SIMON. *Mais* plutôt
abi intro;	va-t'-en *là*-dedans (à la maison);
opperire me ibi,	attends-moi là (attends-m'y),
et para, quod opus est	et prépare ce-que besoin est
parato. (*Davus abit.*)	d'*être* préparé. (*Dave s'en-va.*)
Non impulit me,	Il n'a pas déterminé moi,
ut crederem nunc	à ce je crusse maintenant
omnino hæc:	entièrement ces *explications*:
atque haud scio	et je ne sais pas pourtant
an omnia, quæ dixit,	si tout ce qu'il a dit
sint vera;	*n*'est *pas* vrai;
sed pendo parvi.	mais je m'*en* soucie peu.
Illud est mihi	Cela est pour moi
multo maxumum,	de beaucoup le plus important,
quod gnatus ipsus	que *mon* fils lui-même
pollicitus est mihi.	a promis à moi (m'a donné sa parole).
Nunc	Maintenant
conveniam Chremem;	j'irai-trouver Chrémès;

Converiam; orabo gnato uxorem; id si impetro,
Quid alias malim, quam hodie, has fieri nuptias?
Nam gnatus quod pollicitu' st, haud dubium est mihi,
Si nolit, quin eum merito possim cogere.
Atque adeo in ipso tempore eccum[1] ipsum obvium.

SIMO, CHREMES.

SIMO.

Jubeo Chremetem.

CHREMES.

Oh! te ipsum quærebam:

SIMO.

Et ego te.

CHREMES.

Optato advenis.
Aliquot me adiere, ex te auditum qui aiebant, hodie filiam
Meam nubere tuo gnato : id viso, tune an illi insaniant.

SIMO.

Ausculta pauca; et quid ego te velim, et tu quod quæris, scies.

CHREMES.

Ausculto . loquere quid velis.

SIMO.

Per te deos oro et nostram amicitiam, Chreme,
Quæ, incepta a parvis, cum ætate adcrevit simul,

donner sa fille. Si je l'obtiens, pourquoi ne pas faire ce mariage aujourd'hui plutôt qu'un autre jour? car j'ai la parole de mon fils, et j'ai sans contredit le droit de le contraindre, s'il se rétracte. Mais voilà Chrémès, que le basard m'offre fort à propos.

SIMON, CHRÉMÈS.

SIMON. Je souhaite à Chrémès....

CHRÉMÈS. Ah! c'est vous précisément que je cherchais.

SIMON. Et moi, je vous cherchais aussi.

CHRÉMÈS. Vous arrivez à souhait. Quelques personnes me sont venues trouver, qui disaient tenir de vous que ma fille se marie aujourd'hui à votre fils. Je viens savoir qui de vous ou d'eux extravague.

SIMON. Écoutez, quelques mots vous apprendront ce que j'attends de vous, et ce que vous désirez savoir de moi.

CHRÉMÈS. J'écoute : parlez.

SIMON. Je vous en conjure, Chrémès, au nom des dieux, au nom de notre amitié, qui, commencée dès l'enfance, s'est accrue avec

orabo	je *lui* demanderai-avec-prière
uxorem gnato :	*sa fille pour* épouse à *mon* fils :
si impetro id,	si j'obtiens cela,
quid malim	pourquoi préférerais-je
has nuptias fieri	que ces noces se fissent
alias	un-autre-jour
quam hodie?	*plutôt* que aujourd'hui?
Nam quod gnatus	Car *quant à* ce-que *mon* fils
est pollicitus,	*m'*a promis,
haud est dubium mihi,	il n'est pas douteux pour moi,
quin possim merito	que je ne puisse à-bon-droit
cogere eum,	forcer lui *de l'exécuter,*
si nolit.	s'il ne-voulait-pas.
Atque adeo	Et même (précisément)
eccum ipsum	le-voici lui-même (Chrémès)
obvium	qui-s'offre *à moi*
in tempore ipso.	dans l'occasion même.
SIMO, CHREMES.	SIMON, CHRÉMÈS.
SIMO. Jubeo Chremetem.	SIMON. Je désire que Chrémès *se porte bien.*
CHREMES. Oh!	CHRÉMÈS. Oh!
quærebam te ipsum.	je *te* cherchais toi-même.
SIMO. Et ego te.	SIMON. Et moi *je cherchais* toi.
CHREMES. Advenis optato.	CHRÉMÈS. Tu arrives à-souhait.
Aliquot	Quelques *personnes*
adiere me,	sont venues-trouver moi,
qui aiebant	qui disaient
auditum ex te,	*cela avoir été* appris de toi,
meam filiam hodie	que ma fille aujourd'hui
nubere tuo gnato :	se mariait à ton fils :
viso id,	je viens-voir ceci,
tune	si c'est toi *qui extravagues*
an illi	ou si *ce sont* eux
insaniant.	*qui* extravaguent.
SIMO. Ausculta pauca ;	SIMON. Écoute peu *de mots ;*
et scies	et tu sauras
quid ego velim te,	quoi je veux te *dire,*
et quod tu quæris.	et ce-que toi tu cherches *à savoir.*
CHREMES. Ausculto :	CHRÉMÈS. J'écoute :
loquere quid velis.	dis quoi tu veux.
SIMO. Oro te, Chreme,	SIMON. Je prie toi, Chrémès,
per deos	par les dieux
et nostram amicitiam,	et *par* notre amitié,
quæ, incepta	laquelle, commencée
a parvis,	depuis *nous* petits (dès notre enfance),
adcrevit simul	a grandi en-même-temps

Perque unicam gnatam tuam, et gnatum meum,
Cujus tibi potestas summa servandi datur,
Ut me adjuves in hac re, atque ita, uti nuptiæ
Fuerant futuræ, fiant.

CHREMES.

Ah! ne me obsecra;
Quasi hoc te orando a me impetrare oporteat.
Alium esse censes nunc me atque olim, quum dabam?
Si in rem est utrique ut fiant, accersi jube :
Sed si ex ea re plus est mali quam commodi
Utrique, id oro te, in commune ut consulas,
Quasi illa tua sit, Pamphilique ego sim pater.

SIMO.

Imo ita volo, itaque[1] postulo ut fiat, Chreme :
Neque postulem abs te, ni ipsa res moneat.

CHREMES.

Quid est?

SIMO.

Iræ sunt inter Glycerium et gnatum.

CHREMES.

Audio.

SIMO.

Ita magnæ ut sperem posse avelli.

CHREMES.

Fabulæ!

SIMO.

Perfecto sic est.

l'âge, au nom de votre fille unique, au nom de mon fils, dont le salut est entre vos mains, aidez-moi dans cette circonstance, et faisons ce mariage, comme nous l'avons résolu.

CHRÉMÈS. Ah! ne me priez pas : comme s'il fallait en effet me prier pour obtenir cela de moi! Je consentais autrefois à donner ma fille à votre fils; pensez-vous que j'aie changé d'avis? Si ce mariage leur est également avantageux, envoyez-les chercher; mais s'il doit résulter pour tous les deux plus de mal que de bien, pesez, je vous prie, les intérêts communs, comme si ma fille était la vôtre et que je fusse le père de Pamphile.

SIMON. Mais c'est bien ainsi que je l'entends et que je demande que se fassent les choses, mon cher Chrémès; et je ne vous le demanderais pas, si les circonstances ne le voulaient elles-mêmes.

CHRÉMÈS. Qu'y a-t-il donc?

SIMON. Glycérie et mon fils sont brouillés.

CHRÉMÈS. J'entends.

SIMON. Mais brouillés au point que j'espère pouvoir les séparer.

CHRÉMÈS. Chansons!

SIMON. La chose est comme je vous le dis.

cum ætate,	avec l'âge,
perque tuam gnatam	et par ta fille
unicam,	unique,
et meum gnatum,	et *par* mon fils,
cujus servandi	duquel devant-être-sauvé
summa potestas datur tibi,	plein pouvoir est donné à toi,
ut adjuves me	*je te prie* que tu aides moi
in hac re,	en cette affaire,
atque nuptiæ fiant,	et que *ces* noces se fassent,
ita uti futuræ fuerant.	ainsi comme elles avaient dû être.
CHREMES.	CHRÉMÈS.
Ah! ne obsecra me;	Ah! ne supplie pas moi;
quasi oporteat	comme s'il fallait
te impetrare hoc a me	toi obtenir cela de moi
orando.	en priant.
Censes me esse alium	Penses-tu moi être autre
nunc atque olim,	aujourd'hui qu'autrefois,
quum dabam?	lorsque je donnais *ma fille à ton fils?*
Si est in rem	S'il est à intérêt
utrique	pour tous deux (Philumène et Pamphile)
ut fiant,	que *ces noces* se fassent,
jube accersi:	ordonne qu'ils soient mandés;
sed si ex ea re	mais si de cette chose
plus mali	plus de mal
quam commodi	que d'avantage
est utrique,	est (résulte) pour tous-deux,
oro te id,	je prie toi *de* ceci,
ut consulas in commune,	que tu avises à *l'intérêt* commun,
quasi illa sit tua,	comme si elle (Philumène) était ta *fille*,
egoque sim	et *que* moi je fusse
pater Pamphili.	le père de Pamphile.
SIMO. Imo volo ita,	SIMON. Mais je *le* veux ainsi,
postuloque	et je demande
ut fiat ita, Chreme:	qu'*il* se fasse ainsi, Chrémès,
eque postulem abs te,	et je ne *le* demanderais pas à toi,
res ipsa	si la circonstance elle-même
neat.	ne *m'y*-engageait.
CHREMES. Quid est?	CHRÉMÈS. Qu'est-*ce* (qu'y a-t-il)?
SIMO. Iræ sunt	SIMON. Des querelles sont
inter Glycerium et gnatum.	entre Glycérie et *mon* fils.
CHREMES. Audio.	CHRÉMÈS. J'entends (tu me le dis).
SIMO. Ita magnæ	SIMON. Tellement grandes
ut sperem	que j'espère
posse avelli.	*lui* pouvoir être détaché *d'elle*.
CHREMES. Fabulæ!	CHRÉMÈS. Chansons!
SIMO. Profecto est sic.	SIMON. Certainement *c'*est ainsi.

CHREMES.

Sic hercle, ut dicam tibi :
Amantium iræ, amoris integratio.

SIMO.

Hem, id te oro, ut anteeamus, dum tempus datur,
Dumque ejus libido occlusa est contumeliis.
Priusquam harum scelera, et lacrumæ confictæ dolis,
Reducant animum ægrotum ad misericordiam,
Uxorem demus. Spero, consuetudine et
Conjugio liberali devinctum, Chreme,
Dehinc facile ex illis sese emersurum[1] malis.

CHREMES.

Tibi ita hoc videtur ; at ego non posse arbitror
Neque illum hanc perpetuo habere, neque me perpeti.

SIMO.

Qui scis ergo istuc, nisi periclum feceris?

CHREMES.

At istuc periclum in filia fieri grave est.

SIMO.

Nempe incommoditas denique huc omnis redit,
Si eveniat (quod di prohibeant!) discessio.
At si corrigitur, quot commoditates, vide.
Principio amico filium restitueris;
Tibi generum firmum, et filiæ invenies virum.

CHRÉMÈS. Ou plutôt comme je vais vous le dire : Brouille d'amants, renouvellement d'amour.

SIMON. Hé bien! prenons donc les devants, tandis que nous le pouvons encore, tandis que sa passion est ralentie par les mauvais procédés. Avant que les ruses, les artifices, les larmes feintes de ces créatures rappellent à la pitié ce cœur malade, donnons-lui une femme. J'espère, mon cher Chrémès, qu'une liaison, qu'un mariage honnête l'attachera, et qu'ensuite il se retirera sans peine de cet abîme de malheurs.

CHRÉMÈS. Vous le pensez; mais je ne le pense pas, moi, qu'il puisse garder constamment ma fille, ni que je puisse souffrir....

SIMON. Comment le pouvez-vous savoir avant l'expérience?

CHRÉMÈS. Mais la faire sur ma fille, cela me paraît dur.

SIMON. Au surplus, tout l'inconvénient se réduit ici au divorce, s'il arrive (ce que veuillent les dieux empêcher!); mais s'il se corrige, voyez que d'avantages! D'abord vous rendrez un fils à votre ami, puis vous acquerrez un gendre solide, et votre fille un bon mari.

CHREMES. Hercle sic,	CHRÉMÈS. *Oui*, par-Hercule, ainsi,
ut dicam tibi :	comme je vais-dire à toi :
iræ amantium,	QUERELLES D'AMANTS,
integratio amoris.	RENOUVELLEMENT D'AMOUR.
SIMO. Hem, oro te id,	SIMON. Allons, je prie toi *de* ceci,
ut anteeamus,	que nous allions-au-devant *du mal*,
dum tempus datur,	pendant que le temps *nous* est donné,
dumque libido ejus	et pendant que la passion de lui
est occlusa contumeliis.	est comprimée (ralentie) par les affronts.
Priusquam scelera	Avant que les scélératesses
harum,	de ces *femmes*,
et lacrumæ confictæ dolis,	et *leurs* larmes simulées par ruse,
reducant ad misericordiam	ramènent à la pitié
animum ægrotum,	*son* cœur malade,
demus uxorem.	donnons-*lui* une [illegible]
Spero, Chreme,	J'espère, Chrém[illegible]
devinctum consuetudine	qu'enchaîné par [illegible] liaison
et conjugio liberali	et par un maria[illegible] honnête
emersurum sese	il tirera soi
dehinc facile	ensuite facilement
ex illis malis.	de ces malheurs*là* (de ce maudit amour).
CHREMES	CHRÉMÈS.
Hoc videtur ita tibi;	Cela semble ainsi à toi;
at ego non arbitror	mais moi, je ne pense pas
neque illum posse	ni lui pouvoir
habere hanc	garder cette *jeune fille* (Philumène)
perpetuo,	constamment,
neque me perpeti.	ni moi *pouvoir* souffrir *une telle union*.
SIMO. Qui ergo	SIMON. Comment donc
scis istuc,	sais-tu cela,
nisi feceris periclum?	si tu n'*en* fais pas l'expérience?
CHREMES. At est grave	CHRÉMÈS. Mais il est dur
istuc periclum fieri	que cette expérience se fasse
in filia.	sur *ma* fille.
SIMO. Nempe denique	SIMON. Cependant en-définitive
omnis incommoditas	tout l'inconvénient
redit huc,	revient à ceci,
si discessio	si (que) un divorce
(quod di prohibeant!)	(ce que les dieux veuillent-empêcher!)
eveniat.	arrive.
At si corrigitur,	Mais s'il (Pamphile) se corrige
vide quot commoditates.	vois que d'avantages.
Principio restitueris	D'abord tu auras rendu
filium amico;	un fils à *ton* ami;
invenies tibi	*puis* tu trouveras pour toi
generum firmum,	un gendre solide,
et filiæ virum.	et pour *ta* fille un *bon* mari.

CHREMES.

Quid istic[1]? si ita istuc animum induxti esse utile,
Nolo tibi ullum commodum in me claudier[2].

SIMO.

Merito te semper maxumi feci, Chreme.

CHREMES.

Sed quid ais?

SIMO.

Quid?

CHREMES.

Qui scis eos nunc discordare inter se?

SIMO.

Ipsus mihi Davus, qui intimus est eorum consiliis, dixit :
Et is mihi suadet, nuptias, quantum queam, ut maturem.
Num, censes, faceret, filium ni sciret et eadem hæc velle?
Tute adeo[3] jam ejus audies verba. Heus! evocate huc Davum.
Atque eccum; video ipsum foras exire.

DAVUS, SIMO, CHREMES.

DAVUS.

Ad te ibam.

SIMO.

Quidnam est?

DAVUS.

Cur uxor non accersitur? jam advesperascit.

CHRÉMÈS. N'en parlons plus. Si vous voyez tant d'avantages dans cette union, je ne veux point mettre le moindre obstacle à votre satisfaction.

SIMON. C'est avec raison que je vous ai toujours tant aimé, cher Chrémès.

CHRÉMÈS. Mais, à propos, dites-moi donc?

SIMON. Quoi?

CHRÉMÈS. Comment savez-vous qu'ils sont maintenant brouillés?

SIMON. Dave lui-même, le confident et l'âme de leurs projets, me l'a dit. C'est lui qui me conseille de faire le mariage au plus tôt. Croyez-vous qu'il agirait ainsi, s'il ne savait que mon fils a le même désir? Tenez, vous allez l'entendre lui-même. Holà! faites venir Dave. Mais le voilà, je le vois qui sort.

DAVE, SIMON, CHRÉMÈS.

DAVE. Je venais vous trouver.

SIMON. De quoi s'agit-il?

DAVE. Pourquoi ne fait-on pas venir la fiancée? il se fait déjà tard.

CHREMES.	CHRÉMÈS.
Quid istic?	Que *répondrais-je* à cela (à tes prières)?
Si induxti ita animum	si tu as mis ainsi dans *ton* esprit
istuc esse utile,	que cela est utile,
nolo ullum commodum	je ne-veux-pas qu'aucun avantage
claudier tibi in me.	soit intercepté à toi en moi (de ma part).
SIMO. Chreme,	SIMON. Chrémès,
feci semper maxumi te	j'ai fait toujours le-plus-grand-cas de toi
merito.	avec raison.
CHREMES. Sed quid ais?	CHRÉMÈS. Mais que dis-tu?
SIMO. Quid?	SIMON. Quoi?
CHREMES. Qui scis	CHRÉMÈS. Comment sais-tu
eos	que eux (Glycérie et Pamphile)
discordare nunc inter se?	sont-brouillés maintenant entre eux?
SIMO. Davus ipsus,	SIMON. Dave lui-même,
qui est intimus	qui est intime *confident*
consiliis eorum,	dans les desseins d'eux,
dixit mihi :	*l*'a dit à moi :
et is suadet mihi,	et il conseille à moi
ut maturem nuptias,	que je hâte (de hâter) les noces,
quantum queam.	autant-que je pourrai.
Num faceret, censes,	Est-ce-qu'il *le* ferait, penses-tu,
ni sciret filium	s'il ne-savait que *mon* fils
velle et hæc eadem?	veut aussi ces mêmes *choses?*
Tute adeo jam	Toi-même d'ailleurs tout-de-suite
audies verba ejus.	tu vas-entendre les paroles de lui (Dave).
Heus! evocate huc Davum.	Holà! faites-venir ici Dave.
Atque eccum;	Mais le-voici;
video ipsum exire foras.	je *le* vois lui-même sortir dehors

DAVUS, SIMO, CHREMES.	DAVE, SIMON, CHRÉMÈS.
DAVUS. Ibam ad te.	DAVE. J'allais vers toi.
SIMO. Quidnam est?	SIMON. Qu'est-*ce*-donc?
DAVUS. Cur uxor	DAVE. Pourquoi l'épouse (la fiancée)
non accersitur?	n'est-elle pas mandée?
jam advesperascit.	déjà il se fait-tard.

SIMO (*ad Chremetem*).

Audin'[1]?

(*ad Davum.*)

Ego dudum nonnil veritus sum, Dave, abs te, ne faceres idem
Quod volgus servorum solet, dolis ut me deluderes,
Propterea quod amat filius.

DAVUS.

Egon' istuc facerem?

SIMO.

Credidi :
Idque adeo metuens, vos celavi, quod nunc dicam.

DAVUS.

Quid ?

SIMO.

Scies.
Nam propemodum habeo jam fidem.

DAVUS.

Tandem cognosti qui siem.

SIMO.

Non fuerant nuptiæ futuræ.

DAVUS.

Quid? non?

SIMO.

Sed ea gratia
Simulavi, vos ut pertentarem.

DAVUS.

Quid ais?

SIMO.

Sic res est.

[1]SIMON (*à Chrémès*). L'entendez-vous? (*A Dave.*) Dave, j'ai longtemps craint que tu ne fisses comme le commun des esclaves, que tu ne me jouasses quelque tour, et cela parce que mon fils a une inclination.

DAVE. Moi! je ferais cela!

SIMON. Je l'ai cru; et, dans cette crainte, je vous ai caché à tous deux ce que je vais te dire maintenant.

DAVE. Quoi donc?

SIMON. Tu vas le savoir; car j'ai presque confiance en toi.

DAVE. Ah! vous me connaissez donc enfin!

SIMON. Ce mariage n'était qu'une feinte.

DAVE. Comment, une feinte?

SIMON. J'ai feint pour vous sonder un peu l'un et l'autre.

DAVE. Que me dites-vous?

SIMON. La pure vérité.

SIMO (*ad Chremetem*).	SIMON (*à Chrémès*).
Audin'?	Tu entends?
(*ad Davum*). Ego dudum	(*à Dave*). *C'est que* moi longtemps
sum veritus nonnil	j'ai craint quelque-peu
abs te, Dave,	de toi, Dave,
ne faceres idem	que tu ne fisses la même *chose*
quod vulgus servorum	que le commun des esclaves
solet,	a-coutume *de faire*,
ut deluderes me dolis,	savoir-que tu jouasses moi par ruses,
propterea quod filius	parce que *mon* fils
amat.	aime (a une inclination).
DAVUS.	DAVE.
Egone facerem istuc?	Moi! que je fisse cela?
SIMO. Credidi:	SIMON. Je *l*'ai cru:
adeoque metuens id,	et en-conséquence, craignant cela,
celavi vos,	j'ai caché à vous *deux* (mon fils et toi),
quod nunc dicam.	ce que maintenant je vais-*te*-dire.
DAVUS. Quid?	DAVE. Quoi?
SIMO. Scies.	SIMON. Tu vas-*le*-savoir.
Nam jam	Car dès-à-présent
habeo propemodum fidem.	j'ai presque confiance *en toi*.
DAVUS. Tandem	DAVE. Enfin
cognosti qui siem.	tu as reconnu qui je suis.
SIMO. Nuptiæ	SIMON. *Ces* noces
non futuræ fuerant.	n'avaient pas dû être (avoir lieu).
DAVUS. Quid? non?	DAVE. Quoi? non?
SIMO. Sed simulavi	SIMON. Mais j'ai feint
ea gratia,	par ce motif,
ut pertentarem vos.	pour que je sondasse vous *deux*.
DAVUS. Quid ais?	DAVE. Que dis-tu?
SIMO. Res est sic.	SIMON. La chose est ainsi.

DAVUS.

Vide!
Nunquam quivi ego istuc intelligere. Vah consilium callidum!

SIMO.

Hoc audi : ut hinc te jussi introire, opportune hic fit mi obviam.

DAVUS (*secum*).

Hem!
Numnam periimus?

SIMO.

Narro huic, quæ tu dudum narrasti mihi.

DAVUS.

Quidnam audiam!

SIMO.

Gnatam ut det oro, vixque id exoro.

DAVUS.

Occidi.

SIMO.

Hem, quid dixti?

DAVUS (*ad Simonem*).

Optume inquam factum.

SIMO.

Nunc per hunc nulla est mora.

CHREMES.

Domum modo ibo; ut adparentur[1] dicam, atque huc renuntio.
(*Abit.*)

DAVE. Voyez! je n'ai jamais pu pénétrer ce mystère : ah! quelle finesse!

SIMON. Ecoute, maintenant. Après t'avoir ordonné d'entrer, je rencontre tout à propos Chrémès, que voilà.

DAVE (*à part*). Aïe! serions-nous perdus?

SIMON. Je lui raconte tout ce que tu m'avais raconté.

DAVE. Qu'entends-je?

SIMON. Je le prie de donner sa fille, et je l'obtiens à grand'peine, à force de prières.

DAVE. Je suis mort.

SIMON. Hein! que dis-tu?

DAVE. Bien, très-bien.

SIMON. De son côté, à présent, plus d'obstacle.

CHRÉMÈS. Je vais seulement dire chez moi qu'on prépare tout, et je reviens ici vous apprendre... (*Il s'en va.*)

DAVUS. Vide!	DAVE. Vois *un peu!*
nunquam ego quivi	jamais moi je n'ai pu
intelligere istuc.	comprendre cela.
Vah callidum consilium!	Ah! l'habile dessein!
SIMO. Audi hoc :	SIMON. Écoute ceci :
ut jussi te introire	quand j'ai ordonné à toi d'entrer
hinc,	*t'en allant* d'ici,
hic	celui-ci (Chrémès)
fit obviam mihi	arrive à-la-rencontre à moi
opportune.	à-propos.
DAVUS (*secum*). Hem!	DAVE. (*à part*). Ah!
numnam periimus?	est-ce-donc-que nous-sommes-perdus?
SIMO. Narro huic,	SIMON. Je raconte à lui
quæ tu dudum	les *choses* que toi tout-à-l'heure
narrasti mihi.	tu as racontées à moi.
DAVUS. Quidnam audiam!	DAVE. Quoi-donc vais-je-entendre!
SIMO. Oro	SIMON. Je *le* prie
ut det gnatam,	qu'il donne *sa* fille *à mon fils*,
vixque	et avec-peine
exoro id.	j'obtiens-par-mes-prières cela.
DAVUS. Occidi.	DAVE. Je-suis-mort.
SIMO. Hem, quid dixti?	SIMON. Hé! qu'as-tu dit?
DAVUS (*ad Simonem*).	DAVE (*à Simon*).
Optume factum, inquam.	*C'est* très-bien fait, dis-je.
SIMO. Nunc nulla mora	SIMON. Maintenant nul obstacle
est per hunc.	*n'est à ce mariage* par lui (de sa part).
CHREMES. Ibo modo	CHRÉMÈS. Je vais-aller seulement
domum;	à la maison;
dicam adparentur,	je dirai que *tout* soit préparé,
atque renuntio huc.	et je reviens-*l*'annoncer ici.
(*Abit.*)	(*Il s'en va.*)

SIMO.

Nunc te oro, Davo, quoniam solus mi effecisti has nuptias....

DAVUS.

Ego vero solus.

SIMO.

Corrigere mihi gnatum porro enitere.

DAVUS.

Faciam hercle sedulo.

SIMO.

Potes nunc, dum animus irritatus est.

DAVUS.

Quiescas.

SIMO.

Age igitur. Ubi nunc est ipsus?

DAVUS.

Mirum ni domi est.

SIMO.

Ibo ad eum, atque eadem hæc, quæ tibi dixi, dicam itidem illi.
(*Abit.*)

DAVUS.

Nullu' sum.
Quid causæ est quin hinc in pistrinum recta proficiscar via?
Nihil est preci loci relictum; jam perturbavi omnia:
Herum fefelli; in nuptias conjeci herilem filium;
Feci hodie ut fierent, insperante hoc, atque invito Pamphilo.
Hem astutias! Quod si quiessem, nihil evenisset mali.

SIMON. Maintenant je te prie, Dave, puisque c'est toi seul qui as fait ce mariage....

DAVE. Oui vraiment, moi seul.

SIMON. Fais donc tout ton possible pour corriger mon fils.

DAVE. Je le ferai, et de mon mieux.

SIMON. Tu le peux, maintenant qu'il est irrité.

DAVE. Soyez tranquille.

SIMON. A l'œuvre donc. Mais où est-il maintenant?

DAVE. Je m'étonnerais s'il n'était à la maison.

SIMON. Je vais le trouver, et lui répéter ce que je viens de te dire. (*Il s'en va.*)

DAVE. Je suis anéanti. Que ne vais-je droit au moulin? Il n'y a plus à prier, maintenant; j'ai tout gâté, j'ai trompé mon maître, j'ai embarqué son fils dans ce mariage, et ce mariage, j'ai tant fait qu'il va se faire aujourd'hui contre l'attente du bonhomme et le gré de Pamphile. Ha! l'habile homme que je suis! Que ne demeurais-je en repos! Il ne me serait arrivé aucun mal. Mais le voici,

SIMO. Nunc, Dave,
oro te, quoniam solus
effecisti mi
has nuptias....
DAVUS. Ego vero solus.
SIMO. Enitere porro
corrigere mihi gnatum.
DAVUS. Hercle
faciam sedulo.
SIMO. Potes nunc,
dum animus est irritatus.
DAVUS. Quiescas.
SIMO. Age igitur.
Ubi nunc est ipsus?
DAVUS. Mirum
ni est domi.
SIMO. Ibo ad eum,
atque dicam itidem illi
hæc eadem,
quæ dixi tibi. (*Abit.*)
DAVUS. Sum nullus.
Quid causæ est
quin hinc proficiscar
recta via
in pistrinum?
Nihil loci est relictum
preci;
jam perturbavi omnia :
fefelli herum;
conjeci in nuptias
filium herilem;
feci ut fierent
hodie,
hoc insperante,
atque invito Pamphilo.
Hem astutias!
Quod si quiessem,

SIMON. Maintenant, Dave,
je prie toi, puisque seul
tu as réalisé pour moi
ces noces....
DAVE. Certes moi seul.
SIMON. Efforce-toi désormais
de corriger à moi *mon* fils.
DAVE. Par-Hercule
je *le* ferai avec-zèle.
SIMON. Tu *le* peux maintenant,
pendant que *son* cœur est irrité.
DAVE. Sois-tranquille.
SIMON. Agis (travaille-s-y) donc.
Où maintenant est-il lui-même?
DAVE. *C'est* étonnant
s'il n'est pas à la maison.
SIMON. Je vais-aller vers lui,
et je dirai de même à lui
ces mêmes-choses
que j'ai dites à toi. (*Il s'en va.*)
DAVE. Je suis anéanti.
Quoi de motif (quel motif) y a-t-il
pour que d'ici je ne parte
par le droit chemin
pour le moulin?
Aucun lieu *n*'est laissé
à la prière;
déjà j'ai troublé (gâté) tout :
j'ai trompé *mon* maître;
j'ai jeté dans *ces* noces
le fils de-*mon*-maître;
j'ai fait qu'elles se fissent
aujourd'hui,
celui-ci (Simon) ne-*l*'espérant-pas,
et malgré Pamphile.
Ah! les *belles* ruses.
Que si je m'-étais-tenu tranquille,

Sed eccum; ipsum video. Occidi.
Utinam mihi esset aliquid hic, quo nunc me præcipitem darem!

PAMPHILUS, DAVUS.

PAMPHILUS (*secum*).

Ubi illic 'st scelus, qui me perdidit?

DAVUS.

Perii.

PAMPHILUS.

Atque hoc confiteor, mihi
Jure obtigisse, quandoquidem tam iners, tam nulli[1] consili.
Servone fortunas meas me commisisse futili?
Ergo pretium ob stultitiam fero. Sed inultum nunquam id auferet.

DAVUS (*secum*).

Posthac incolumem sat scio me fore, nunc si hoc devito malum.

PAMPHILUS.

Nam quid ego nunc dicam patri? Negabon' velle me, modo
Qui sum pollicitus ducere? Qua fiducia id facere audeam?
Nec quid me nunc faciam scio.

oui, c'est lui-même. Je suis mort. Dieux! que n'ai-je là un précipice pour m'y jeter!

PAMPHILE, DAVE.

PAMPHILE (*à part*). Où est-il, ce scélérat qui m'a perdu?

DAVE. Je suis mort.

PAMPHILE. Après tout, je n'ai que ce que je mérite, je l'avoue; puisque j'ai été assez imbécile, assez imprudent pour confier mon sort à un misérable esclave! Me voilà bien payé de ma sottise, mais il n'en sortira pas impunément.

DAVE (*à part*). Si je me tire de celui-là, il n'est plus de danger pour moi.

PAMPHILE. Car, que dire maintenant à mon père? Lui dirai-je que je ne veux plus me marier, moi qui viens de donner ma parole? De quel front l'oserais-je? Je ne sais plus que faire, en vérité.

nihil mali evenisset.	aucun malheur *ne* serait arrivé.
Sed eccum; video ipsum.	Mais le-voici; je *le* vois lui-même.
Occidi. Utinam	Je-suis-mort. Plût-aux-Dieux-que
aliquid esset mihi hic,	quelque *lieu* fût à moi ici,
quo nunc	où maintenant
me darem præcipitem!	je pusse-me-précipiter!

PAMPHILUS, DAVUS.	PAMPHILE, DAVE.
PAMPHILUS (*secum*).	PAMPHILE (*à part*).
Ubi est illic scelus,	Où est ce scélérat,
qui perdidit me?	qui a perdu moi?
DAVUS. Perii.	DAVE. Je-suis-perdu.
PAMPHILUS.	PAMPHILE.
Atque confiteor	Pourtant je confesse
hoc obtigisse mihi jure,	que cela est arrivé à moi à bon droit,
quandoquidem tam iners,	puisque *je suis* si lâche,
consili tam nulli.	*et* de prudence si nulle.
Mene commisisse	*Se peut-il* que j'aie confié
meas fortunas	mon sort
servo futili?	à un esclave vain (imprudent)?
Ergo fero pretium	Donc je reçois le prix
ob stultitiam.	pour *ma* sottise.
Sed nunquam auferet id	Mais jamais il n'emportera cela
inultum.	impuni.
DAVUS (*secum*). Scio sat	DAVE (*à part*). Je sais assez
me fore incolumem posthac,	que je serai sain-et-sauf à-l'avenir,
si nunc devito	si maintenant j'évite
hoc malum.	ce mal (sa colère).
PAMPHILUS. Nam nunc	PAMPHILE. Car maintenant
quid ego dicam patri?	quoi moi dirai-je à *mon* père?
Negabone me velle,	Dirai-je que je ne-veux *plus*,
qui modo	*moi* qui tout-à-l'heure
pollicitus sum ducere?	*lui* ai promis de prendre-femme?
Qua fiducia	Avec quelle effronterie
audeam facere id?	oserai-je faire cela?
nec scio nunc	et je ne sais pas maintenant
quid faciam me.	quoi je dois-faire *de* moi.

DAVUS.

Nec quidem me (atque id ago sedulo)
Dicam aliquid jam inventurum, ut huic malo aliquam producai moram.

PAMPHILUS (*ad Davum*).

Oh!

DAVUS.

Visus sum.

PAMPHILUS.

Ehodum, bone vir, quid ais? Viden' me consiliis tuis
Miserum impeditum esse?

DAVUS (*ad Pamphilum*).

At jam expediam.

PAMPHILUS

Expedies?

DAVUS.

Certe, Pamphile.

PAMPHILUS.

Nempe ut modo?

DAVUS.

Imo melius, spero.

PAMPHILUS.

Oh! tibi ego ut credam, furcifer?
Tu rem impeditam et perditam restituas? Hem, quo fretu' sum!

DAVE. Ma foi, ni moi non plus, et cependant j'y songe sérieusement. Allons, je vais lui dire que je trouverai quelque moyen pour éloigner le coup qui nous menace.

PAMPHILE (*à Dave*). Ha!

DAVE. Il m'a vu.

PAMPHILE. Approchez donc, homme de bien. Qu'en dites-vous? voyez-vous l'état où me réduisent vos bons conseils?

DAVE (*à Pamphile*). Mais je vous en tirerai bientôt.

PAMPHILE. Tu m'en tireras?

DAVE. Certainement, Pamphile.

PAMPHILE. Comme tantôt, n'est-ce pas?

DAVE. Non; plus heureusement, je l'espère.

PAMPHILE. Comment? je me fierais encore à toi, pendard! Tu pourrais rétablir une affaire embrouillée, désespérée! Ha! le bel appui que j'ai là! un maraud, qui m'arrache de l'état le plus tran-

DAVUS. Nec dicam quidem	DAVE. Ni *moi* je *ne* dirai *pas* certes
me inventurum jam	que je trouverai tout-de-suite
aliquid	quelque *expédient*
(atque ago id sedulo).	(et *pourtant* je m'occupe de cela avec-zèle),
ut producam	pour que je prolonge (que j'apporte)
aliquam moram	quelque délai
huic malo.	à ce mal (à ce danger).
PAMPHILUS (*ad Davum.*)	PAMPHILE (*à Dave*).
Oh!	Oh!
DAVUS. Visus sum.	DAVE. J'ai été vu.
PAMPHILUS.	PAMPHILE.
Ehodum, vir bone,	Holà! homme de-bien,
quid ais? Videsne	que dis-tu? Vois-tu
me miserum	que moi malheureux
impeditum esse	j'ai été mis dans l'embarras
tuis consiliis?	par tes conseils?
DAVUS (*ad Pamphilum*).	DAVE (*à Pamphile*).
At jam expediam.	Je *t'en* tirerai.
PAMPHILUS. Expedies?	PAMPHILE. Tu *m'en* tireras?
DAVUS. Certe, Pamphile.	DAVE. Certainement, Pamphile.
PAMPHILUS.	PAMPHILE.
Nempe ut modo?	Sans doute, comme tantôt.
DAVUS. Imo melius,	DAVE. *Non*, mais mieux,
spero.	je *l*'espère.
PAMPHILUS. Oh!	PAMPHILE. Oh!
ego ut credam tibi,	moi que je croie toi,
furcifer?	pendard!
Tu restituas	Toi tu rétablirais
rem impeditam et perditam?	*mes* affaires embarrassées et perdues?
Hem, quo sum fretus!	Ah! sur qui suis-je appuyé!
qui hodie	*toi* qui aujourd'hui

Qui me hodie ex tranquillissima re conjecisti in nuptias.
Annon dixi hoc esse futurum?

DAVUS.

Dixisti.

PAMPHILUS.

Quid meritus?

DAVUS.

Crucem.
Sed paululum sine ad me redeam : jam aliquid dispiciam.

PAMPHILUS.

Hei mihi!
Cur non habeo spatium, ut de te sumam supplicium ut volo;
Namque hocce tempus præcavere mihi me, haud te ulcisci sinit.

CHARINUS, PAMPHILUS, DAVUS[1].

CHARINUS (*primo secum*).

Hocce est credibile aut memorabile,
Tanta vecordia innata cuiquam ut siet,
Ut malis gaudeant atque ex incommodis
Alterius, sua ut comparent commoda? Ah!
Idne verum? Imo id est genus hominum pessimum, in
Denegando modo queis pudor paululum est;
Post, ubi tempu' promissa jam perfici,

quille, pour me précipiter dans ce mariage! Ne t'avais-je pas bien dit que cela arriverait?

DAVE. C'est vrai, vous l'aviez dit.

PAMPHILE. Qu'as-tu mérité?

DAVE. Le gibet. Mais laissez-moi seulement reprendre tant soit peu mes sens, et je vous trouverai quelque chose.

PAMPHILE. Malheureux que je suis! Que n'ai-je le loisir de te châtier comme je le voudrais? Mais je n'ai que le temps de songer à moi, et non celui de te punir.

CHARINUS, PAMPHILE, DAVE.

CHARINUS (*à part*). Cela est-il croyable? Existe-t-il un exemple d'homme né assez pervers pour se réjouir du malheur des autres, et mettre son bonheur dans leur infortune? Ah! cela est-il bien vrai? Mais de tous les hommes, les pires sont ceux qui n'ont pas le courage de vous refuser un service; puis, le moment venu de tenir

ex re tranquillissima	de l'état le plus tranquille
conjecisti me in nuptias.	as jeté moi dans *ces* noces.
Annon dixi	Est-ce-que je ne *t*'ai pas dit
hoc futurum esse?	que cela serait?
DAVUS. Dixisti.	DAVE. Tu l'as dit.
PAMPHILUS.	PAMPHILE.
Quid meritus?	Qu'*as-tu*-mérité?
DAVUS. Crucem.	DAVE. La croix (le gibet).
Sed sine	Mais permets
redeam paululum ad me :	que je revienne un-peu à moi :
jam dispiciam aliquid.	bientôt je découvrirai quelque *moyen*.
PAMPHILUS. Hei mihi!	PAMPHILE. Malheur à moi!
Cur non habeo spatium,	Pourquoi n'ai-je pas du temps,
ut sumam de te	pour que je tire de toi
supplicium ut volo;	châtiment comme je veux!
namque hocce tempus	car ce temps *qui me reste*
sinit me præcavere mihi,	permet (veut) que je songe à moi,
haud ulcisci te.	et non que je punisse toi.

CHARINUS, PAMPHILUS, DAVUS.	CHARINUS, PAMPHILE, DAVE.

CHARINUS (*primo secum*).	CHARINUS (*d'abord à part*).
Hocce est credibile	Ceci est-il croyable
aut memorabile,	ou possible-à-dire,
ut tanta vecordia	qu'une si-grande lâcheté
siet innata cuiquam,	soit innée à quelqu'un,
ut gaudeant malis	que l'on se réjouisse des maux
atque ex incommodis	et des désagréments
alterius,	d'autrui,
ut comparent	pour *en* tirer
sua commoda?	ses *propres* avantages?
Ah! idne verum?	Ah! cela *est-il* vrai?
Imo id genus hominum	Certes cette espèce d'hommes
est pessimum,	est la pire *de toutes*,
queis pudor est paululum	auxquels de la honte est tant-soit-peu
modo in denegando;	seulement pour refuser;
post, ubi tempus jam	*qui* après, quand le temps enfin *vient*

Tum coacti, necessario se aperiunt,
Et timent; et tamen res cogit denegare.
Eorum ibi est impudentissima oratio :
« Quis tu es? quis mi es? cur meam tibi? Heus, proximus sum egomet mihi! »
Attamen, ubi fides, si roges,
Nil pudet, hic ubi opu' st, illic, ubi nihil opu' st, ibi verentur.
Sed quid agam? Adeamne ad eum, et cum eo injuriam hanc expostulem?
Mala ingeram multa? Atque aliquis dicat : « Nihil promoveris : »
Multum : molestus certe ei fuero, atque animo morem gessero.

PAMPHILUS.

Charine, et me et te imprudens, nisi quid di respiciunt, perdidi.

CHARINUS.

Itane imprudens? Tandem inventa est causa; solvisti fidem.

PAMPHILUS.

Qui tandem?

CHARINUS.

Etiam nunc me ducere istis dictis postulas?

PAMPHILUS.

Quid istuc est?

leur parole, il faut bien qu'ils lèvent le masque, et bien qu'il leur en coûte de refuser, la circonstance les y force. Rien n'égale alors l'impudence de leurs discours : « Qui êtes-vous pour moi? Pourquoi vous céderais-je ce qui est à moi? Certes, je n'ai point de plus proche parent que moi-même. » Demandez-leur où est la bonne foi, vous ne les ferez point rougir. De la honte, ils n'en ont point, lorsqu'il en faudrait avoir; n'en faut-il point, ils en ont. Mais que ferai-je? irai-je lui demander raison de cette insulte? l'accablerai-je de reproches? Vous n'y gagnerez rien, me dira-t-on. J'y gagnerai beaucoup; je le chagrinerai du moins, et je satisferai mon ressentiment.

PAMPHILE. Charinus, vous et moi, nous sommes perdus par ma faute, si les dieux ne nous regardent en pitié.

CHARINUS. Comment, par votre faute? Enfin vous avez trouvé un prétexte; vous avez dégagé votre foi?

PAMPHILE. Comment, enfin?

CHARINUS. Vous flattez-vous de m'abuser encore par vos beaux discours?

PAMPHILE. Que voulez-vous dire?

promissa perfici,	que *leurs* promesses s'accomplissent,
tum coacti,	alors étant forcés,
se aperiunt necessario,	se découvrent nécessairement,
et timent; et tamen	et craignent; et pourtant
res cogit denegare.	la circonstance *les* force de refuser.
Ibi oratio eorum	Alors le discours d'eux
est impudentissima :	est le plus impudent *possible* :
« Quis es tu?	« Qui es-tu, toi, *disent-ils?*
quis es mi?	qui es-tu pour moi?
cur meam tibi?	pourquoi *donnerai-je* mon *bien* à toi?
Heus, egomet sum	Hé! moi-certes je suis
proximus mihi! »	le plus proche (le plus cher) à moi! »
Attamen si roges,	Cependant si tu *leur* demandes
ubi fides,	où *est* la bonne-foi,
nil pudet,	ils n'ont-nullement-honte,
hic ubi opu' st,	là où besoin est,
illic ubi nihil opu' st,	*et* là où nullement besoin n'est,
ibi verentur.	là, *dis-je,* ils rougissent.
Sed quid agam?	Mais que ferai-je?
Adeamne ad eum,	Irai-je vers lui (Pamphile),
et expostulem cum eo	et demanderai-je-raison à lui
hanc injuriam?	de cette injure?
Ingeram	Entasserai-je *sur lui*
mala multa?	des reproches nombreux?
Atque aliquis dicat :	Certes quelqu'un dira :
« Promoveris nihil : »	« Tu *n'y* auras gagné (n'y gagneras) rien : »
multum :	*j'y gagnerai* beaucoup :
certe fuero molestus ei,	du moins j'aurai été à-charge à lui,
atque gessero morem	et j'aurai porté (donné) satisfaction
animo.	à mon ressentiment.
PAMPHILUS. Charine,	PAMPHILE. Charinus,
imprudens	sans-le-savoir
perdidi et me et te,	j'ai perdu et moi et toi,
nisi di	si les dieux
respiciunt	ne *nous* regardent (ne nous sauvent)
quid.	par quelque *moyen*.
CHARINUS.	CHARINUS.
Itane imprudens?	Est-ce donc ainsi sans-le-savoir?
Tandem causa	Enfin un prétexte
est inventa;	a été trouvé *par toi;*
solvisti fidem.	tu as dégagé (trahi) *ta* foi.
PAMPHILUS. Qui tandem?	PAMPHILE. Comment enfin?
CHARINUS. Postulas	CHARINUS. Tu demandes (cherches)
etiam nunc ducere me	encore maintenant de séduire moi
istis dictis?	par ces paroles?
PAMPHILUS.	PAMPHILE.
Quid est istuc?	Qu'est-ce *que tu dis*-là?

CHARINUS.

Postquam me amare dixi, complacita est tibi.
Heu me miserum, qui tuum animum ex animo spectavi meo!

PAMPHILUS.

Falsus es.

CHARINUS.

Nonne tibi satis esse hoc visum solidum est gaudium,
Nisi me lactasses amantem, et falsa spe produceres?
Habeas.

PAMPHILUS.

Habeam! Ah! nescis quantis in malis verser miser,
Quantasque hic suis consiliis mihi confecit sollicitudines
Meus carnufex.

CHARINUS.

Quid istuc tam mirum, si de te exemplum capit?

PAMPHILUS.

Haud istuc dicas, si cognoris vel me, vel amorem meum.

CHARINUS.

Scio : cum patre altercasti[1] dudum; et is nunc propterea tibi
Succenset; nec te quivit hodie cogere, illam ut duceres.

CHARINUS. A peine vous ai-je dit que je l'aimais, qu'elle a commencé à vous plaire. Malheureux que je suis! devais-je donc juger de votre cœur par le mien?

PAMPHILE. Vous vous trompez.

CHARINUS. Il eût manqué sans doute quelque chose à votre bonheur, si vous n'aviez abusé un malheureux amant, si vous ne l'aviez bercé d'une fausse espérance? Épousez-la.

PAMPHILE. Que je l'épouse! Ah! vous ne connaissez pas l'excès de mon malheur, et tout ce que m'a attiré de chagrin mon bourreau de Dave par ses conseils.

CHARINUS. Qu'y a-t-il d'étonnant à cela? il prend modèle sur vous.

PAMPHILE. Vous ne tiendriez pas ce langage, si vous me connaissiez, si vous saviez mon amour.

CHARINUS. Je le sais : vous avez longtemps bataillé avec votre père; de là sa colère contre vous; et il n'a pu vous contraindre aujourd'hui à l'épouser.

CHARINUS. Postquam dixi	CHARINUS. Lorsque j'ai eu dit
me amare,	que j'aimais *elle* (Philumène),
complacita est tibi.	elle a plu à toi.
Heu me miserum,	Hélas, moi malheureux,
qui spectavi tuum animum	qui ai jugé ton cœur
ex meo animo!	d'après mon cœur!
PAMPHILUS. Es falsus.	PAMPHILE. Tu es dans-l'erreur.
CHARINUS.	CHARINUS.
Nonne hoc gaudium	Est-ce-que cette joie
est visum tibi	n'a-pas-paru à toi
esse satis solidum,	être assez pleine,
nisi lactasses	si tu n'avais *encore* abusé
me amantem,	moi qui-aimais,
et produceres	et *si* tu *ne m'*avais bercé
falsa spe?	d'un faux espoir?
Habeas.	Possède-*la* (Philumène).
PAMPHILUS. Habeam!	PAMPHILE. Que je *la* possède!
Ah! nescis	Ah! tu ne-sais-pas
in quantis malis	dans quels-grands maux
verser miser,	je me trouve malheureux,
quantasque sollicitudines	et quelles-grandes peines
hic meus carnufex	ce mien bourreau (Dave)
confecit mihi	a suscitées à moi
suis consiliis.	par ses conseils.
CHARINUS. Quid istuc	CHARINUS. En-quoi cela
est tam mirum,	est-il si étonnant,
si capit exemplum de te?	s'il prend modèle sur toi?
PAMPHILUS.	PAMPHILE.
Haud dicas istuc,	Tu ne dirais pas cela,
si cognoris vel me,	si tu connaissais ou moi
vel meum amorem.	ou mon amour.
CHARINUS. Scio:	CHARINUS. Je *le* sais:
altercasti dudum	tu as disputé longtemps
cum patre;	avec *ton* père;
et nunc is propterea	et maintenant lui à-cause-de-cela
succenset tibi;	se fâche contre toi;
nec quivit hodie	et il n'a pas pu aujourd'hui

PAMPHILUS.

Imo etiam (quo tu minu' scis ærumnas meas)
Hæc[1] nuptiæ non apparabantur mihi;
Nec postulabat nunc quisquam uxorem dare.

CHARINUS.

Scio : tu coactus tua voluntate es.

PAMPHILUS.

Mane :
Nondum scis.

CHARINUS.

Scio equidem illam ducturum esse te.

PAMPHILUS.

Cur me enecas? Hoc audi. Nunquam destitit
Instare ut dicerem me ducturum patri;
Suadere, orare, usque adeo donec perpulit.

CHARINUS.

Quis homo istuc?

PAMPHILUS.

Davus.

CHARINUS.

Davus!

PAMPHILUS.

Davus. Omnia
Interturbat.

CHARINUS.

Quamobrem?

PAMPHILE. Tout au contraire. Que vous êtes loin de savoir tous mes chagrins! On ne songeait point à me marier; personne ne voulait me donner une femme.

CHARINUS. J'entends: on vous a fait violence de votre plein consentement.

PAMPHILE. Attendez donc, vous ne comprenez pas encore.

CHARINUS. Je comprends fort bien que vous l'épouserez.

PAMPHILE. Pourquoi me désespérer? Ecoutez-moi. Il n'a pas cessé un instant de me presser de dire à mon père que je l'épouserais; il m'a conseillé, il m'a prié tant, qu'enfin j'ai cédé à ses instances.

CHARINUS. Et quel est donc ce beau donneur d'avis?

PAMPHILE. Dave.

CHARINUS. Dave!

PAMPHILE. Oui, Dave. C'est lui qui a causé tout ce désordre.

CHARINUS. Et pourquoi?

cogere te	forcer toi
ut duceres illam.	à prendre elle *pour femme.*
PAMPHILUS. Imo etiam	PAMPHILE. Bien plus encore
(quo minus tu scis	(d'autant moins toi tu sais
meas ærumnas)	mes chagrins)
hæc nuptiæ	ces noces
non apparabantur mihi.	ne se-préparaient pas pour moi.
Nec quisquam nunc	Et personne maintenant (alors)
postulabat dare uxorem.	ne demandait à *me* donner une femme.
CHARINUS. Scio :	CHARINUS. Je *le* sais :
tu es coactus	*c'est* toi *qui* as été forcé
tua voluntate.	par ta volonté.
PAMPHILUS. Mane :	PAMPHILE. Demeure :
nondum scis.	tu ne sais pas encore.
CHARINUS. Scio equidem	CHARINUS. Je sais certes
te ducturum esse illam.	que tu prendras elle pour *femme.*
PAMPHILUS.	PAMPHILE.
Cur enecas me?	Pourquoi assassines-tu moi?
Audi hoc.	Entends ceci.
Nunquam destitit	Jamais *Dave* n'a cessé
instare ut dicerem patri	d'insister pour que je disse à *mon* père
me ducturum;	que je *la* prendrais *pour femme;*
suadere, orare,	*et* de *me* conseiller, de *me* prier,
usque adeo donec perpulit?	sans-relâche jusqu'à ce qu'il *m*'ait décidé.
CHARINUS. Quis homo	CHARINUS. Quel homme
istuc?	*a fait* cela?
PAMPHILUS. Davus.	PAMPHILE. Dave.
CHARINUS. Davus!	CHARINUS. Dave!
PAMPHILUS. Davus.	PAMPHILE. Dave.
Interturbat omnia.	*C'est lui qui* trouble tout.
CHARINUS. Quamobrem?	CHARINUS. Pourquoi?

PAMPHILUS.

Nescio; ni mihi deos
Sat scio fuisse iratos, qui ei auscultaverim.

CHARINUS.

Factum hoc est, Dave?

DAVUS.

Factum.

CHARINUS.

Hem, quid ais, scelus?
At tibi di dignum factis exitium duint.
Eho, dic mihi : si omnes hunc conjectum in nuptias
Inimici vellent, quod, ni hoc, consilium darent?

DAVUS.

Deceptus sum, at non defatigatus.

CHARINUS.

Scio.

DAVUS.

Hac non successit, alia aggrediemur via :
Nisi id putas, quia primo processit parum,
Non posse jam ad salutem converti hoc malum.

PAMPHILUS.

Imo etiam; nam sati' credo, si advigilaveris,
Ex unis geminas mihi conficies nuptias.

DAVUS.

Ego, Pamphile, hoc tibi pro servitio debeo,
Conari manibus, pedibus, noctesque et dies

PAMPHILE. Je l'ignore; tout ce que je sais c'est que les dieux m'ont bien abandonné, lorsque j'ai suivi ses conseils.

CHARINUS. Cela est-il vrai, Dave?

DAVE. Oui.

CHARINUS. Ah! coquin, que dis-tu là? Que les dieux te donnent la fin que tu mérites! Or çà, dis-moi, si tous ses ennemis avaient voulu l'embarquer dans ce mariage, quel autre conseil lui auraient-ils donné?

DAVE. Je me suis trompé; mais je ne quitte pas encore la partie.

CHARINUS. Je le crois.

DAVE. Nous avons échoué par cette voie, nous en prendrons une autre. A moins que vous ne pensiez que, pour n'avoir pas réussi d'abord, le mal est désormais irréparable.

PAMPHILE. Je vais plus loin; car je suis sûr que, pour peu que tu t'en mêles, au lieu d'une femme, tu m'en donneras deux.

DAVE. En qualité de votre esclave, Pamphile, je dois faire tous mes efforts, travailler jour et nuit, exposer ma vie même pour vous

PAMPHILUS. Nescio;
ni scio sat
deos fuisse iratos mihi
qui auscultaverim ei.
CHARINUS. Dave,
hoc factum est?
DAVUS. Factum.
CHARINUS. Hem, quid ais,
scelus? At dii
duint tibi exitium
dignum factis.
Eho, dic mihi :
si omnes inimici
vellent hunc
conjectum in nuptias,
quod consilium darent,
nisi hoc?
DAVUS. Sum deceptus,
at non defatigatus.
CHARINUS. Scio.
DAVUS. Non successit
hac, aggrediemur
alia via :
nisi putas id,
quia primo
processit parum,
hoc malum non posse jam
converti ad salutem.
PAMPHILUS. Imo etiam;
nam credo satis,
si advigilaveris,
conficies mihi
geminas nuptias ex unis.
DAVUS. Ego, Pamphile,
debeo hoc tibi
pro servitio,
conari manibus, pedibus,

PAMPHILE. Je ne sais;
si-ce-n'est-que je sais assez
que les dieux ont été irrités contre moi,
pour que j'aie écouté lui.
CHARINUS. Dave,
cela a-t-il été fait?
DAVE. *Cela a été* fait.
CHARINUS. Ah! que dis-tu,
scélérat? Eh bien, que les dieux
donnent à toi une fin
digne de *tes* actes.
Or çà, dis-moi :
si tous *ses* ennemis
voulaient *que* lui (Pamphile)
fût jeté dans *ce* mariage,
quel conseil *lui* donneraient-ils,
si-ce-n'est celui-là?
DAVE. Je suis déçu,
mais non lassé.
CHARINUS. Je *le* sais.
DAVE. *La chose* n'a pas réussi
par cette *voie*, nous *l'*attaquerons
par une autre voie :
à-moins-que tu *ne* penses ceci,
que, parce que d'abord
la chose a réussi peu (mal),
ce mal ne puisse plus
être tourné à salut.
PAMPHILE. Bien plus encore;
car je *le* crois assez (fermement),
si tu *m'*aides-de-*ta*-vigilance,
tu fabriqueras à moi
un double mariage d'un *seul*.
DAVE. Moi, Pamphile,
je dois ceci à toi
vu *ma* qualité-de-*ton* esclave,
m'efforcer des mains, des pieds,

Capitis periclum adire, dum prosim tibi;
Tuum est, si quid præter spem evenit, mi ignoscere.
Parum succedit quod ago; at facio sedulo.
Vel melius tute reperi; me missum face.

PAMPHILUS.

Cupio : restitue in quem me accepisti locum.

DAVUS.

Faciam.

PAMPHILUS.

At jam hoc opus est.

DAVUS.

Hem, st, mane : crepuit a Glycerio ostium.

PAMPHILUS.

Nihil ad te.

DAVUS.

Quæro.

PAMPHILUS.

Hem, nunccine demum?

DAVUS.

At jam hoc tibi inventum dabo.

MYSIS, PAMPHILUS, CHARINUS, DAVUS.

MYSIS (*ad Glycerium*).

Jam, ubi ubi[1] erit, inventum tibi curabo, et mecum adductum
Tuum Pamphilum : tu modo, anime mi, noli te macerare.

être utile. Votre devoir, à vous, est de me pardonner, quand le succès ne répond pas à mon attente. Ce que j'entreprends ne réussit pas, mais je fais de mon mieux. Au surplus, trouvez mieux vous-même, et congédiez-moi.

PAMPHILE. Volontiers. Remets-moi dans l'état où tu m'as trouvé.

DAVE. Je le ferai.

PAMPHILE. Mais dans l'instant.

DAVE. Chut! écoutez; on ouvre la porte de Glycérie.

PAMPHILE. Cela ne te regarde pas.

DAVE. Je cherche.

PAMPHILE. Hé bien! à la fin?

DAVE. Oui, dans l'instant vous aurez votre affaire.

MYSIS, PAMPHILE, CHARINUS, DAVE.

MYSIS (*à Glycérie*). Oui, quelque part qu'il soit, je le trouverai et je vous l'amènerai, votre Pamphile; tâchez seulement, ma chère enfant, de ne vous pas chagriner.

noctesque et dies	et les nuits et les jours
adire periclum capitis,	courir risque de la tête (de la vie),
dum prosim tibi;	pourvu que je sois-utile à toi;
tuum est,	ton *devoir* est,
si quid evenit	si quelque chose est arrivé
præter spem,	contre *mon* attente,
ignoscere mi.	de pardonner à moi.
Quod ago succedit parum;	Ce que j'entreprends réussit peu;
at facio sedulo.	mais je *le* fais avec-zèle.
Vel tute reperi melius;	Ou bien (sinon) toi-même trouve mieux;
face missum me.	congédie-moi.
PAMPHILUS. Cupio :	PAMPHILE. Je veux-bien :
restitue me	remets-moi
in quem locum	dans cette situation *où*
accepisti.	tu as pris moi.
DAVUS. Faciam.	DAVE. Je *le* ferai.
PAMPHILUS. At jam	PAMPHILE. Mais *c'est* à-l'instant
hoc est opus.	*qu*'il est besoin.
DAVUS. Hem, st, mane :	DAVE. Ah! chut! demeure :
ostium a Glycerio	la porte de-chez Glycérie
crepuit.	a fait-du-bruit.
PAMPHILUS. Nihil ad te.	PAMPHILE. *Cela* en rien ne-regarde toi.
DAVUS. Quæro.	DAVE. Je cherche.
PAMPHILUS. Hem,	PAMPHILE. Hé bien!
nunccine demum?	est-ce-maintenant enfin?
DAVUS. At jam	DAVE. Mais dans-l'instant
dabo tibi hoc inventum.	je confierai à toi ce *que-j'ai*-trouvé.

MYSIS, PAMPHILUS, CHARINUS, DAVUS.	MYSIS, PAMPHILE, CHARINUS, DAVE.

MYSIS (*ad Glycerium*). Jam,	MYSIS (*à Glycérie*). A-l'instant-même,
ubi ubi erit,	n'importe-où il sera,
curabo tibi	j'aurai-soin pour toi
tuum Pamphilum inventum	*que* ton Pamphile *soit* trouvé
et adductum mecum :	et amené avec moi :
tu modo, mi anime,	toi seulement, mon cœur (ma chère),
noli macerare te.	ne veuille pas (veuille ne pas) chagriner toi.

PAMPHILUS.

Mysis.

MYSIS.

Quid est? Hem, Pamphile, optume mihi te offers.

PAMPHILUS.

Quid est?

MYSIS.

Orare jussit, si se ames, hera, jam ut ad sese venias :
Videre ait te cupere.

PAMPHILUS (*secum*).

Vah! perii; hoc malum integrascit.
(*Ad Davum.*)
Siccine me atque illam opera tua nunc miseros sollicitari!
Nam idcirco accersor, nuptias quod mi apparari sensit.

CHARINUS.

Quibus quidem quam facile poterat quiesci, si hic quiesset.

DAVUS (*ad Charinum*).

Age, si hic non insanit satis sua sponte, instiga.

MYSIS.

Atque ædepol
Ea res est; proptereaque nunc misera in mœrore est.

PAMPHILUS.

Mysis,
Per omnes adjuro deos, nunquam eam me deserturum,

PAMPHILE. Mysis.

MYSIS. Qu'y a-t-il? Ha! Pamphile, que je vous rencontre à propos!

PAMPHILE. Qu'est-ce?

MYSIS. Ma maîtresse m'a ordonné de vous prier de venir chez elle tout à l'heure, si vous l'aimez. Elle a, dit-elle, le plus grand désir de vous voir.

PAMPHILE (*à part*). Ah! je suis mort; mon désespoir augmente. (*A Dave.*) Être ainsi tourmentés, être aussi malheureux, elle et moi, par tes bons soins! car puisqu'elle m'envoie chercher, c'est qu'elle a su les préparatifs de ce mariage.

CHARINUS. Qui n'aurait pas troublé notre repos, si ce coquin se fût tenu tranquille.

DAVE (*à Charinus*). Bon! courage! il n'est pas déjà assez furieux, excitez-le encore.

MYSIS. C'est cela même, en vérité; et voilà la cause du chagrin qui l'accable maintenant.

PAMPHILE. Je te jure par tous les dieux, Mysis, que jamais je

PAMPHILUS. Mysis.
MYSIS. Quid est?
Hem, Pamphile,
offers te mihi optume.
PAMPHILUS. Quid est?
MYSIS. Hera jussit
orare, ut jam
venias ad sese,
si ames se :
ait cupere videre te.
PAMPHILUS (*secum*).
Vah! perii :
hoc malum
integrascit.
(*ad Davum*). Siccine
me atque illam miseros
sollicitari nunc
tua opera!
Nam accessor ideirco,
quod sensit
nuptias adparari mi.
CHARINUS. Quibus quidem
poterat quiesci quam facile,
si hic quiesset.
DAVUS (*ad Charinum*). Age,
si hic
non satis insanit sua sponte,
instiga.
MYSIS. Atque ædepol
ea est res;
proptereaque nunc
misera
est in mœrore.
PAMPHILUS. Mysis,
adjuro per omnes deos,
nunquam
me deserturum eam,

PAMPHILE. Mysis.
MYSIS. Qu'est-*ce*?
Ha! Pamphile,
tu offres toi à moi fort-à-propos.
PAMPHILE. Qu'est-*ce*?
MYSIS. *Ma* maîtresse *m*'a ordonné
de *te* prier que tout-de-suite
tu viennes vers elle,
si tu aimes elle :
elle dit qu'elle désire voir toi.
PAMPHILE (*à part*).
Ah! je suis mort :
ce (mon) mal (chagrin)
se renouvelle.
(*à Dave*). *Faut-il qu*'à-ce-point
moi et elle malheureux
nous soyons tourmentés maintenant
par tes soins!
Car je suis mandé *par elle* pour cela,
parce qu'elle a su
qu'un mariage se-préparait pour moi.
CHARINUS. A-l'-occasion-duquel certes
on pouvait rester-en-repos très-aisément,
si ce *coquin* fût-resté-en-repos.
DAVE (*à Charinus*). Allons,
comme celui-ci (Pamphile)
n'est-pas-assez-furieux de-lui-même,
excite-*le*.
MYSIS. Et par-Pollux
c'est *là* l'affaire;
et pour-cela maintenant
malheureuse
elle est dans le chagrin.
PAMPHILE. Mysis,
je jure par tous les dieux,
que jamais
je n'abandonnerai elle,

Non, si capiundos mi sciam esse inimicos omnes homines.
Hanc mi expetivi; contigit : conveniunt mores : valeant
Qui inter nos dissidium volunt : hanc, nisi mors, mi adimet nemo.

MYSIS.

Resipisco.

PAMPHILUS.

Non Apollinis mage verum, atque hoc, responsum est.
Si poterit fieri, ut ne pater per me stetisse credat
Quominus hæ fierent nuptiæ : volo; sed si id non poterit,
Id faciam, in proclivi quod est, per me stetisse ut credat.
Quis videor?

CHARINUS.

Miser æque atque ego...

DAVUS (*ad Pamphilum*).

Consilium quæro.

CHARINUS (*ad eumdem*).

Et fortis.

DAVUS.

Scio quid conere. Hoc ego tibi profecto effectum reddam.

ne l'abandonnerai, non, dussé-je encourir la haine du monde entier. J'ai désiré de l'obtenir, je l'ai obtenue; nos caractères se conviennent; qu'ils aillent se promener ceux qui veulent nous séparer. La mort, la mort seule pourra me la ravir.

MYSIS. Je respire.

PAMPHILE. Non, l'oracle d'Apollon n'est pas plus vrai que ce que je te dis. S'il est possible que mon père ne croie pas que je me suis opposé à ce mariage, à la bonne heure : mais si cela ne se peut pas, je lui laisserai croire (rien n'est plus facile) que les obstacles viennent de moi. (*A Charinus.*) Comment me trouvez-vous?

CHARINUS. Aussi malheureux que moi.

DAVE (*à Pamphile*). Je cherche un expédient.

CHARINUS (*au même*). Mais vous avez du courage, vous.

DAVE. Je sais ce que vous voulez, et je vais vous le réaliser; comptez sur moi.

non, si sciam	non, quand-même je saurais
omnes homines	que tous les hommes
capiundos esse mihi	doivent être pris par moi
inimicos.	*pour* ennemis.
Expetivi hanc mihi;	J'ai désiré elle pour moi;
contigit :	elle *m*'est échue ·
mores conveniunt :	*nos* caractères s'accordent :
valeant	qu'ils se portent-bien (loin de moi)
qui volunt dissidium	ceux-qui veulent une séparation
inter nos :	entre nous :
nemo, nisi mors,	personne, si-ce-n'est la mort,
adimet hanc mihi.	ne ravira elle à moi.
MYSIS. Resipisco.	MYSIS. Je respire.
PAMPHILUS.	PAMPHILE.
Responsum Apollinis	Une réponse d'Apollon
non est mage verum,	n'est pas plus vraie
atque hoc.	que ce *que je dis.*
Si poterit fieri,	S'il pourra (peut) se-faire,
ut ne pater credat	que *mon* père ne croie pas
stetisse per me	qu'il a tenu à moi
quo minus hæ nuptiæ	que ce mariage
fierent :	ne se fît pas :
volo;	je *le* veux *bien ;*
sed si id non poterit,	mais si cela ne *se* peut,
faciam id,	je ferai ceci,
quod est in proclivi,	qui est en pente (qui est facile),
ut credat stetisse per me.	qu'il croie que *la chose* a tenu à moi.
Quis videor?	Quel *homme te* semblé-je?
CHARINUS. Miser	CHARINUS. *Un homme* malheureux
æque atque ego....	aussi-bien que moi....
DAVUS (*ad Pamphilum*).	DAVE (*a Pamphile*).
Quæro consilium.	Je cherche un expédient.
CHARINUS (*ad eumdem*).	CHARINUS (*au même*).
Et fortis.	Et *de plus* honnête-homme.
DAVUS. Scio quid conere.	DAVE. Je sais à-quoi tu t'efforces.
Ego profecto	*Quant à* moi certainement
reddam tibi hoc effectum.	je rendrai à toi cela effectué.

PAMPHILUS.

Jam hoc opus est.

DAVUS.

Quin jam habeo.

CHARINUS.

Quid est?

DAVUS.

Huic, non tibi, habeo; ne erres

CHARINUS.

Sat habeo.

PAMPHILUS.

Quid facies? cedo.

DAVUS.

Dies hic mi ut sit sati', vereor,
Ad agendum; ne[1] vacuum esse me nunc ad narrandum credas.
Proinde hinc vos amolimini; nam mi impedimento estis.

PAMPHILUS.

Ego hanc visam.

(*Abit.*)

DAVUS (*ad Charinum*).

Quid tu? quo hinc te agis?

CHARINUS.

Verum vis dicam?

DAVUS.

Imo etiam.
Narrationis incipit mi initium.

CHARINUS.

Quid me fiet?

PAMPHILE. Mais c'est tout de suite que j'ai besoin d'aide.

DAVE. J'y suis, je le tiens.

CHARINUS. Qu'est-ce que c'est?

DAVE. C'est pour lui, non pour vous, que j'ai un expédient; ne vous y trompez pas.

CHARINUS. Cela me suffit.

PAMPHILE Que feras tu? voyons.

DAVE. Je crains que ce jour-ci ne me suffise pas pour faire ce que je projette; n'imaginez pas que j'aie le loisir de vous le raconter. Retirez-vous donc tous les deux; vous m'embarrassez.

PAMPHILE. Moi, je vais la voir. (*Il s'en va.*)

DAVE (*à Charinus*). Et vous, où allez-vous de ce pas?

CHARINUS. Veux-tu que je te dise la vérité?

DAVE. Bon! il va m'entamer une histoire.

CHARINUS. Que deviendrai-je?

PAMPHILUS. Jam	PAMPHILE. *C'est* tout-de-suite
opus est hoc.	*que* besoin est de cela.
DAVUS.	DAVE.
Quin habeo jam.	Eh bien, j'ai *ce qu'il faut* tout-de-suite
CHARINUS. Quid est?	CHARINUS. Qu'est-*ce?*
DAVUS. Habeo	DAVE. Je *l*'ai
huic, non tibi;	pour lui (Pamphile), non pour toi;
ne erres.	ne t'*y* trompe pas.
CHARINUS. Habeo sat.	CHARINUS. J'ai assez *de cela.*
PAMPHILUS. Quid facies?	PAMPHILE. Que feras-tu?
cedo.	dis.
DAVUS. Vereor ut hic dies	DAVE. Je crains que ce jour-*ci*
sit sati' mihi ad agendum;	ne-soit-pas assez pour moi pour agir;
ne credas me esse vacuum	loin-que tu croies que je sois en-loisir
nunc ad narrandum.	maintenant pour raconter.
Proinde	Donc
amolimini vos hinc;	retirez vous *tous deux* d'ici;
nam estis impedimento	car vous êtes à embarras
mihi.	à moi.
PAMPHILUS. Ego	PAMPHILE. *Quant à* moi
visam hanc. (*Abit.*)	je vais-voir elle (Glycérie). (*Il s'en va.*)
DAVUS (*ad Charinum*).	DAVE (*à Charinus*).
Quid tu?	Et toi?
quo agis te hinc?	où diriges-tu toi d'ici?
CHARINUS. Vis	CHARINUS. Veux-tu
dicam verum?	que je *te* dise vrai?
DAVUS. Imo etiam.	DAVE. Fort bien.
Incipit mihi	Il entame à moi
initium narrationis.	un commencement d'histoire.
CHARINUS. Quid fiet me?	CHARINUS. Qu'arrivera-t-il de moi?

DAVUS.

Eho impudens! non satis habes quod tibi dieculam addo,
Quantum huic promoveo nuptias?

CHARINUS.

Dave, attamen...

DAVUS.

Quid ergo?

CHARINUS.

Ut ducam.

DAVUS.

Ridiculum!

CHARINUS.

Huc face ad me venias, si quid poteris.

DAVUS.

Quid veniam? Nihil habeo.

CHARINUS.

Attamen si quid...

DAVUS.

Age, veniam.

CHARINUS.

Si quid...

Domi ero.

DAVUS.

Tu, Mysis, dum exeo, parumper opperire me hic.

MYSIS.

Quapropter?

DAVUS.

Ita facto est opus.

DAVE. Ho! vous avez du front! N'est-ce donc point assez que je vous donne un petit délai, et que je diffère son mariage?

CHARINUS. Cependant, Dave....

DAVE. Quoi donc?

CHARINUS. Fais que je l'épouse.

DAVE. Vous me faites rire.

CHARINUS. Enfin viens me trouver, si tu peux quelque chose.

DAVE. Que je vienne vous trouver! mais je n'ai rien pour vous.

CHARINUS. Cependant si quelque chose....

DAVE. Hé bien! je viendrai.

CHARINUS. S'il y a quelque chose, je serai à la maison.

DAVE. Toi, Mysis, je vais sortir, attends-moi ici un instant.

MYSIS. Pourquoi cela?

DAVE. Parce qu'il le faut.

DAVUS. Eho impudens!	DAVE. Holà! effronté *que tu es!*
non habes satis	tu n'as pas assez
quod addo tibi dieculam,	que j'ajoute à toi un-peu-de-temps,
quantum promoveo	en-tant-que je diffère
nuptias huic?	le mariage à celui-ci (Pamphile)?
CHARINUS. Attamen,	CHARINUS. Cependant,
Dave....	Dave....
DAVUS. Quid ergo?	DAVE. Quoi donc?
CHARINUS. Ut ducam.	CHARINUS. *Fais* que j'épouse.
DAVUS. Ridiculum!	DAVE. *Homme* plaisant!
CHARINUS. Face venias	CHARINUS. Fais-en-sorte que tu viennes
huc ad me,	ici vers moi,
si poteris quid.	si tu peux quelque chose.
DAVUS. Quid veniam?	DAVE. Pourquoi viendrais-je?
habeo nihil.	je n'ai rien.
CHARINUS. Attamen	CHARINUS. Cependant
si quid....	si *tu trouves* quelque *expédient*....
DAVUS. Age, veniam.	DAVE. Allons, je viendrai.
CHARINUS. Si quid...	CHARINUS. Si *tu trouves* quelque *expédient*,
ero domi.	je serai à la maison.
DAVUS. Tu, Mysis,	DAVE. Toi, Mysis,
dum exeo, opperire me	jusqu'à ce que je sorte, attends-moi
parumper hic.	un-instant ici.
MYSIS. Quapropter?	MYSIS. Pourquoi?
DAVUS. Opus est	DAVE. Besoin est
facto ita.	de-*la-chose*-faite ainsi.

MYSIS.

Matura.

DAVUS.

Jam, inquam, hic adero.

MYSIS.

Nilne esse proprium[1] cuiquam? Di, vostram fidem!
Summum bonum esse heræ putabam hunc Pamphilum
Amicum, amatorem, virum in quovis loco
Paratum; verum ex eo nunc misera quem capit
Dolorem! Facile[2] hic plus mali est, quam illic boni.
Sed Davus exit.

MYSIS, DAVUS.

MYSIS.

Mi homo, quid istuc, obsecro, est?
Quo portas puerum?

DAVUS.

Mysis, nunc opus est tua
Mihi ad hanc rem exprompta memoria atque astutia.

MYSIS. Dépêche-toi.

DAVE. Je serai ici, te dis-je, à l'instant.

MYSIS.

Il n'est donc rien de durable! Grands dieux; soyez-nous en aide! Je regardais ce Pamphile comme le souverain bien pour ma maîtresse, comme un ami, un amant, un époux prêt à la servir en toute occasion. Mais que de peines il cause aujourd'hui à cette pauvre malheureuse! Non, jamais il ne lui fit autant de bien, qu'il lui donne maintenant de chagrin. Mais voilà Dave qui revient.

MYSIS, DAVE.

MYSIS (*à Dave*). Mon petit homme, qu'est-ce donc, je te prie? Où portes-tu cet enfant?

DAVE. C'est maintenant, Mysis, que j'ai besoin de toute ta finesse et de toute ta présence d'esprit.

MYSIS. Matura.	MYSIS. Hâte-toi.
DAVUS. Jam, inquam,	DAVE. Dans-l'instant, dis-je,
adero hic.	je serai ici.

MYSIS.	MYSIS.
Nilne	Faut-il-que rien
esse proprium cuiquam?	ne soit en-propre (durable) à personne?
Di, vostram fidem!	Dieux, j'*implore* votre foi!
Putabam hunc Pamphilum	Je pensais que ce Pamphile
esse summum bonum	était le souverain bien
heræ,	pour *ma* maîtresse,
amicum, amatorem, virum	*son* ami, *son* amant, *son* époux
paratum	prêt *à la servir*
in quovis loco;	en toute occasion;
verum nunc misera	mais maintenant la malheureuse
quem dolorem	quelle douleur
capit ex eo!	elle reçoit de lui!
Facile plus mali	Sans-contredit plus de mal
est hic,	est ici (maintenant) pour elle,
quam boni	que de bien
illic.	*n'a été* là (naguère).
Sed Davus exit.	Mais Dave sort.

MYSIS, DAVUS.	MYSIS, DAVE.
MYSIS. Mi homo,	MYSIS. Mon *petit* homme,
quid est istuc, obsecro?	qu'est-*ce que* cela, je *te* prie?
quo portas puerum?	où portes-tu *cet* enfant?
DAVUS. Mysis, nunc	DAVE. Mysis, maintenant
opus est mihi	besoin est à moi
ad hanc rem	pour cette affaire
tua memoria atque astutia	de ta mémoire et de *ta* finesse
exprompta.	déployée.

MYSIS.

Quidnam incepturu' 's?

DAVUS.

Adcipe a me hunc ocius,
Atque ante nostram januam adpone.

MYSIS.

Obsecro,
Humine?

DAVUS.

Ex ara hinc sume verbenas tibi,
Atque eas substerne.

MYSIS.

Quamobrem id tute non facis?

DAVUS.

Quia, si forte opu' sit ad herum jurandum [1] mihi
Non adposuisse, ut liquido possim.

MYSIS.

Intelligo :
Nova nunc religio in te istæc incessit. Cedo.

DAVUS.

Move ocius te, ut, quid agam, porro intelligas.
Proh Jupiter!

MYSIS.

Quid est?

DAVUS.

Sponsæ pater intervenit.
Repudio consilium quod primum intenderam.

MYSIS. Que vas-tu faire?

DAVE. Tiens, prends-le vite, et mets-le devant notre porte.

MYSIS. Quoi! à terre?

DAVE. Prends de la verveine sur cet autel, et étends-la sous lui.

MYSIS. Pourquoi ne le pas faire toi-même?

DAVE. Parce que, si je me trouve obligé de jurer à mon maître que ce n'est pas moi qui l'ai mis là, je veux pouvoir le faire tout net.

MYSIS. J'entends: mais voilà un scrupule qui te vient tout à coup. Donne.

DAVE. Allons, vite, afin que j'aie le temps de t'expliquer mon dessein. O Jupiter!

MYSIS. Quoi donc?

DAVE. Voici le père de notre fiancée. Je renonce à mon premier projet.

MYSIS.	MYSIS.
Quidnam es incepturus?	Quoi-donc vas-tu-entreprendre?
DAVUS. Adcipe a me	DAVE. Reçois de moi
hunc ocius,	cet *enfant* au plus vite,
atque adpone	et pose-*le*
ante nostram januam.	devant notre porte.
MYSIS. Obsecro,	MYSIS. Je *te* prie,
humine?	*le poserai-je* à terre?
DAVUS. Sume tibi	DAVE. Prends pour toi
verbenas	de la verveine
hinc ex ara,	d'ici de cet autel,
atque substerne eas.	et étends-la-sous *lui*.
MYSIS. Quamobrem	MYSIS. Pourquoi
tute non facis id?	toi-même ne fais-tu pas cela?
DAVUS. Quia, si forte	DAVE. Parce que, si par-hasard
opu' sit mihi jurandum	besoin est à moi de jurer
ad herum	à *mon* maître
non adposuisse,	que je n'ai pas mis *l'enfant là*,
ut possim liquido.	pour que je puisse *le faire* tout-net.
MYSIS. Intelligo :	MYSIS. Je comprends :
istæc religio nunc	ce scrupule-là maintenant
incessit in te nova. Cedo.	est venu à toi *tout* nouveau. Donne.
DAVUS. Move te ocius,	DAVE. Remue-toi plus vite (fais vite),
ut intelligas porro	afin que tu comprennes ensuite
quid agam.	quoi je fais.
Proh Jupiter!	O Jupiter!
MYSIS. Quid est?	MYSIS. Qu'est-*ce?*
DAVUS. Pater sponsæ	DAVE. Le père de la fiancée
intervenit.	arrive-à-l'improviste.
Repudio consilium	Je renonce au dessein
quod intenderam primum.	que j'avais formé d'abord.

MYSIS.

Nescio quid narres.

DAVUS.

Ego quoque hinc ab dextera
Venire me adsimulabo; tu, ut subservias
Orationi, utcumque opu' sit, verbis, vide.

MYSIS.

Ego, quid agas, nihil intelligo; sed, si quid est,
Quod mea opera opu' sit vobis, aut tu plus vides,
Manebo, ne quod vostrum remorer commodum.
(*Recedit Davus.*)

CHREMES, MYSIS, DAVUS.

CHREMES (*secum*).

Revertor, postquam, quæ opu' fuere ad nuptias
Gnatæ, paravi, ut jubeam accersi. Sed quid hoc?
Puer hercle est. Mulier, tune adposuisti?

MYSIS (*secum*).

Ubi illic est?

CHREMES.

Non respondes? hem!

MYSIS.

Nusquam est! Væ miseræ mihi!
Reliquit homo me, atque abiit.

MYSIS. Je ne sais ce que tu veux dire.

DAVE. Je vais faire semblant d'arriver aussi par là, du côté droit; toi, songe à me seconder, en me répondant à propos.

MYSIS. Je ne comprends rien à tout ce que tu veux faire : mais si je puis vous être bonne à quelque chose, ou si tu vois mieux que moi, je resterai pour ne point contrarier vos intérêts. (*Dave s'éloigne.*)

CHRÉMÈS, MYSIS, DAVE.

CHRÉMÈS (*à part*). Tout est prêt pour le mariage de ma fille, et je reviens dire qu'on l'envoie chercher. Mais qu'est-ce que cela? Parbleu, c'est un enfant. (*A Mysis.*) La femme, est-ce vous qui l'avez mis là?

MYSIS (*à part*). Où est-il maintenant?

CHRÉMÈS. Vous ne répondez pas? Ha!

MYSIS (*à part*). Je ne le vois nulle part. Malheureuse que je suis! mon homme m'a laissée là et s'en est allé.

MYSIS. Nescio quid narres.	MYSIS. Je ne-sais quoi tu veux-dire.
DAVUS. Ego quoque	DAVE. Moi aussi
adsimulabo me venire	je vais-feindre que j'arrive
hinc ab dextera;	d'ici du *côté* droit;
tu, vide	toi, vois
ut subservias orationi	à-ce-que tu secondes *mon* discours
verbis,	par *tes* paroles,
utcumque opu' sit.	selon que besoin sera.
MYSIS. Ego nihil intelligo,	MYSIS. Moi je ne comprends *en*-rien
quid agas;	quoi tu veux-faire;
sed, si quid est,	mais si quelque-chose est,
quod opu' sit vobis	*en* quoi besoin soit à vous
mea opera,	de mon aide,
aut tu vides plus,	ou *si* tu vois plus (mieux) *que moi*,
manebo, ne remorer	je resterai, pour que je ne contrarie pas
quod commodum vostrum.	quelque intérêt de-vous.
(*Davus recedit.*)	(*Dave s'éloigne.*)

CHREMES, MYSIS, DAVUS. — CHRÉMÈS, MYSIS, DAVE.

CHREMES (*secum*).	CHRÉMÈS (*à part*).
Revertor,	Je reviens,
postquam paravi	après que j'ai préparé
quæ fuere opu'	ce-qui a été besoin (ce qu'il fallait)
ad nuptias gnatæ,	pour les noces de *ma* fille,
ut jubeam accersi.	afin que j'ordonne qu'elle soit mandée.
Sed quid hoc?	Mais qu'est-*ce-que* cela?
Hercle, est puer.	Par Hercule, c'est un enfant.
Mulier, tune	Femme, *est-ce* toi
adposuisti?	*qui l'*as mis-*là*?
MYSIS (*secum*). Ubi est illic?	MYSIS (*à part*). Où est-il (Dave)?
CHREMES.	CHRÉMÈS.
Non respondes? hem!	Tu ne réponds pas? ha!
MYSIS. Est nusquam!	MYSIS. Il n'est nulle-part!
Væ mihi miseræ!	Malheur à moi infortunée!
homo reliquit me,	*mon* homme a laissé moi,
atque abiit.	et s'en-est-allé.

DAVUS.

Di, vostram fidem!
Quid turbæ est apud forum! quid illic hominum litigant!
Tum [1] annona cara est... (*Secum.*) Quid dicam aliud, nescio.

MYSIS.

Cur tu, obsecro, hic me solam?

DAVUS.

Hem, quæ hæc est fabula?
Eho, Mysis, puer hic unde est? quisve huc adtulit?

MYSIS.

Sati' sanu' 's, qui me id rogites?

DAVUS.

Quem ego igitur rogem,
Qui hic neminem alium video?

CHREMES (*secum*).

Miror unde sit.

DAVUS.

Dicturan' quod rogo?

MYSIS.

Au!

DAVUS.

Concede ad dexteram.

MYSIS.

Deliras; non tute ipse?

DAVE. Dieux! quel train sur la place! que de gens s'y disputent! Les vivres sont d'une cherté.... (*A part.*) Que dirais-je bien encore? ma foi, je n'en sais rien.

MYSIS. Pourquoi, je te prie, m'as-tu laissée seule ici?

DAVE. Ha! ha! qu'est-ce que c'est que cette histoire? Voyons, Mysis, d'où est cet enfant? qui l'a apporté ici?

MYSIS. Es-tu dans ton bon sens de me faire cette question?

DAVE. Mais à qui donc la faire? je ne vois ici que toi.

CHRÉMÈS (*à part*). Je ne vois pas d'où peut venir cet enfant.

DAVE. Répondras-tu à ce que je te demande?

MYSIS. Ah!

DAVE. Passe du côté droit.

MYSIS. Tu es fou. N'est-ce pas toi-même....?

DAVUS.	DAVE.
Di, vostram fidem !	Dieux, *j'implore* votre foi !
quid turbæ est	quel train est (il-y-a)
apud forum !	sur la place-publique !
quid hominum litigant illic !	que de gens se disputent là !
tum annona est cara....	puis les denrées sont chères....
(*Secum*). Nescio	(*A part*). Je-ne-sais
quid aliud dicam.	quelle autre-chose je dirai.
MYSIS. Cur tu, obsecro,	MYSIS. Pourquoi toi, je *te* prie,
me solam hic ?	*as-tu laissé* moi seule ici ?
DAVUS.	DAVE.
Hem, quæ est hæc fabula ?	Ha ! quel est ce conte ?
Eho, Mysis,	Voyons, Mysis,
unde est hic puer ?	d'où est cet enfant ?
quisve adtulit huc ?	ou qui *l'a* apporté ici ?
MYSIS.	MYSIS.
Es e sati' sanus,	Es-tu assez (bien) dans-ton-bon-sens
qui rogites id me ?	*toi* qui demandes-avec-instance cela à moi ?
DAVUS.	DAVE.
Quem igitur rogem	A qui donc *le* demanderais-je,
ego, qui video hic	moi, qui ne vois ici
neminem alium ?	personne autre ?
CHREMES (*secum*). Miror	CHRÉMÈS (*à part*). Je m'étonne
unde sit.	d'où est *cet enfant*.
DAVUS. Dictura ne	DAVE. *Es-tu* prête-à-répondre
quod rogo ?	à ce-que je *te* demande ?
MYSIS. Au !	MYSIS. Ouf !
DAVUS.	DAVE.
Concede ad dexteram.	Passe à droite.
MYSIS. Deliras ;	MYSIS. Tu es fou ;
non tute ipse... ?	n'*est-ce* pas toi-même, *qui*... ?

DAVUS.

Verbum si mihi
Unum, præterquam quod te rogo, faxis [1], cave.

MYSIS.

Maledicis.

DAVUS.

Unde est? dic clare.

MYSIS.

A vobis.

DAVUS.

Ha, ha, ha!
Mirum vero, impudenter [2] meretrix si facit.

CHREMES.

Ab Andria est ancilla hæc, quantum intelligo.

DAVUS.

Adeon' videmur vobis esse idonei
In quibus sic illudatis?

CHREMES.

Veni in tempore.

DAVUS.

Propera adeo puerum tollere hinc ab janua.
Mane : cave quoquam ex istoc excessis [3] loco.

MYSIS.

Di te eradicent [4]! ita me miseram territas.

DAVUS.

Tibi ego dico, an non?

MYSIS.

Quid vis?

DAVE. Si tu dis un seul mot, autre que ce que je te demande, prends garde à toi.

MYSIS. Tu menaces!

DAVE. D'où vient cet enfant? parle net.

MYSIS. De chez vous.

DAVE. Ha, ha, ha! Mais quelle merveille que l'impudence d'une courtisane!

CHRÉMÈS (*à part*). Autant que je puis croire, cette femme-là est de chez l'Andrienne.

DAVE. Nous croyez-vous faits pour être joués à ce point?

CHRÉMÈS (*à part*). Je suis venu bien à propos.

DAVE. Allons, hâte-toi d'ôter cet enfant-là de devant notre porte. (*Bas.*) Demeure; ne t'avise pas de bouger d'ici.

MYSIS. Que les dieux te confondent! tu me fais mourir de frayeur.

DAVE. Est-ce à toi que je parle, ou non?

MYSIS. Que veux-tu?

DAVUS. Si faxis mihi	DAVE. Si tu fais (dis) à moi
unum verbum,	un *seul* mot,
præterquam quod rogo te,	excepté ce que je demande à toi,
cave.	prends-garde.
MYSIS. Maledicis.	MYSIS. Tu menaces.
DAVUS. Unde est?	DAVE. D'où est *cet enfant?*
dic clare.	parle net.
MYSIS. A vobis.	MYSIS. *Il est* de chez vous.
DAVUS. Ha, ha, ha!	DAVE. Ha, ha, ha!
Mirum vero,	Mais *c'est bien* étonnant,
si meretrix	si une courtisane
facit impudenter!	se-conduit impudemment!
CHREMES. Hæc ancilla	CHRÉMÈS. Cette servante
est ab Andria,	est de chez l'Andrienne,
quantum intelligo.	autant-que je comprends.
DAVUS. Videmurne vobis	DAVE. Semblons-nous à vous
esse idonei adeo,	être bons à-ce-point,
in quibus illudatis sic?	aux-dépens-de qui vous vous divertissiez [ainsi?
CHREMES.	CHRÉMÈS.
Veni in tempore.	Je suis venu à temps.
DAVUS. Propera adeo	DAVE. Hâte-toi donc
tollere puerum.	d'enlever *cet* enfant
hinc ab janua.	d'ici de-devant *cette* porte.
Mane:	Demeure:
cave excessis	garde-toi de bouger
ex isto loco quoquam.	de cette place *pour aller* quelque part.
MYSIS. Di eradicent te!	MYSIS. Que les dieux exterminent toi!
ita territas me miseram.	tellement tu effrayes moi malheureuse.
DAVUS.	DAVE.
Ego dico tibi, annon?	Moi parlé-je à toi, ou non?
MYSIS. Quid vis?	MYSIS. Que veux-tu?

DAVUS.

At etiam rogas?

Cedo, cujum puerum hic adposuisti? dic mihi.

MYSIS.

Tu nescis?

DAVUS.

Mitte id quod scio; dic quod rogo.

MYSIS.

Vostri....

DAVUS.

Cujus nostri?

MYSIS.

Pamphili.

DAVUS.

Hem! quid? Pamphili?

MYSIS.

Eho, an non est?

CHREMES (*secum*).

Recte ego semper fugi has nuptias.

DAVUS.

O facinus animadvertendum!

MYSIS.

Quid clamitas?

DAVUS.

Quemne ego heri vidi ad vos adferri vesperi?

MYSIS.

O hominem audacem!

DAVUS.

Verum : vidi Cantharam [1]

Subfarcinatam.

DAVE. Tu me le demandes? Parle, de qui est cet enfant que tu as mis à notre porte? voyons, réponds.

MYSIS. Tu ne le sais pas?

DAVE. Laisse là ce que je sais, et dis ce que je te demande.

MYSIS. De votre....

DAVE. De notre.... qui?

MYSIS. De Pamphile.

DAVE. Ha! comment? de Pamphile?

MYSIS. Hé bien! n'est-ce pas vrai?

CHRÉMÈS (*à part*). J'avais bien raison d'éluder toujours ce mariage.

DAVE. O indignité punissable!

MYSIS. Pourquoi te récrier?

DAVE. N'est-ce pas là cet enfant que j'ai vu apporter chez vous hier au soir?

MYSIS. O l'impudent personnage!

DAVE. Sans doute; j'ai vu Canthara avec un paquet sous sa robe.

DAVUS. At rogas etiam?	DAVE. Mais tu *me le* demandes encore?
Cedo, cujum puerum	Dis, l'enfant de-qui
adposuisti hic? dic mihi.	as-tu mis là? dis-moi.
MYSIS. Tu nescis?	MYSIS. Toi tu ne-*le*-sais pas?
DAVUS.	DAVE.
Mitte id quod scio;	Laisse *là* ce que je sais;
dic quod rogo.	dis ce-que je *te* demande.
MYSIS. Vostri....	MYSIS. De votre....
DAVUS. Cujus nostri?	DAVE. De quel nôtre?
MYSIS. Pamphili.	MYSIS. De Pamphile.
DAVUS.	DAVE.
Hem, quid? Pamphili?	Ha, comment? de Pamphile?
MYSIS. Eho, annon est?	MYSIS. Hé bien? n'est-il pas *de lui?*
CHREMES (*secum*).	CHRÉMÈS (*à part.*)
Ego fugi semper	Moi j'ai éludé toujours
has nuptias recte.	ces noces avec-raison.
DAVUS. O facinus	DAVE. O action
animadvertendum!	punissable!
MYSIS. Quid clamitas?	MYSIS. Pourquoi te-récries-tu?
DAVUS. Quemne	DAVE. Est-ce cet *enfant* que
ego vidi heri vesperi	moi j'ai vu hier soir
adferri ad vos?	être apporté chez vous?
MYSIS.	MYSIS.
O hominem audacem!	O homme audacieux!
DAVUS. Verum:	DAVE. *C'est* vrai:
vidi Cantharam	j'ai vu Canthara
subfarcinatam.	chargée-d'un-paquet-sous-*sa-robe.*

MYSIS.

Dis pol habeo gratias,
Quum in pariundo aliquot adfuerunt liberæ.

DAVUS.

Næ illa illum haud novit, cujus causa hæc incipit :
« Chremes si positum puerum ante ædes viderit,
« Suam gnatam non dabit. » Tanto hercle magis dabit.

CHREMES (*secum*).

Non hercle faciet.

DAVUS.

Nunc adeo, ut tu sis sciens,
Ni puerum tollis, ego jam hunc in mediam viam
Provolvam ; teque ibidem pervolvam in luto.

MYSIS.

Tu pol, homo, non es sobrius.

DAVUS.

Fallacia
Alia aliam trudit : jam susurrari audio
Civem Atticam esse hanc.

CHREMES.

Hem !

DAVUS.

Coactus legibus [1]
Eam uxorem ducet.

MYSIS. Certes, je rends grâces aux dieux de ce que quelques femmes libres étaient présentes à l'accouchement.

DAVE. Ah ! ta maîtresse ne connaît guère celui contre qui elle dresse toutes ces batteries. « Si Chrémès, s'est-elle dit, voit un enfant devant la porte, il ne donnera pas sa fille. » Il la donnera, ma foi, encore bien mieux.

CHRÉMÈS (*à part*). Il n'en fera, ma foi, rien.

DAVE. Maintenant donc, afin que tu le saches bien, si tu n'emportes cet enfant, je vais le rouler au milieu de la rue, et je te roulerai toi-même ensuite dans la boue.

MYSIS. En vérité, mon cher, tu es ivre.

DAVE. Une fourberie ne va jamais sans une autre. Ne voilà-t-il pas que j'entends déjà murmurer qu'elle est citoyenne d'Athènes ?

CHRÉMÈS. Ha, ha !

DAVE. Les lois le forceront de l'épouser.

MYSIS. Pol,	MYSIS. Par-Pollux,
habeo gratias diis,	je rends grâces aux dieux,
quum aliquot liberæ	de-ce-que quelques *femmes* libres
adfuerunt in pariundo.	furent-présentes à l'accouchement.
DAVUS. Næ illa	DAVE. Certes elle (ta maîtresse)
haud novit illum	ne connaît *guère* celui
causa cujus	à cause de qui
incipit hæc :	elle entreprend ces *manœuvres* :
« Si Chremes	« Si Chrémès, *pense t-elle*,
viderit puerum	voit un enfant
positum ante ædes,	mis devant la maison *de Pamphile*,
non dabit suam gnatam. »	il ne *lui* donnera pas sa fille. »
Hercle, dabit tanto magis.	Par-Hercule, il *la* donnera d'autant plus
CHREMES (*secum*). Hercle,	CHRÉMÈS (*à part.*) Par-Hercule,
non faciet.	il n'*en* fera *rien*.
DAVUS. Nunc adeo,	DAVE. Maintenant donc,
ut tu sis sciens,	pour que tu sois *le* sachant,
ni tollis puerum,	si tu n'enlèves *cet* enfant,
ego jam provolvam hunc	moi à-l'instant-même je vais-rouler lui
in mediam viam;	au milieu de la rue;
ibidemque pervolvam te	et en-même-temps je roulerai toi
in luto.	dans la boue.
MYSIS. Pol tu, homo,	MYSIS. Par-Pollux, toi, *cher* homme,
non es sobrius.	tu n'es pas sans-avoir-bu.
DAVUS. Alia fallacia	DAVE. Une fourberie
trudit aliam :	*en* pousse (amène) une autre :
jam audio susurrari	*voilà que* déjà j'entends chuchoter
hanc esse civem atticam.	que cette *fille* est citoyenne d'-Athènes.
CHREMES. Hem!	CHRÉMÈS. Ha!
DAVUS. Coactus legibus	DAVE. Forcé par les lois
ducet eam uxorem.	il prendra elle *pour* femme.

MYSIS.

Eho, obsecro, an non civis est?

CHREMES.

Jocularium in malum[1] insciens pæne incidi.

DAVUS.

Qui[2] hic loquitur? O Chreme, per tempus advenis;
Ausculta.

CHREMES.

Audivi jam omnia.

DAVUS.

Anne tu omnia?

CHREMES.

Audivi, inquam, a principio.

DAVUS.

Audistin', obsecro? Hem
Scelera! Hanc jam oportet in cruciatum hinc abripi.
(*Ad Mysidem.*) Hic ille est, non te credas Davum ludere.

MYSIS.

Me miseram! Nil pol falsi dixi, mi senex.

CHREMES.

Novi rem omnem. Est Simo intus?

DAVUS.

Est.

(*Abit Chremes.*)

MYSIS. Hé bien! est-ce qu'elle ne l'est pas, citoyenne?

CHRÉMÈS. J'allais, sans le savoir, tomber là dans un drôle de piége.

DAVE. Qui est-ce qui parle ici? Ha! Chrémès, vous arrivez bien à propos. Écoutez.

CHRÉMÈS. J'ai tout entendu.

DAVE. Vraiment, tout?

CHRÉMÈS. Tout, te dis-je, et d'un bout à l'autre.

DAVE. Vraiment, vous avez tout entendu! Voyez les coquines! En voici une qu'il faut à l'instant même traîner au supplice. (*A Mysis.*) Tiens, c'est ce vieillard, et non pas Dave, que tu as joué; ne t'y trompe pas.

MYSIS. Que je suis malheureuse! Je vous le jure, digne vieillard, je n'ai rien dit que de vrai.

CHRÉMÈS. Je sais toute l'affaire. Simon est-il chez lui?

DAVE. Oui. (*Chrémès s'en va.*)

MYSIS. Eho, obsecro,	MYSIS. Hé bien ! je *te* prie,
annon est civis?	est-ce-qu'elle n'est pas citoyenne?
CHREMES. Insciens	CHRÉMÈS. Sans-le-savoir
incidi pæne	je suis tombé presque
in jocularium malum.	dans un drôle *de* piége.
DAVUS. Qui loquitur hic?	DAVE. Qui parle ici ?
O Chreme,	O Chrémès,
advenis per tempus;	tu arrives à temps;
ausculta.	écoute.
CHREMES.	CHRÉMÈS.
Jam audivi omnia.	Déjà j'ai entendu tout.
DAVUS. Anne tu omnia?	DAVE. Tu *as entendu* tout?
CHREMES.	CHRÉMÈS.
Audivi, inquam,	J'ai entendu, *te* dis-je,
a principio.	depuis le commencement *jusqu'à la fin.*
DAVUS.	DAVE.
Audistine, obsecro?	Tu as entendu, je *te* prie?
Hem, scelera!	Ha! les scélérates!
oportet jam hanc	il faut à-l'instant-même que celle-ci
abripi hinc in cruciatum.	soit traînée d'ici au supplice.
(*Ad Mysidem.*) Hic ille est,	(*A Mysis.*) C'est lui (Chrémès) *que tu joues*,
non credas	ne crois pas
te ludere Davum.	que tu joues Dave.
MYSIS. Me miseram!	MYSIS. *Que* je *suis* malheureuse!
Pol nil dixi falsi,	Par-Pollux je n'ai rien dit de faux,
mi senex.	mon *digne* vieillard.
CHREMES.	CHRÉMÈS.
Novi omnem rem.	Je connais toute l'affaire.
Simo est intus?	Simon est-il *là*-dedans (chez lui)?
DAVUS. Est.	DAVE. Il *y* est.
(*Chremes abit.*)	(*Chrémès s'en va.*)

MYSIS.

Ne me adtigas [1],
Sceleste! Si pol Glycerio non omnia hæc...

DAVUS.

Eho, inepta! nescis quid sit actum?

MYSIS.

Qui sciam?

DAVUS.

Hic socer est : alio pacto haud poterat fieri
Ut sciret hæc quæ volumus [2].

MYSIS.

Prædiceres!

DAVUS.

Paulum interesse censes, ex animo omnia,
Ut fert natura, facias, an de industria?

CRITO, MYSIS, DAVUS.

CRITO (*secum*).

In hac habitasse platea dictum est Chrysidem,
Quæ se inhoneste optavit parare hic ditias[3]
Potius quam in patria honeste paupera[4] vivere :
Ejus morte ea ad me lege redierunt bona.
Sed quos perconter, video. Salvete.

MYSIS. Ne me touche pas, scélérat! Certes, si je ne dis pas tout à Glycérie....

DAVE. Quoi! sotte que tu es, tu ne sais pas ce que nous venons de faire?

MYSIS. Comment le saurais-je?

DAVE. C'est là le beau-père; et c'était le seul moyen de lui faire savoir ce que nous voulions qu'il sût.

MYSIS. Tu devais me prévenir.

DAVE. Hé! crois-tu que l'élan de la nature ne vaille pas bien un plan concerté?

CRITON, MYSIS, DAVE.

CRITON (*à part*). C'est sur cette place, m'a-t-on dit, que demeurait Chrysis : elle a mieux aimé s'enrichir ici aux dépens de son honneur, que de vivre chez elle dans une honnête pauvreté. D'après les lois, tout son bien me revient après sa mort. Mais je vois des gens qui pourront m'instruire. Bonjour, vous autres!

MYSIS. Ne attigas me,	MYSIS. Ne touche pas moi,
sceleste! Pol	scélérat! par-Pollux
si non omnia hæc	si *je* ne *dis* pas tout cela
Glycerio....	à Glycérie....
DAVUS. Eho, inepta!	DAVE. Ha! sotte *que tu es!*
nescis quid sit actum?	tu-ne-sais-*donc*-pas quoi vient d'être fait?
MYSIS. Qui sciam?	MYSIS. Comment *le* saurais-je?
DAVUS. Hic est socer:	DAVE. Cet *homme* est le beau-père:
haud poterat fieri	il ne pouvait se faire
alio pacto	par un autre moyen
ut sciret	qu'il sût
hæc quæ voluimus.	ce que nous voulions *qu'il sût.*
MYSIS. Prædiceres!	MYSIS. Tu devais-*m'en*-prévenir.
DAVUS. Censes	DAVE. Penses-tu
interesse paulum,	qu'il-y-ait peu-de-différence
facias omnia ex animo,	si tu fais (de faire) tout d'inspiration
ut natura fert,	comme la nature *nous y* pousse,
an de industria?	ou par préméditation?

CRITO, MYSIS, DAVUS.	CRITON, MYSIS, DAVE.
CRITO (*secum*). Dictum est	CRITON (*à part*). Il *m*'a été dit
in hac platea	que sur cette place
habitasse Chrysidem,	avait demeuré Chrysis,
quæ optavit	qui a préféré
se parare hic ditias	elle acquérir ici des richesses
inhoneste,	aux-dépens-de-l'honneur,
potius quam vivere paupera	plutôt que de vivre pauvre
in patria honeste:	dans *sa* patrie avec-honneur;
morte ejus ea bona	par la mort d'elle ces biens-*là*
redierunt ad me lege.	sont revenus à moi d'après-la-loi.
Sed video	Mais je vois *des gens*

MYSIS.

Obsecro,
Quem video? Estne hic Crito, sobrinus Chrysidis?
Is est.

CRITO.

O Mysis, salve.

MYSIS.

Salvus sis, Crito.

CRITO.

Ita Chrysis? hem!

MYSIS.

Nos quidem pol miseras perdidit.

CRITO.

Quid vos? quo pacto hic? sati' ne recte?

MYSIS.

Nosne? Sic
Ut quimus, aiunt, quando, ut volumus, non licet.

CRITO.

Quid Glycerium? jam hic suos parentes repperit?

MYSIS.

Utinam!

CRITO.

An nondum etiam? Haud auspicato huc me adpuli;
Nam pol, si id scissem, nunquam huc tetulissem[1] pedem.
Semper enim dicta est ejus hæc atque habita est soror;
Quæ illius fuere, possidet. Nunc me hospitem

MYSIS. Qui vois-je là, je vous prie? N'est-ce point Criton, le cousin de Chrysis? C'est bien lui.

CRITON. Oh! c'est Mysis! Bonjour.

MYSIS. Je vous salue, Criton.

CRITON. Hé bien! cette pauvre Chrysis...?

MYSIS. Elle nous a perdues, malheureuses que nous sommes.

CRITON. Et vous, comment vivez-vous ici? Cela va-t-il un peu?

MYSIS. Nous? Vous savez le proverbe : On fait ce qu'on peut, quand on ne fait pas ce qu'on veut.

CRITON. Et Glycérie? a-t-elle retrouvé ses parents, enfin?

MYSIS. Plût au ciel!

CRITON. Quoi! pas encore? Je n'arrive donc pas sous de bons auspices; et, ma foi, si je l'avais su, je n'eusse pas mis le pied ici. Car elle a toujours été appelée, elle a toujours été crue la sœur de Chrysis; elle est en possession de son bien. Maintenant, qu'un étranger

quos percontor.	à qui je-puis-m'informer.
Salvete.	Bonjour, *vous autres.*
MYSIS. Obsecro,	MYSIS. Je *vous* supplie (grands dieux!),
quem video?	qui vois-je?
Estne hic Crito,	Est-ce là Criton,
sobrinus Chrysidis? is est.	le cousin de Chrysis? c'est lui.
CRITO. O Mysis, salve.	CRITON. O Mysis, bonjour.
MYSIS. Sis salvus, Crito.	MYSIS. Bonjour, Criton.
CRITO. Ita Chrysis? hem!	CRITON. Ainsi Chrysis *n'est plus?* ha!
MYSIS. Pol quidem	MYSIS. Par-Pollux certes
perdidit nos miseras.	elle a perdu nous malheureuses.
CRITO. Quid vos?	CRITON. Que *devenez-vous*, vous?
quo pacto hic?	comment *vivez-vous* ici?
satisne recte?	*vivez-vous* assez bien?
MYSIS. Nosne?	MYSIS. Nous?
sic ut quimus, aiunt,	comme nous pouvons, *comme* on dit,
quando non licet,	puisqu'il ne *nous* est pas permis *de vivre*
ut volumus.	comme nous voulons.
CRITO. Quid Glycerium?	CRITON. Que *devient* Glycérie?
repperit jam hic	a-t-elle trouvé enfin ici
suos parentes?	ses parents?
MYSIS. Utinam!	MYSIS. Plût-aux-dieux!
CRITO.	CRITON.
An nondum etiam?	Est-ce-qu'*elle ne les a* pas encore *trouvés?*
me adpuli huc	*alors* j'ai abordé ici
haud auspicato:	non sous-de-bons-auspices:
nam pol,	car par-Pollux,
si scissem id,	si j'eusse su cela,
nunquam tetulissem	jamais je n'aurais mis
pedem huc.	le pied ici.
Semper enim hæc	En effet toujours cette *fille* (Glycérie)
est dicta atque est habita	a été dite et a été crue
soror ejus;	sœur de celle-là (Chrysis);
possidet,	elle possède
quæ fuere illius.	les *biens* qui furent à elle (Chrysis).
Nunc exempla aliorum	Maintenant les exemples d'autres
commonent me	avertissent moi

Lites sequi quam hic mihi sit facile atque utile,
Aliorum exempla commonent. Simul arbitror
Jam esse aliquem amicum et defensorem ei; nam fere
Grandicula[1] jam profecta est illinc. Clamitent
Me sycophantam hæreditates persequi,
Mendicum; tum ipsam despoliare non libet.

MYSIS.

O optume hospes, pol, Crito, antiquum obtines.

CRITO.

Duc me ad eam, quando huc veni ut videam.

MYSIS.

Maxume.

DAVUS.

Sequar hos : nolo me in tempore hoc videat senex.
(*Abeunt.*)

CHREMES, SIMO[2].

CHREMES.

Sati' jam, sati', Simo, spectata erga te amicitia est mea :
Sati' pericli cœpi adire : orandi jam finem face.
Dum studeo obsequi tibi, pæne illusi vitam filiæ.

comme moi aille donc intenter et suivre ici des procès ; je puis juger, par l'exemple des autres, combien cela me doit être aisé et utile. D'ailleurs je pense qu'elle a maintenant quelque ami, quelque protecteur ; car elle est partie d'Andros déjà grandelette. On crierait que je suis un sycophante, un coureur d'héritages, un mendiant. Et puis, je ne voudrais pas la dépouiller.

MYSIS. L'excellent homme ! En vérité, Criton, vous êtes un homme des anciens jours.

CRITON. Puisque je suis venu ici pour la voir, mène-moi chez elle.

MYSIS. Très-volontiers.

DAVE (*à part*). Suivons-les. Je ne veux pas que le bonhomme me voie à présent. (*Ils s'en vont tous.*)

CHRÉMÈS, SIMON.

CHRÉMÈS. Ah ! Simon, je vous ai assez prouvé mon amitié pour vous ; je me suis assez hasardé. Cessez de me prier. Dans mon ardeur à vous obliger, j'ai presque joué la vie de ma fille.

quam sit facile
atque utile mihi
me hospitem
sequi lites hic.
Simul arbitror jam
aliquem amicum
et defensorem
esse ei;
nam est profecta illinc
fere grandicula.
Clamitent
me sycophantam
persequi hæreditates,
mendicum;
tum non libet
despoliare ipsam.
MYSIS. O optume hospes,
Crito, pol
obtines antiquum.
CRITO. Duc me ad eam,
quando veni huc
ut videam.
MYSIS. Maxume.
DAVUS. Sequar hos :
nolo senex videat me
in hóc tempore. (*Abeunt.*)

combien il est facile
et utile pour moi
que moi étranger
je suive des procès ici.
En-même-temps je pense qu'enfin
quelque ami
et *quelque* défenseur
est à elle;
car elle est partie de là-bas (d'Andros)
presque grandelette.
On crierait
que moi sycophante (chicaneur)
je poursuis des héritages,
que je suis un mendiant;
puis il ne *me* plait pas
de dépouiller elle.
MYSIS. O excellent hôte,
ó Criton, par-Pollux
tu gardes les *mœurs* antiques.
CRITON. Conduis-moi vers elle,
puisque je suis venu ici
pour que je *la* voie.
MYSIS. Très-volontiers.
DAVE. Je vais-suivre eux :
je ne-veux-pas que le vieillard voie moi
en ce moment. (*Ils s'en vont.*)

CHREMES, SIMO.

CHREMES. Mea amicitia
erga te, Simo,
est jam satis,
satis spectata :
cœpi adire satis pericli,
face finem jam orandi.
Dum studeo
obsequi tibi,
pæne illusi vitam filiæ.

CHRÉMÈS, SIMON.

CHRÉMÈS. Mon amitié
envers toi, Simon,
est enfin assez,
assez éprouvée :
j'ai commencé à courir assez de danger,
cesse enfin de *me* prier.
Pendant que je m'efforce
de complaire à toi
j'ai presque joué la vie de *ma* fille.

SIMO.

Imo enim nunc quam maxume abs te postulo atque oro,
Chremo,
Ut beneficium, verbis initum dudum, nunc re comprobes.

CHREMES.

Vide quam iniquus sis præ studio, dum efficias id quod cupis :
Neque modum benignitatis, neque, quid me ores, cogitas;
Nam si cogites, remittas jam me onerare injuriis.

SIMO.

Quibus ?

CHREMES.

Ah, rogitas! Perpulisti me ut homini adolescentulo,
In alio occupato amore, abhorrenti ab re uxoria,
Filiam darem in seditionem atque incertas nuptias;
Ejus labore atque ejus dolore, gnato ut medicarer tuo :
Impetrasti : incœpi, dum res tetulit[1]; nunc non fert; feras.
Illam hinc civem esse aiunt; puer est natus; nos missos face.

SIMO.

Per ego te deos oro, ut ne illis animum inducas credere,
Quibus id maxume utile est, illum esse quam deterrimum :

SIMON. Je vous prie au contraire et je vous conjure, Chrémès, maintenant plus que jamais, de réaliser la promesse que vous m'avez faite depuis longtemps.

CHRÉMÈS. Voyez à quel point vous aveugle le désir d'obtenir ce que vous voulez. Vous ne songez ni à ce que je puis, ni à ce que vous demandez; car si vous y faisiez quelque attention, vous ne me fatigueriez pas d'injustes prières.

SIMON. Injustes ? Comment ?

CHRÉMÈS. Ah ! vous me le demandez ! Vous m'avez sollicité de donner ma fille à un jeune homme qui aime ailleurs, qui abhorre le mariage, au risque de leur voir faire mauvais ménage, au risque d'un divorce. C'est aux dépens du repos et de la tranquillité de ma fille que vous avez voulu guérir votre fils. J'ai consenti; je me suis engagé, lorsque les circonstances le permettaient : maintenant les circonstances sont changées; résignez-vous. On dit que cette femme est citoyenne d'Athènes; il y a un enfant; ne songez plus à nous.

SIMON. Au nom des dieux, Chrémès, ne vous laissez pas persuader par des femmes à qui il est utile avant tout que mon fils soit

SIMO. Imo enim nunc	SIMON. Tout-au-contraire maintenant
quam maxume, Chreme,	plus-que-jamais, Chrémès,
postulo abs te atque oro,	je demande à toi et *te* prie
ut comprobes re	que tu confirmes par le fait
beneficium initum	un bienfait commencé
dudum verbis.	depuis-longtemps par des paroles.
CHREMES. Vide	CHRÉMÈS. Vois
quam sis iniquus	combien tu es injuste
præ studio,	par *ton* empressement,
dum efficias	pourvu que tu réalises
id quod cupis :	ce que tu désires :
cogitas	tu ne songes
neque modum benignitatis,	ni aux limites de *ma* bonté,
neque, quid ores me;	ni à ce dont tu pries moi;
nam si cogites,	car si tu *y* songeais,
remittas jam	tu renoncerais enfin
onerare me injuriis.	à accabler moi de propositions-injustes.
SIMO. Quibus?	SIMON. Desquelles?
CHREMES. Ah, rogitas!	CHRÉMÈS. Ah! tu *le* demandes!
Perpulisti me	Tu as déterminé moi
ut darem filiam	à ce que je donnasse *ma* fille
in seditionem	pour la discorde
atque nuptias incertas	et *pour* un mariage instable
homini adolescentulo,	à un homme tout-jeune,
occupato in alio amore,	occupé d'un autre amour,
abhorrenti ab re uxoria;	*et* qui abhorre la chose conjugale;
ut medicarer	à ce que je guérisse
tuo gnato	ton fils
labore ejus	par la souffrance d'elle
atque dolore ejus :	et la douleur d'elle :
impetrasti;	tu *l'*as obtenu;
incœpi,	j'ai commencé (je me suis engagé),
dum res tetulit;	lorsque la chose *l'*a comporté;
nunc non fert,	maintenant elle ne *le* comporte *plus*,
feras.	supporte-*le*.
Aiunt illam	On dit que cette *fille*
esse civem hinc;	est citoyenne d'ici;
puer est natus;	un enfant est né *d'elle et de Pamphile;*
face missos nos.	congédie-nous (laisse-nous tranquilles).
SIMO.	SIMON.
Ego oro te per deos,	Moi je prie toi par les dieux,
ut ne inducas animum	que tu ne *te* mettes pas dans l'esprit
credere illis,	de croire à ces *femmes*,
quibus	auxquelles
id est maxume utile,	cela est surtout utile,
illum	que lui (mon fils)
esse quam deterrimum :	soit le pire possible *à tes yeux* :

Nuptiarum gratia hæc sunt ficta atque incœpta omnia;
Ubi ea causa, quamobrem hæc faciunt, erit adempta, desinent.

CHREMES.

Erras : cum Davo egomet vidi jurgantem ancillam.

SIMO.

Scio.

CHRÈMES.

At vero voltu, ibi me adesse neuter quum præsenserat.

SIMO.

Credo : et id facturas, Davus dudum prædixit mihi :
Et nescio quid tibi sum oblitus hodie, ac volui, dicere.

DAVUS, SIMO, CHREMES, DROMO.

DAVUS (*secum*).

Animo jam nunc otioso esse impero.

CHREMES.

Hem Davum tibi.

SIMO.

Unde egreditur?

DAVUS.

Meo præsidio atque hospitis....

le plus vicieux possible. Tout cela n'est qu'un stratagème, un jeu pour rompre ce mariage. Lorsque le motif qui les fait agir leur sera ôté, elles renonceront à leurs manœuvres.

CHRÉMÈS. Erreur. Moi-même j'ai vu la servante qui se disputait avec Dave.

SIMON. Je le sais.

CHRÉMÈS. Mais sérieusement, puisque ni l'un ni l'autre ne me soupçonnait là.

SIMON. Je le crois : Dave m'a prévenu tantôt qu'elles devaient s'y prendre ainsi : je voulais vous en faire part, et je ne sais comment je n'y ai songé de tout le jour.

DAVE, SIMON, CHRÉMÈS, DROMON.

DAVE (*à part*). Allons ; que l'on se tranquillise maintenant.

CHRÉMÈS. Tenez, voilà votre Dave.

SIMON. D'où sort-il ?

DAVE. Grâce à moi et à l'étranger....

omnia hæc	toutes ces *histoires*
sunt ficta atque incœpta	sont imaginées et entreprises
gratia nuptiarum;	à cause de *ce* mariage;
ubi ea causa,	dès que ce motif,
quamobrem faciunt hæc,	pourquoi elles font cela,
erit adempta,	*leur* sera ôté,
desinent.	elles cesseront.
CHREMES. Erras :	CHRÉMÈS. Tu te trompes :
egomet vidi ancillam	moi-même j'ai vu la servante
jurgantem cum Davo.	qui-se-disputait avec Dave.
SIMO. Scio.	SIMON. Je *le* sais.
CHREMES. At	CHRÉMÈS. Mais *elle se disputait*
vultu vero,	d'un air sincère,
quum neuter præsenserat	puisque ni-l'un-ni-l'autre n'avait deviné
me adesse ibi.	que je fusse là.
SIMO. Credo : et Davus	SIMON. Je *le* crois : et Dave
prædixit mihi dudum	a prévenu moi tantôt
facturas id :	qu'elles feraient cela :
et nescio quid sim oblitus	et je ne-sais pourquoi j'ai oublié
dicere tibi hodie	de *le* dire à toi aujourd'hui
ac volui.	*autrement* que je l'ai voulu.

DAVUS, SIMO, CHREMES, DROMO.	DAVE, SIMON, CHREMÈS, DROMON.
DAVUS (*secum*). Nunc jam	DAVE (*à part*). Maintenant enfin
impero esse animo otioso.	je commande d'être d'un esprit tranquille.
CHREMES.	CHRÉMÈS.
Hem Davum tibi.	Ha! *j'annonce* Dave à toi.
SIMO. Unde egreditur?	SIMON. D'où sort-il?
DAVUS. Meo præsidio	DAVE. Grâce à mon appui
atque hospitis....	et à *celui* de l'étranger....

SIMO.

Quid illud mali est?

DAVUS.

Ego commodiorem hominem, adventum, tempus non vidi.

SIMO.

Scelus!

Quemnam hic laudat?

DAVUS.

Omnis res est jam in vado.

SIMO.

Cesso alloqui?

DAVUS.

Herus est : quid agam?

SIMO.

O salve, bone vir.

DAVUS.

Hem Simo! O noster Chremes!

Omnia apparata jam sunt intus.

SIMO.

Curasti probe.

DAVUS.

Ubi voles, accerse..

SIMO.

Bene sane; id enimvero hic nunc abest!

Etiam tu hoc respondes? Quid istic tibi negoti est?

DAVUS.

Mihin'?

SIMON. Quel est ce nouveau malheur?

DAVE. Je n'ai vu de ma vie homme arriver plus à propos, plus à temps.

SIMON. Le drôle! de qui fait-il l'éloge?

DAVE. Tout va maintenant comme il faut.

SIMON. Qu'attends-je pour lui parler?

DAVE. C'est mon maître : que faire?

SIMON. Ah! bonjour, l'homme de bien!

DAVE. Ha! Simon! Hé! notre cher Chrémès! Tout est prêt à la maison.

SIMON. C'est bien.

DAVE. Vous pourrez, quand vous voudrez, faire venir....

SIMON. A merveille; il ne manque plus que cela vraiment! Me répondrais-tu bien à ceci? Quelles affaires as-tu dans cette maison?

DAVE. Moi?

SIMO. Quid mali est illud?	SIMON. Quel malheur est-ce *là*?
DAVUS. Ego non vidi	DAVE. Moi je n'ai pas vu
hominem commodiorem,	homme plus utile,
adventum,	arrivée *plus propice,*
tempus.	moment *plus opportun.*
SIMO. Scelus!	SIMON. Le coquin!
quemnam laudat hic?	qui-donc loue-t-il?
DAVUS. Omnis res	DAVE. Toute l'affaire
est jam in vado.	est enfin à gué (à bon port).
SIMO. Cesso alloqui?	SIMON. Tarderai-je à *l'*apostropher?
DAVUS. Est herus :	DAVE. C'est *mon* maître :
quid agam?	quoi ferai-je?
SIMO. O salve, vir bone!	SIMON. O bonjour, l'homme de-bien.
DAVUS. Hem Simo!	DAVE. Ha! Simon!
o noster Chrémès!	ô notre *cher* Chrémès!
omnia sunt jam apparata	tout est déjà prêt
intus.	*là*-dedans (chez nous).
SIMO. Curasti probe.	SIMON. Tu *y* as donné-tes-soins bien
DAVUS. Accerse,	DAVE. Envoie-chercher *les époux*,
ubi voles.	dès que tu voudras.
SIMO. Bene sane;	SIMON. *C'est* bien assurément;
enimvero id	car *c'est bien* cela
abest hic nunc!	*qui* manque ici maintenant!
Tu respondes etiam hoc?	Toi veux-tu-répondre encore *à* ceci?
quid negoti est tibi	quelle affaire est à toi
istic?	là (dans la maison de Glycérie)?
DAVUS. Mihine?	DAVE. A moi?

SIMO.

Ita.

DAVUS.

Mihi?

SIMO.

Tibi ergo.

DAVUS.

Modo introii.

SIMO.

Quasi ego, quam dudum, id rogem!

DAVUS.

Cum tuo gnato una.

SIMO.

Anne est intus Pamphilus? Crucior miser.
Eho, non tu dixti esse inter eos inimicitias, carnufex?

DAVUS.

Sunt.

SIMO.

Cur igitur hic est?

CHREMES.

Quid illum censes? cum illa litigat.

DAVUS.

Imo vero, indignum, Chreme, jam facinus faxo ex me audias.
Nescio quis senex modo venit : ellum[1]; confidens, catus :
Quum faciem videas, videtur esse quantivis preti :
Tristis veritas[2] inest in voltu, atque in verbis fides.

SIMON. Oui.

DAVE. Moi?

SIMON. Oui, toi, te dis-je.

DAVE. Je ne fais que d'y entrer...

SIMON. Comme si je lui demandais depuis quand!

DAVE. Avec votre fils.

SIMON. Quoi! il est là-dedans, Pamphile? Malheureux que je suis! quel supplice! Hé! quoi! bourreau, ne m'as-tu pas dit qu'ils étaient brouillés?

DAVE. Ils le sont.

SIMON. Pourquoi donc y est-il?

CHRÉMÈS. Que croyez-vous qu'il y fasse? ils se querellent.

DAVE. Vous n'y êtes pas, Chrémès. Apprenez un trait indigne. Il vient d'arriver je ne sais quel vieillard : voici son portrait : plein d'assurance et de finesse : à le voir, vous le prendriez pour un homme d'importance; son visage respire la sévérité et la franchise, ses discours, la bonne foi.

SIMO. Ita.	SIMON. Oui.
DAVUS. Mihi?	DAVE. A moi?
SIMO. Tibi ergo.	SIMON. A toi donc (dis-je).
DAVUS. Introii modo.	DAVE. J'*y* suis entré tout-à-l'heure.
SIMO. Quasi ego rogem id,	SIMON. Comme si moi je *te* demandais cela,
quam dudum!	depuis-combien-de-temps?
DAVUS.	DAVE.
Una cum tuo gnato.	Ensemble avec ton fils.
SIMO. Anne Pamphilus	SIMON. Est-ce que Pamphile
est intus?	est *là*-dedans?
Miser crucior.	Malheureux je suis torturé.
Eho, tu non dixti	Eh! quoi! toi-*même* ne *m*'as tu pas dit
inimicitias esse inter eos,	que des querelles étaient entre eux,
carnufex?	bourreau *que tu es?*
DAVUS. Sunt.	DAVE. *Des querelles* sont *entre eux.*
SIMO. Cur igitur est hic?	SIMON. Pourquoi donc est-il là (chez elle)?
CHREMES.	CHRÉMÈS.
Quid censes illum?	Pourquoi penses-tu qu'il *y soit?*
litigat cum illa.	il se querelle avec elle.
DAVUS. Imo vero, Chreme,	DAVE. Tout-au-contraire, Chrémès,
faxo jam audias ex me	je vais-faire enfin que tu apprennes de moi
facinus indignum.	un trait indigne.
Nescio quis senex	Je ne-sais quel vieillard
venit modo : ellum;	est venu tout-à-l'heure : le-voici;
confidens, catus :	*il est* plein-d'assurance, prudent :
quum videas faciem,	quand tu vois (à voir) *sa* figure,
videtur esse	il paraît être
quantivis preti :	du plus grand prix.
veritas tristis	une sincérité sévère
inest in voltu,	est *peinte* sur *son* visage,
atque fides in verbis.	et la bonne-foi *est* dans *ses* paroles.

SIMO.

Quidnam adportas?

DAVUS.

Nil equidem, nisi quod illum audivi dicere.

SIMO.

Quid ait tandem?

DAVUS.

Glycerium se scire civem esse Atticam.

SIMO.

Hem, Dromo, Dromo!

DAVUS.

Quid est?

SIMO.

Dromo!

DAVUS.

Audi.

SIMO.

Verbum si addideris,... Dromo!

DAVUS.

Audi, obsecro.

DROMO.

Quid vis?

SIMO.

Sublimem hunc intro rape, quantum potes.

DROMO.

Quem?

SIMO.

Davum.

SIMON. Que viens-tu nous conter là?
DAVE. Rien, en vérité, que ce que je lui ai entendu dire.
SIMON. Mais que dit-il enfin?
DAVE. Qu'il sait que Glycérie est citoyenne d'Athènes.
SIMON. Holà! Dromon, Dromon!
DAVE. Qu'y a-t-il?
SIMON. Dromon!
DAVE. Écoutez.
SIMON. Si tu ajoutes un seul mot,... Dromon!
DAVE. Écoutez, de grâce.
DROMON. Que voulez-vous?
SIMON. Enlève-moi ce drôle-là, et le porte au plus vite là dedans.
DROMON. Qui?
SIMON. Dave.

SIMO. Quidnam adportas?	SIMON. Quelle *nouvelle* apportes-tu-*là?*
DAVUS. Nil equidem,	DAVE. Rien certes,
nisi quod audivi	si-ce-n'est ce que j'ai entendu
illum dicere.	que lui disait.
SIMO. Quid ait tandem?	SIMON. Que dit-il enfin?
DAVUS. Se scire Glycerium	DAVE. Qu'il sait que Glycérie
esse civem Atticam.	est citoyenne d'Athènes.
SIMO.	SIMON.
Hem, Dromo, Dromo!	Holà! Dromon, Dromon!
DAVUS. Quid est?	DAVE. Qu'est-*ce?*
SIMO. Dromo!	SIMON. Dromon!
DAVUS. Audi.	DAVE. Ecoute.
SIMO. Si addideris verbum..	SIMON. Si tu ajoutes un mot...
Dromo...	Dromon!..
DAVUS. Audi, obsecro.	DAVE. Ecoute, je *t'en* prie.
DROMO. Quid vis?	DROMON. Que veux-tu?
SIMO. Rape intro	SIMON. Entraîne *là*-dedans
hunc sublimem,	cet *homme* (Dave) élevé-en-l'air,
quantum potes.	autant-que tu peux (tu pourras).
DROMO. Quem?	DROMON. Qui?
SIMO. Davum.	SIMON. Dave.

DAVUS.

Quamobrem?

SIMO.

Quia lubet. Rape, inquam.

DAVUS.

Quid feci?

SIMO.

Rape.

DAVUS.

Si quidquam invenies me mentitum, occidito.

SIMO.

Nihil audio.

(*Ad Dromonem.*)

Ego jam te commotum reddam.

DAVUS.

Tamen etsi hoc verum est?

SIMO (*ad Davum*).

Tamen.

(*Ad Dromonem.*)

Cura adservandum vinctum. Atque audin'? Quadrupedem[1] constringito.

(*Ad Davum.*)

Age nunc jam; ego pol hodie, si vivo, tibi
Ostendam, herum quid sit pericli fallere,
Et illi, patrem.

CHREMES.

Ah! ne sævi tantopere.

DAVE. Pourquoi?

SIMON. Parce que je le veux.... Enlève-le, te dis-je.

DAVE. Qu'ai-je fait?

SIMON. Enlève, enlève.

DAVE. Si vous trouvez que j'aie menti en quoi que ce soit, tuez-moi.

SIMON. Je n'écoute rien. (*A Dromon.*) Allons, je vais te dégourdir, toi.

DAVE. Quoi! malgré la vérité de tout ce que je vous ai dit?....

SIMON. Oui, malgré cela. (*A Dromon.*) Aie soin de le bien lier; entends-tu? de le bien lier par les quatre membres. (*A Dave.*) Intrigue donc maintenant. Quant à moi, si je vis, sois-en sûr, je te ferai voir ce qu'on risque à tromper son maître, et à lui, ce qu'on risque à tromper son père.

CHRÉMÈS. Ah! ne vous mettez pas tant en colère.

DAVUS. Quamobrem?	DAVE. Pourquoi?
SIMO. Quia lubet	SIMON. Parce que *cela me* plaît.
Rape, inquam.	Entraîne-*le*, *te* dis-je.
DAVUS. Quid feci?	DAVE. Qu'ai-je fait?
SIMO. Rape.	SIMON. Entraîne-*le*.
DAVUS. Si invenies	DAVE. Si tu trouveras (si tu trouves)
me mentitum quidquam,	que j'aie menti *en* quoi-que-ce-soit,
occidito.	tue-*moi*.
SIMO. Nihil audio.	SIMON. Je n'entends rien.
(*Ad Dromonem.*) Jam ego	(*A Dromon.*) A-la-fin moi
reddam te commotum.	je vais-rendre toi agile.
DAVUS. Tamen	DAVE. *Tu donnes cet ordre* cependant
etsi hoc est verum?	quoique ce *que j'ai dit* soit vrai?
SIMO (*ad Davum.*) Tamen.	SIMON (*à Dave*). *Oui*, cependant.
(*Ad Dromonem.*) Cura	(*A Dromon*). Prends-soin
adservandum vinctum.	*lui* devoir-être-gardé lié.
Atque audisne?	Et *m*'entends-tu?
constringito quadrupedem.	serre-*le* par-les-quatre-membres.
(*Ad Davum.*) Age nunc jam;	(*A Dave.*) Agis maintenant désormais
ego pol hodie,	*quant à* moi par-Pollux aujourd'hui,
si vivo, ostendam tibi	si je vis, je montrerai à toi
quid pericli sit	quel danger c'est
fallere herum,	de tromper *son* maître,
et illi,	et *quel danger c'est* à lui (à mon fils),
patrem.	*de tromper son* père.
CHREMES. Ah! ne sævi	CHRÉMÈS. Ah! ne sévis pas
tantopere.	si-fort.

SIMO.

Chreme,
Pietatem gnati! Nonne te miseret mei?
Tantum laborem capere ob talem filium!
Age, Pamphile; exi, Pamphile : ecquid te pudet?

PAMPHILUS, SIMO, CHREMES.

PAMPHILUS.

Quis me volt? Perii! pater est.

SIMO.

Quid ais, omnium...?

CHREMES.

Ah!
Rem potius ipsam dic, ac mitte male loqui.

SIMO.

Quasi quidquam in hunc jam gravius dici possiet[1].
Ain' tandem, civis Glycerium est?

PAMPHILUS.

Ita prædicant.

SIMO.

Ita prædicant! o ingentem confidentiam!
Num cogitat quid dicat? num facti piget?
Num ejus color pudoris signum usquam indicat?
Adeo impotenti esse animo, ut præter civium
Morem atque legem, et sui voluntatem patris,
Tamen hanc habere studeat cum summo probro!

SIMON. Chrémès, voilà le respect d'un fils! Ne vous fais-je pas pitié? Prendre tant de peine pour un tel enfant! Allons, Pamphile, sortez; sortez, Pamphile : n'avez-vous point de honte?

PAMPHILE, SIMON, CHRÉMÈS.

PAMPHILE. Qui m'appelle? Je suis perdu! c'est mon père.

SIMON. Que dites-vous, de tous les fils le plus....?

CHRÉMÈS. Dites-lui plutôt de quoi il s'agit, et laissez là les injures.

SIMON. Comme si l'on pouvait lui dire rien de trop fort! Hé bien! vous dites donc qu'elle est citoyenne, votre Glycérie?

PAMPHILE. On le dit.

SIMON. On le dit! O comble d'impudence! Pense-t-il à ce qu'il dit? Se repent-il de ce qu'il a fait? Voit-on sur son visage la moindre marque de honte? Peut-on être assez maîtrisé par sa passion, pour vouloir, au mépris des coutumes, au mépris des lois, au mépris de son père, se déshonorer en épousant une étrangère?

SIMO. Chreme,	SIMON. Chrémès,
pietatem gnati!	*voilà* le respect d'un fils!
Nonne te miseret mei?	N'as-tu pas pitié de moi?
capere tantum laborem	prendre tant de peine
ob talem filium!	pour un tel fils!
Age, Pamphile;	Allons, Pamphile:
exi, Pamphile:	sors, Pamphile;
ecquid te pudet?	est-ce-que tu n'as-pas-de-honte?
PAMPHILUS, SIMO, CHREMES.	PAMPHILE, SIMON, CHRÉMÈS.
PAMPHILUS. Quis volt me?	PAMPHILE. Qui veut me *parler?*
Perii! est pater.	Je suis perdu! c'est *mon* père.
SIMO. Quid ais,	SIMON. Que dis-tu,
omnium...?	de tous *les fils...?*
CHREMES. Ah!	CHRÉMÈS. Ah!
dic potius rem ipsam,	dis plutôt le fait même,
ac mitte loqui male.	et laisse-*là le* parler mal (les injures).
SIMO. Quasi quidquam	SIMON. Comme si quoi-que-ce-soit
possiet dici jam gravius	pouvait être dit à-la-fin trop durement
in hunc.	contre lui.
Aisne tandem,	*Me le* dis tu enfin,
Glycerium est civis?	Glycérie est citoyenne?
PAMPHILUS.	PAMPHILE.
Prædicant ita.	On proclame *qu'il en est* ainsi.
SIMO. Prædicant ita!	SIMON. On proclame *qu'il en est* ainsi!
o ingentem confidentiam!	ô grande impudence!
num cogitat quid dicat?	est-ce-qu'il songe à ce-qu'il dit?
num piget facti?	est-ce-qu'il se repent de ce-qu'il a fait?
num color ejus	est-ce-que le teint de lui
indicat usquam	laisse-voir quelque-part
signum pudoris?	une marque de honte?
Esse	*Faut-il* qu'il soit
animo adeo impotenti,	d'un cœur si effréné,
ut, præter morem civium	que, contre la coutume des citoyens
atque legem,	et *contre* la loi,
et voluntatem sui patris,	et *contre* la volonté de son père,

PAMPHILUS.

Me miserum !

SIMO.

Hem, modone id demum sensti, Pamphile?
Olim istuc, olim, quum ita animum induxti tuum,
Quod cuperes, aliquo pacto efficiundum tibi,
Eodem die istuc verbum vere in te accidit.
Sed quid ago? cur me excrucio? cur me macero?
Cur meam senectutem hujus sollicito amentia?
An pro hujus peccatis ego supplicium sufferam?
Imo habeat, valeat, vivat cum illa.

PAMPHILUS.

Mi pater.

SIMO.

Quid, *mi pater?* quasi tu hujus[1] indigeas patris.
Domus, uxor, liberi inventi, invito patre;
Adducti qui illam civem hinc dicant : viceris.

PAMPHILUS.

Pater, licetne pauca?

SIMO.

Quid dices mihi?

CHREMES.

Tamen, Simo, audi.

SIMO.

Ego audiam? quid audiam,
Chreme?

CHREMES.

At tandem dicat sine.

PAMPHILE. Que je suis malheureux !

SIMON. Ha ! vous vous en apercevez seulement d'aujourd'hui, Pamphile? C'était lorsque vous vous mîtes en tête de vous satisfaire à quelque prix que ce fût; c'était alors que vous auriez pu dire ces mots avec vérité. Mais que fais-je? A quoi bon me chagriner et me tourmenter à ce point? Pourquoi troubler mes vieux jours de ses folies? Est-ce à moi de souffrir de ses sottises? Ma foi ! qu'il l'épouse, qu'il aille vivre avec elle !

PAMPHILE. Mon père.

SIMON. Quoi ! mon père ! Comme si vous en aviez besoin, de ce père ! Maison, femme, enfants, vous avez trouvé tout cela, malgré ce père. Vous avez aposté des gens qui disent qu'elle est citoyenne. Je vous donne gain de cause.

PAMPHILE. Mon père, puis-je en deux mots....?

SIMON. Que me direz-vous?

CHRÉMÈS. Encore, Simon, le faut-il écouter.

SIMON. L'écouter ! et qu'entendrai-je, Chrémès?

CHRÉMÈS. Allons, laissez-le parler.

studeat tamen
habere hanc
cum summo probro!
PAMPHILUS. Me miserum!
SIMO.
Hem, modone demum
sensisti id, Pamphile?
Olim istuc,
olim,
quum induxisti ita
tuum animum,
quod cuperes
efficiundum tibi
aliquo pacto,
eodem die istuc verbum
adcidit vere in te.
Sed quid ago?
cur me excrucio?
cur me macero?
cur sollicito
meam senectutem
amentia hujus?
An ego sufferam supplicium
pro peccatis hujus?
Imo habeat,
valeat,
vivat cum illa.
PAMPHILUS. Mi pater.
SIMO. Quid, « mi pater! »
quasi tu
indigeas hujus patris.
Domus, uxor, liberi
inventi, invito patre;
adducti
qui dicant
illam civem hinc:
viceris.
PAMPHILUS. Pater,
licetne pauca?
SIMO. Quid dices mihi?
CHREMES.
Tamen, Simo, audi.
SIMO. Ego audiam?
quid audiam, Chreme?
CHREMES. At tandem
sine dicat.

il s'efforce cependant
de garder cette *fille*
avec le plus grand déshonneur!
PAMPHILE. *Que* je *suis* malheureux
SIMON.
Ha! *est-ce* tout-à-l'heure enfin
que tu t'es aperçu de cela, Pamphile?
C'est autrefois *que* ce *mot*,
c'est autrefois,
lorsque tu mis ainsi
dans ton esprit,
ce que tu désirais
devoir-être-réalisé par toi
par quelque moyen *que ce fût*,
c'est ce-même jour *que* ce mot
est tombé vraiment sur toi.
Mais que fais-je?
pourquoi me torturé-je?
pourquoi me chagriné-je?
pourquoi inquiété-je
ma vieillesse
de la folie de celui-ci?
Est-ce que moi je-dois-porter la peine
pour les fautes de lui?
Tout-au-contraire, qu'il garde *cette fille*,
qu'il se porte bien (qu'il s'en aille),
qu'il vive avec elle.
PAMPHILE. Mon père.
SIMON. Quoi, « mon père! »
comme si toi
tu avais besoin de ce père.
Maison, femme, enfants
ont été trouvés *par toi*, malgré ce père;
des gens ont été amenés *par toi*
qui disent (pour dire)
que cette *fille* est citoyenne d'ici:
aies-vaincu (triomphe).
PAMPHILE. *Mon* père,
m'est-il permis *de dire* peu *de mots*?
SIMON. Que diras-tu à moi?
CHRÉMÈS.
Cependant, Simon, écoute-*le*.
SIMON. Moi, que je *l*'écoute?
qu'écouterai-je, Chrémès?
CHRÉMÈS. Mais enfin
permets qu'il parle.

SIMO.

Age, dicat sino.

PAMPHILUS.

Ego me amare hanc fateor : si id peccare est, fateor id quoque.
Tibi, pater, me dedo : quidvis oneris impone; impera.
Vis me uxorem hanc ducere[1] ? Vis amittere? ut potero, feram.
Hoc modo te obsecro, ut ne credas a me adlegatum hunc senem ;
Sine me expurgem, atque illum huc coram adducam.

SIMO.

Adducas!

PAMPHILUS.

Sine, pater.

CHREMES.

Æquum postulat : da veniam.

PAMPHILUS.

Sine te hoc exorem.

SIMO.

Sino.

(*Abit Pamphilus.*)

Quidvis cupio, dum ne ab hoc me falli comperiar, Chreme.

CHREMES.

Pro peccato magno, paulum supplicii satis est patri.

SIMON. Qu'il parle donc, j'y consens.

PAMPHILE. Oui, mon père, je l'aime, je l'avoue. Si c'est un crime, hé bien! j'en suis coupable, je l'avoue encore. Mon père, je me livre à vous; imposez-moi telle peine qu'il vous plaira; parlez. Voulez-vous me marier à une autre? m'arracher à celle que j'aime? je le supporterai comme je pourrai. Mais ne croyez pas, je vous en conjure, que j'aie aposté ce vieillard. Souffrez que je me lave de ce soupçon, et que je l'amène devant vous.

SIMON. Que vous l'ameniez!

PAMPHILE. Oui, mon père, permettez-le.

CHRÉMÈS. Sa demande est juste : consentez.

PAMPHILE. Laissez-vous fléchir par mes prières.

SIMON. J'y consens. (*Pamphile s'en va*). Je souffrirai tout ce qu'on voudra, Chrémès, pourvu que je ne découvre pas qu'il me trompe.

CHRÉMÈS. Pour une faute grave, un père se contente d'un peu de soumission.

SIMO. Age, sino dicat.	SIMON. Allons, je permets qu'il parle.
PAMPHILUS. Ego fateor	PAMPHILE. Moi *donc* j'avoue
me amare hanc :	que j'aime cette *fille* :
si id est peccare,	si cela est être-coupable,
fateor id quoque.	j'avoue cela aussi (que je suis coupable).
Dedo me tibi, pater :	Je livre moi à toi, *mon* père :
impone quidvis oneris;	impose-*moi* n'importe quel fardeau;
impera.	commande.
Vis me ducere uxorem	Veux-tu que je prenne *pour* femme
hanc?	celle-ci (Philumène)?
vis amittere?	veux-tu que je renonce *à celle que j'aime?*
Feram, ut potero.	je *le* supporterai, comme je pourrai.
Obsecro te modo hoc,	Je conjure toi seulement de ceci,
ut ne credas hunc senem	*c'est* que tu ne croies pas *que* ce vieillard
allegatum a me;	*a été* aposté par moi :
sine expurgem me,	permets que je justifie moi,
atque adducam illum	et que j'amène lui
huc coram.	ici devant *toi*.
SIMO. Adducas!	SIMON. Que tu *l'*amènes!
PAMPHILUS. Sine, pater.	PAMPHILE. Permets, *mon* père.
CHREMES.	CHRÉMÈS.
Postulat æquum :	Il demande une chose juste :
da veniam.	donne-*lui cette* permission.
PAMPHILUS. Sine	PAMPHILE. Permets
exorem hoc te.	que j'obtienne-par-prière cela de toi.
SIMO.	SIMON.
Sino (*Pamphilus abit*).	Je *le* permets (*Pamphile s'en va*).
Cupio quidvis, Chreme,	Je désire quoi-que-ce-soit, Chrémès,
dum ne comperiar	pourvu que je ne découvre pas
me falli ab hoc.	que je suis trompé par lui.
CHREMES.	CHRÉMÈS.
Pro peccato magno	Pour une faute grave
paulum supplicii	un-peu de prière (soumission)
est satis patri.	est assez pour un père.

CRITO, CHREMES, SIMO, PAMPHILUS.

CRITO.

Mitte orare : una harum quævis causa me, ut faciam, monet,
Vel tu, vel quod verum est, vel quod ipsi cupio Glycerio.

CHREMES.

Andrium ego Critonem video?.... Et certe is 'st.

CRITO.

Salvus sis, Chreme.

CHREMES.

Quid tu Athenas insolens[1]?

CRITO.

Evenit. Sed hiccine est Simo?

CHREMES.

Hic est.

SIMO.

Mene quæris? Eho, tu Glycerium hinc civem esse ais?

CRITO.

Tu negas?

SIMO.

Itane huc paratus advenis?

CRITO.

Quare?

SIMO.

Rogas?
Tune impune hæc facias? Tune hic homines adolescentulos,

CRITON, CHRÉMÈS, SIMON, PAMPHILE.

CRITON (*à Pamphile*). Cessez de me prier : une seule raison suffirait pour me déterminer; et j'en ai plusieurs : votre mérite, l'intérêt de la vérité, et le bien que je veux à Glycérie.

CHRÉMÈS. N'est-ce pas Criton d'Andros que je vois?.... Oui vraiment, c'est lui-même.

CRITON Je vous salue, Chrémès.

CHRÉMÈS. Quoi! vous à Athènes? Voilà du nouveau.

CRITON. Par un effet du hasard. Mais est-ce là Simon?

CHRÉMÈS. Lui-même.

SIMON. Est-ce moi que vous cherchez? Ha! c'est donc vous qui dites que Glycérie est citoyenne d'Athènes?

CRITON. Et vous prétendez le contraire?

SIMON. Arrivez-vous avec un rôle bien su?

CRITON. Comment cela?

SIMON. Vous me le demandez? Vous flattez-vous d'attirer impu-

CRITO, CHREMES, SIMO, PAMPHILUS.	CRITON, CHRÉMÈS, SIMON, PAMPHILE.
CRITO. Mitto orare :	CRITON. Laisse *là le* prier :
una causa quævis	une *seule* raison quelle-qu'elle-soit
harum	de ces *raisons-ci*
monet me, ut faciam,	engage moi à faire *ce que tu veux;*
vel tu,	soit *ce que* tu *es* (ton mérite),
vel quod est verum,	soit parce que *ce que tu veux* est vrai,
vel quod cupio	soit parce que je désire *être utile*
Glycerio ipsi.	à Glycérie elle-même.
CHREMES. Ego video	CHRÉMÈS. *Mais* moi, vois-je
Critonem Andrium?...	Criton d'Andros?...
et certe est is.	et certainement c'est lui.
CRITO. Sis salvus, Chreme.	CRITON. Sois en-bonne-santé, Chrémès.
CHREMES. Quid tu Athenas	CHRÉMÈS. Pourquoi toi *viens-tu* à Athènes
insolens?	n'*y*-étant-pas-accoutumé?
CRITO. Evenit.	CRITON. *C*'est arrivé *par hasard.*
Sed hiccine est Simo?	Mais cet *homme-ci* est-ce Simon?
CHREMES. Est hic.	CHRÉMÈS. C'est lui.
SIMO. Quærisne me?	SIMON. Cherches-tu moi?
Eho, tu ais	Or çà, toi, tu prétends
Glycerium esse civem hinc?	que Glycérie est citoyenne d'ici?
CRITO. Tu negas?	CRITON. *Et* toi, tu dis-que-non?
SIMO. Advenisne huc	SIMON. Arrives-tu ici
ita paratus?	ainsi préparé?
CRITO. Quare?	CRITON. Pourquoi?
SIMO. Rogas?	SIMON. Tu *me le* demandes?
Tune facias hæc	toi, que tu fasses (ah! tu feras) cela
impune?	impunément?
Tune inlicis in fraudem hic	Toi, tu attires dans le piége ici

Imperitos rerum, eductos libere, in fraudem[1] inlicis?
Sollicitando et pollicitando eorum animos lactas?

CRITO.

Sanus es?

SIMO.

Ac meretricios amores nuptiis conglutinas?

PAMPHILUS.

Perii : metuo ut substet hospes.

CRITO.

Si, Simo, hunc noris satis,
Non ita arbitrere : bonus est hic vir.

SIMO.

Hic vir sit bonus?
Itane adtemperate venit in ipsis nuptiis,
Ut[2] veniret antehac nunquam? Est vero huic credendum, Chreme?

PAMPHILUS.

Ni metuam patrem, habeo pro illa re illum quod moneam probe.

SIMO.

Sycophanta!

CRITO.

Hem!

CHREMES.

Sic, Crito, est hic; mitte.

CRITO.

Videat qui siet :
Si mihi pergit, quæ volt, dicere; ea quæ non volt, audiet.

nément dans vos piéges des jeunes gens bien élevés et sans expérience? de les abuser par vos sollicitations et vos promesses?

CRITON. Êtes-vous dans votre bon sens?

SIMON. Et de mettre à des amours de courtisane le sceau du mariage?

PAMPHILE (*à part*). Je suis perdu : je tremble que l'étranger ne mollisse.

CHRÉMÈS. Si vous le connaissiez, Simon, vous ne penseriez pas ainsi : c'est un honnête homme.

SIMON. Un honnête homme! lui, qui arrive à point nommé au moment d'un mariage! lui, qui ne venait jamais à Athènes! Faut-il l'en croire, Chrémès?

PAMPHILE (*à part*). Si je ne craignais mon père, j'aurais bien une réponse à lui suggérer!

SIMON. Sycophante!

CRITON. Ha!

CHRÉMÈS. Voilà comme il est, Criton; n'y prenez pas garde.

CRITON. Qu'il soit ce qu'il voudra, mais qu'il fasse attention : s'il

homines adolescentulos,	des hommes tout-jeunes,
imperitos rerum,	sans-expérience des choses,
eductos libere?	élevés libéralement?
Lactas animos eorum	Tu séduis les esprits d'eux
sollicitando	en *les* sollicitant
et pollicitando?	et en *leur* faisant-mille-promesses?
CRITO. Es sanus?	CRITON. Es-tu dans-ton-bon-sens?
SIMO. Ac conglutinas	SIMON. Et tu cimentes
amores meretricios	des amours de-courtisane
nuptiis?	par le mariage?
PAMPHILUS. Perii:	PAMPHILE. Je suis perdu:
metuo ut hospes	je crains que l'étranger
substet.	ne-tienne-pas-bon.
CHREMES. Simo,	CHRÉMÈS. Simon,
si noris hunc satis,	si tu connaissais cet *homme* assez,
non arbitrere ita:	tu ne penserais pas ainsi:
hic est vir bonus.	il est homme de-bien.
SIMO. Hic sit vir bonus?	SIMON. Il serait homme de-bien?
venitne ita adtemperate	Vient-il tellement à-point-nommé
in ipsis nuptiis,	au-milieu même de *ce* mariage,
ut nunquam veniret	*lui*-qui jamais ne venait
antehac?	auparavant?
Est vero credendum huic,	Est-il donc devant-être-ajouté-foi à lui,
Chreme?	Chrémès?
PAMPHILUS.	PAMPHILE.
Ni metuam patrem,	Si je ne craignais *mon* père,
habeo quod moneam probe	j'ai de quoi renseigner bien
illum	cet *homme* (Criton)
pro illa re.	relativement à cette affaire.
SIMO. Sycophanta!	SIMON. Le sycophante!
CRITO. Hem!	CRITON. Hé!
CHREMES. Crito,	CHRÉMÈS. Criton,
hic est sic;	cet *homme* est ainsi;
mitte.	laisse (n'y prends pas garde).
CRITO. Videat	CRITON. Qu'il observe (c'est à lui de voir)
qui siet:	quel il est:
si pergit dicere mihi	*mais* s'il continue à dire à moi

Ego istæc moveo aut curo? Non tu tuum malum æquo animo
feres?
Nam ego quæ dico, vera an falsa audieris, jam sciri potest.
Atticus quidam olim, navi fracta, apud Andrum ejectus est,
Et istæc una parva virgo. Tum ille, egens, forte adplicat
Primum ad Chrysidis patrem se.

SIMO.

Fabulam incœptat.

CHREMES.

Sine.

CRITO.

Itane vero obturbat?

CHREMES.

Perge.

CRITO.

Tum is mihi cognatus fuit,
Qui eum recepit : ibi ego audivi ex illo sese esse Atticum.
Is ibi mortuus est.

CHREMES.

Ejus nomen?

CRITO.

Nomen tam cito tibi?
Phania.

continue de me dire ce qui lui plaît, je lui dirai, moi, des choses qui ne lui plairont pas. Suis-je pour rien dans tout ceci? y songé-je seulement? (*à Simon.*) Ne pouvez-vous supporter vos chagrins tranquillement? Quant à ce que je dis, est-ce vrai ou faux? on peut le savoir dans l'instant. Il y eut autrefois un Athénien qui fit naufrage et fut jeté sur les côtes d'Andros, et cette fille encore toute petite était avec lui. Le malheureux, manquant de tout, se retira d'abord chez le père de Chrysis.

SIMON. Allons, il commence son conte.

CHRÉMÈS. Laissez-le parler.

CRITON. Est-ce donc ainsi qu'il m'interrompt?

CHRÉMÈS. Continuez.

CRITON. Il était mon parent, ce père de Chrysis, qui lui donna un asile : c'est chez lui que je lui ai entendu dire qu'il était Athénien. Il y est mort.

CHRÉMÈS. Son nom?

CRITON. Son nom? Il vous le faut si vite?.... Phania.

quæ volt;	les choses qu'il veut,
audiet ea quæ non volt.	il entendra des choses qu'il ne veut pas.
Ego moveo istæc	Moi *par exemple* m'occupé-je de ceci
aut curo?	ou m'*en* soucié-je?
Tu non feres	*Et* toi ne supporteras-tu pas
animo æquo	d'une âme égale
tuum malum?	ton mal (chagrin)?
nam jam potest sciri,	car dès-à-présent il peut être su
audieris vera an falsa,	si tu as entendu vraies ou fausses
quæ ego dico.	les *choses* que moi je dis.
Olim quidam Atticus,	Autrefois un certain Athénien,
navi fracta,	*son* vaisseau ayant été brisé,
est ejectus apud Andrum,	fut jeté à Andros,
et una istæc virgo	et avec-*lui* cette jeune fille (Glycérie)
parva.	*encore* petite.
Tum ille, egens,	Alors cet *homme*, manquant *de tout*,
se adplicat forte primum	se réfugie par-hasard d'abord
ad patrem Chrysidis.	chez le père de Chrysis.
SIMO. Incœptat fabulam.	SIMON. Il commence un conte!
CHREMES. Sine.	CHRÉMÈS. Laisse-*le parler*.
CRITO.	CRITON.
Itane vero obturbat?	Est-ce donc ainsi qu'il interrompt?
CHREMES. Perge.	CHRÉMÈS. Continue.
CRITO. Tum is	CRITON. Or celui-ci (le père de Chrysis)
qui recepit eum,	*celui* qui reçut lui,
fuit cognatus mihi :	fut (était) parent à moi:
ibi ego audivi ex illo	là moi j'appris de lui
sese esse Atticum.	qu'il était Athénien.
Is est mortuus ibi.	Il est mort là-*bas*.
CHREMES. Nomen ejus?	CHRÉMÈS. Le nom de lui?
CRITO. Nomen	CRITON. *Que je dise son* nom

CHREMES.

Hem, perii!

CRITO.

Verum, hercle, opinor fuisse Phaniam :
Hoc certo scio : Rhamnusium[1] se aiebat esse.

CHREMES.

O Jupiter!

CRITO.

Eadem hæc, Chreme, multi alii in Andro tum audivere.

CHREMES (*secum*).

Utinam id siet
Quod spero! (*Ad Critonem*). Eho, dic mihi, quid is eam tum,
Crito?
Suamne esse aiebat?

CRITO.

Non.

CHREMES.

Cujam igitur?

CRITO.

Fratris filiam.

CHREMES.

Certe mea est.

CRITO.

Quid ais?

SIMO.

Quid tu? quid ais?

PAMPHILUS.

Adrige aures, Pamphile.

CHRÉMÈS. Ha! je suis mort.

CRITON. Oui, ma foi, je crois que c'est Phania. Mais ce dont je suis bien sûr, c'est qu'il se disait de Rhamnuse.

CHRÉMÈS. O Jupiter!

CRITON. Mais, Chrémès, plusieurs personnes d'Andros lui ont entendu dire la même chose.

CHRÉMÈS (*à part*). Plaise aux dieux que ce soit ce que j'espère! (*A Criton.*) Mais, Criton, dites-moi, cette petite fille, comment l'appelait-il? Disait-il qu'elle était la sienne?

CRITON. Non.

CHRÉMÈS. La fille de qui donc?

CRITON. De son frère.

CHRÉMÈS. C'est ma fille, sans aucun doute.

CRITON. Que dites-vous?

SIMON. Et vous, que dites-vous?

PAMPHILE. Prête bien l'oreille, Pamphile.

tam cito tibi?	sitôt (tout-de-suite)à toi?
Phania.	*c'est* Phania.
CHREMES. Hem, perii!	CHRÉMÈS. Ha! je-suis-perdu!
CRITO. Verum, Hercle,	CRITON. Mais, par-Hercule,
opinor fuisse Phaniam :	je pense que c'était Phania :
scio certo hoc :	je sais certainement ceci :
aiebat	il disait
se esse Rhamnusium.	qu'il était de-Rhamnuse.
CHREMES. O Jupiter!	CHRÉMÈS. O Jupiter!
CRITO. Chreme, multi alii	CRITON. Chrémès, beaucoup d'autres
in Andro	*habitant* à Andros
audivere tum hæc eadem.	ont entendu alors ces mêmes choses.
CHREMES (*secum*).	CHRÉMÈS (*à part*).
Utinam	Plaise-aux-dieux
id siet quod spero!	que ce soit ce-que j'espère!
(*Ad Critonem.*) Eho,	(*A Criton.*) Holà!
dic mihi, Crito,	dis-moi, Criton,
quid is tum eam?	que *disait*-il alors *qu'était* cette *enfant?*
aiebatne esse suam?	disait-il qu'elle était sa *fille?*
CRITO. Non.	CRITON. Non.
CHREMES. Cujam igitur?	CHRÉMÈS. *La fille* de-qui donc?
CRITO. Filiam fratris.	CRITON. La fille de *son* frère.
CHREMES. Certe est mea.	CHRÉMÈS. A-coup-sûr c'est la mienne.
CRITO. Quid ais?	CRITON. Que dis-tu?
SIMO.	SIMON.
Quid tu? quid ais?	Et toi? que dis-tu?
PAMPHILUS.	PAMPHILE.
Adrige aures,	Dresse tes oreilles,
Pamphile.	Pamphile.

SIMO.

Qui credis?

CHREMES.

Phania ille, frater meus fuit.

SIMO.

Noram, et scio.

CHREMES.

Is hinc, bellum fugiens, meque in Asiam persequens, proficiscitur;
Tum illam hic relinquere est veritus : post illa nunc primum audio
Quid illo sit factum.

PAMPHILUS.

Vix sum apud me, ita animus commotu 'st metu,
Spe, gaudio, mirando [1] hoc, tanto, tam repentino bono.

SIMO.

Næ istam multimodis [2] tuam inveniri gaudeo.

PAMPHILUS.

Credo, pater.

CHREMES.

At mi unus scrupulus etiam restat, qui me male habet.

PAMPHILUS.

Dignus es,
Cum tua religione, odio : nodum in scirpo quæris.

CRITO.

Quid istuc est?

SIMON (*à Chrémès.*) Quoi! vous l'écoutez?

CHRÉMÈS. Ce Phania était mon frère.

SIMON. Je le sais, je le connaissais.

CHRÉMÈS. Il partit d'Athènes pour éviter la guerre et me suivre en Asie; il n'osa pas laisser ici cette petite fille. Et voilà, depuis cette époque, la première fois que j'entends parler de lui.

PAMPHILE (*à part*). Je ne me possède pas, tant la crainte, l'espérance, la joie d'un bonheur si étonnant, si grand, si inespéré troublent à la fois mon cœur!

SIMON (*à Chrémès*). En vérité, je suis ravi pour plus d'une raison qu'elle se trouve votre fille.

PAMPHILE. Je le crois, mon père.

CHRÉMÈS. Mais il me reste encore un scrupule qui me tourmente.

PAMPHILE. Vous êtes vraiment haïssable avec votre scrupule : c'est chercher un nœud sur un jonc lisse.

CRITON. Qu'est-ce donc?

SIMO. Qui credis?	SIMON. Pourquoi crois-tu *cela?*
CHREMES. Ille Phania,	CHRÉMÈS. Ce Phania-*là*,
fuit meus frater.	fut (était) mon frère.
SIMO. Noram, et scio.	SIMON. Je *le* connaissais, et je *le* sais.
CHREMES. Is,	CHRÉMÈS. Lui,
fugiens bellum	fuyant la guerre,
persequensque me	et suivant moi
in Asiam,	en Asie,
proficiscitur hinc;	part d'ici;
veritus est tum	il craignit alors
relinquere hic illam :	de laisser ici cette *enfant* :
post illa	depuis cela
nunc primum	maintenant pour-la-première-fois
audio	j'apprends
quid sit factum illo.	quoi est arrivé de lui (ce qu'il est devenu).
PAMPHILUS. Vix sum	PAMPHILE. A peine suis-je
apud me,	en moi (maître de moi),
ita animus est commotus	tellement *mon* cœur est agité
metu, spe, gaudio,	de crainte, d'espoir, de joie,
hoc bono mirando,	par *suite de* ce bonheur surprenant,
tanto, tam repentino.	si-grand, si soudain.
SIMO. Næ gaudeo	SIMON. Certes je me réjouis
multimodis	pour bien-des-raisons
istam inveniri tuam.	que cette *femme* se trouve ta *fille*.
PAMPHILUS. Credo, pater.	PAMPHILE. Je *le* crois, *mon* père.
CHREMES.	CHRÉMÈS.
At unus scrupulus	Mais un *seul* scrupule
restat etiam mi,	reste encore à moi,
qui habet male me.	lequel tient mal-à-l'aise moi.
PAMPHILUS.	PAMPHILE.
Es dignus odio,	Tu es digne de haine,
cum tua religione :	avec ton scrupule :
quæris nodum in scirpo.	tu cherches un nœud sur un jonc.
CRITO. Quid est istuc?	CRITON. Qu'est-ce qui *t'arrête?*

CHREMES.

Nomen non convenit.

CRITO.

Fuit, hercle, aliud huic parvæ.

CHREMES.

Quod, Crito

Numquid meministi?

CRITO.

Id quæro.

PAMPHILUS (*secum*).

Egone hujus memoriam patiar meæ
Voluptati obstare, quum egomet possim in hac re medicari mihi!
Non patiar. Heus, Chreme, quod quæris, Pasibula est.

CRITO.

Ipsa est.

CHREMES.

Ea est.

PAMPHILUS.

Ex ipsa millies audivi.

SIMO.

Omnes nos gaudere hoc, Chreme,
Te credo credere.

CHREMES.

Ita me dii ament! credo.

PAMPHILUS.

Quid restat, pater?

SIMO.

Jamdudum res reduxit me ipsa in gratiam.

CHRÉMÈS. Le nom ne s'accorde pas.

CRITON. En effet, elle en portait un autre dans son enfance.

CHRÉMÈS. Lequel, Criton? Ne vous en souviendriez-vous point?

CRITON. Je le cherche.

PAMPHILE (*à part*). Souffrirai-je que son défaut de mémoire traverse mon bonheur, lorsque je peux me tirer moi-même d'affaire? Non, je ne le souffrirai pas. (*à Chrémès.*) Ecoutez, Chrémès; le nom que vous cherchez, c'est Pasibule.

CRITON. C'est elle-même.

CHRÉMÈS. Oui, c'est bien elle.

PAMPHILE. Elle me l'a dit mille fois.

SIMON. Vous êtes sans doute bien persuadé, Chrémès, de la joie que nous cause à tous cet heureux événement.

CHRÉMÈS. Oui, grands dieux! j'en suis persuadé.

PAMPHILE. Hé bien! mon père, qui vous arrête encore?

SIMON. Voilà un événement qui nous réconcilie.

CHREMES.	CHRÉMÈS.
Nomen non convenit.	Le nom ne s'accorde pas.
CRITO. Hercle aliud	CRITON. Par-Hercule, un autre *nom*
fuit huic parvæ.	fut (était) à elle *étant* petite.
CHREMES. Quod, Crito?	CHRÉMÈS. Lequel, Criton?
numquid meministi?	ne t'*en* souviens-tu pas?
CRITO. Quæro id.	CRITON. Je cherche ce *nom*.
PAMPHILUS (*secum*).	PAMPHILE (*à part*).
Egone patiar	Moi souffrirai-je
memoriam	que la mémoire (le défaut de mémoire)
hujus	de cet *homme*
obstare meæ voluptati,	s'oppose à mon bonheur,
quum egomet possim	lorsque moi-certes je peux
medicari mihi	venir-en-aide à moi
in hac re?	dans cette affaire?
non patiar.	je ne *le* souffrirai pas.
Heus, Chreme,	Holà, Chrémès,
quod quæris,	*le nom* que tu cherches,
est Pasibula.	c'est Pasibule.
CRITO. Est ipsa.	CRITON. C'est elle-même.
CHREMES. Est ea.	CHRÉMÈS. C'est elle.
PAMPHILUS.	PAMPHILE.
Audivi ex ipsa millies.	Je *l'*ai entendu d'elle-même mille-fois.
SIMO. Chreme,	SIMON. Chrémès,
credo te credere	je crois que tu crois
nos gaudere omnes hoc.	que nous nous réjouissons tous de cela.
CHREMES.	CHRÉMÈS.
Ita dii me ament!	Oui, que les dieux m'aiment!
credo.	je *le* crois.
PAMPHILUS. Pater,	PAMPHILE. *Mon* père,
quid restat?	que reste-t-il *qui te fâche?*
SIMO. Jamdudum	SIMON. Dès-à-présent
res ipsa reduxit me	ce fait de lui-même a ramené moi
in gratiam	à la réconciliation.

PAMPHILUS.

O lepidum patrem !
De uxore, ita ut possedi, nil mutat Chremes.

CHREMES.

Causa optuma est;
Nisi quid pater aliud ait.

PAMPHILUS.

Nempe...

SIMO.

Scilicet...

CHREMES.

Dos, Pamphile, est
Decem talenta [1].

PAMPHILUS.

Adcipio.

CHREMES.

Propero ad filiam. Eho mecum, Crito :
Nam illam me credo haud nosse.

SIMO.

Cur non illam huc transferri jubes?

PAMPHILUS.

Recte admones : Davo ego istuc dedam jam negoti.

SIMO.

Non potest.

PAMPHILUS.

Qui ?

SIMO.

Quia habet aliud magis ex sese, et majus.

PAMPHILE. O l'aimable père ! (*A Chrémès.*) Pour ce qui est d'une femme, Chrémès sans doute me laisse celle que je possède.

CHRÉMÈS. Rien de plus juste, à moins que ton père ne s'y oppose.

PAMPHILE. Sans doute.

SIMON. Évidemment.

CHRÉMÈS. La dot, Pamphile, est de dix talents.

PAMPHILE. J'accepte.

CHRÉMÈS. Je cours chez ma fille. Hé ! venez avec moi, Criton; car je crois qu'elle ne me connaît pas.

SIMON. Que ne la faites-vous transporter chez nous ?

PAMPHILE. Excellente idée ! Je vais charger Dave de la commission.

SIMON. Impossible.

PAMPHILE. Pourquoi ?

SIMON. Parce qu'il a pour son compte une affaire plus importante.

PAMPHILUS.	PAMPHILE.
O lepidum patrem!	O l'aimable père!
de uxore,	pour ce qui est de femme *à prendre*,
ita ut possedi,	comme j'ai possédé *celle-ci*,
Chremes nil mutat.	Chrémès n'y change rien.
CHREMES.	CHRÉMÈS.
Causa est optuma;	*Ton* droit *à épouser* est excellent;
nisi pater	à moins que *ton* père
ait quid aliud.	ne dise quelqu'autre *chose*.
PAMPHILUS. Nempe...	PAMPHILE. Sans doute.
SIMO. Scilicet...	SIMON. Oui.
CHREMES. Dos, Pamphile,	CHRÉMÈS. La dot, Pamphile,
est decem talenta.	est *de* dix talents.
PAMPHILUS. Adcipio.	PAMPHILE. J'accepte.
CHREMES.	CHRÉMÈS.
Propero ad filiam.	Je-me-hâte vers *ma* fille.
Eho mecum, Crito :	Allons, *viens* avec moi, Criton :
nam credo	car je crois
illam haud nosse me.	qu'elle ne connaît pas moi.
SIMO. Cur non jubes	SIMON. Pourquoi n'ordonnes-tu pas
illam transferri huc?	qu'elle soit transportée ici?
PAMPHILUS.	PAMPHILE.
Admones recte :	Tu donnes-*cet*-avis avec-raison :
ego jam	moi dès-à-présent
dedam istuc negoti Davo.	je vais-donner cette commission à Dave
SIMO. Non potest.	SIMON. *Cela* ne *se* peut pas.
PAMPHILUS. Qui?	PAMPHILE. Pourquoi?
SIMO.	SIMON.
Quia habet aliud	Parce qu'il a une autre *occupation*
magis ex sese,	*qui touche* de-plus-près lui,
et majus.	et plus importante.

PAMPHILUS.

Quidnam?

SIMO.

Vinctus est.

PAMPHILUS.

Pater, non recte[1] vinctu 'st.

SIMO.

Haud ita jussi.

PAMPHILUS.

Jube solvi obsecro.

SIMO.

Age, fiat.

PAMPHILUS.

At matura.

SIMO.

Eo intro. (*Abit.*)

PAMPHILUS.

O faustum et felicem hunc diem! (*Abit.*)

CHARINUS, PAMPHILUS.

CHARINUS.

Proviso quid agat Pamphilus. Atque eccum.

PAMPHILUS.

Aliquis fors me putet
Non putare hoc verum; at mihi nunc sic esse hoc verum lubet.
Ego vitam deorum propterea sempiternam esse arbitror,

PAMPHILE. Quoi donc?

SIMON. Il est lié.

PAMPHILE. Lié! mon père, ce n'est pas bien.

SIMON. Je n'avais pourtant pas ordonné que la chose ne se fît pas bien.

PAMPHILE. Ordonnez qu'on le délie, de grâce.

SIMON. Allons, soit.

PAMPHILE. Mais hâtez-vous.

SIMON. Je vais à la maison. (*Il s'en va.*)

PAMPHILE. O l'heureux jour, le jour fortuné! (*Il s'en va.*)

CHARINUS, PAMPHILE.

CHARINUS (*à part*). Je viens voir ce que fait Pamphile. Mais le voilà.

PAMPHILE (*à part*). Peut-être s'imaginera-t-on que je ne pense pas ce que je vais dire; mais il me plaît, à moi, de le trouver vrai dans ce moment. Oui, si les dieux sont immortels, c'est, je le crois, parce

PAMPHILUS. Quidnam?	PAMPHILE. Quoi-donc?
SIMO. Est vinctus.	SIMON. Il est lié.
PAMPHILUS. Pater,	PAMPHILE. *Mon père*,
non est vinctus recte?	il n'est pas lié bien?
SIMO.	SIMON.
Haud jussi ita.	je n'ai pas ordonné *qu'il le fût* ainsi.
PAMPHILUS. Jube solvi,	PAMPHILE. Ordonne qu'il soit délié,
obsecro.	je *t'en* supplie.
SIMO. Age, fiat.	SIMON. Allons, qu'il soit fait *ainsi*.
PAMPHILUS. At matura.	PAMPHILE. Mais hâte-toi.
SIMO. Eo intro.	SIMON. Je vais dedans (je rentre).
(*Abit.*)	(*Il s'en va.*)
PAMPHILUS. O hunc diem	PAMPHILE. O *que* ce jour
faustum et felicem!	*est* heureux et fortuné!
(*Abit.*)	(*Il s'en va.*)

CHARINUS, PAMPHILUS.	CHARINUS, PAMPHILE.
CHARINUS. Proviso	CHARINUS. Je viens-voir
quid Pamphilus agat.	quoi Pamphile fait.
Atque eccum.	Mais le-voilà.
PAMPHILUS.	PAMPHILE.
Aliquis fors	Quelqu'un peut-être
putet me non putare	penserait que je ne pense pas
hoc verum;	*que* ceci *est* vrai;
at lubet mihi nunc	mais il plaît à moi maintenant
hoc esse verum sic.	*de penser* que ceci est vrai ainsi.
Ego arbitror vitam deorum	Moi *donc* je crois que la vie des dieux
esse sempiternam	est éternelle
propterea quod	parce que
voluptates eorum	les plaisirs d'eux

Quod voluptates eorum propriæ[1] sunt; nam mi immortalitas
Parta est, si nulla ægritudo huic gaudio intercesserit.
Sed, quem ego potissimum optem nunc mihi, cui hæc narrem,
dari...

CHARINUS.

Quid illud gaudi est?

PAMPHILUS.

Davum video. Nemo est, quem mallem omnium;
Nam hunc scio mea solide solum gavisurum gaudia [2].

(*Recedit Charinus.*)

DAVUS, PAMPHILUS, CHARINUS.

DAVUS.

Pamphilus ubinam?

PAMPHILUS.

Hic est, Dave.

DAVUS.

Quis homo est?

PAMPHILUS.

Ego sum.

DAVUS.

O Pamphile!

PAMPHILUS.

Nescis quid mi obtigerit.

DAVUS.

Certe : sed quid mi obtigerit scio.

que leurs plaisirs sont inaltérables. Car pour moi, l'immortalité m'est acquise, si aucune amertume ne vient troubler mon bonheur présent. Mais qui désirerais-je le plus rencontrer maintenant, pour lui raconter ce qui m'arrive?

CHARINUS (*à part*). Quel est donc ce sujet de joie?

PAMPHILE. J'aperçois Dave : c'est lui que je tenais surtout à rencontrer; car personne, j'en suis sûr, ne partagera plus sincèrement ma joie. (*Charinus s'éloigne.*)

DAVE, PAMPHILE, CHARINUS.

DAVE. Où est donc Pamphile?

PAMPHILE. Il est ici, Dave.

DAVE. Qui est là?

PAMPHILE. C'est moi.

DAVE. O Pamphile!

PAMPHILE. Tu ne sais pas ce qui m'est arrivé.

DAVE. Assurément : mais ce qui m'est arrivé, à moi, je le sais.

sunt propriæ;	sont inaltérables;
nam mi	car pour moi
immortalitas est parta,	l'immortalité *m*'est acquise,
si nulla ægritudo	si aucune amertume
intercesserit huic gaudio.	ne vient-traverser cette joie-*ci*.
Sed, quem potissimum	Mais qui de-préférence
ego optem nunc	moi souhaiterais-je maintenant
dari mihi,	s'offrir à moi,
cui narrem hæc...	à qui je puisse-raconter ces *nouvelles?*
CHARINUS.	CHARINUS.
Quid est illud gaudi?	Quel est ce *sujet* de joie!
PAMPHILUS.	PAMPHILE.
Video Davum.	Je vois Dave.
Nemo est omnium,	Personne n'est d'entre-tous
quem mallem;	que je préférasse *s'offrir à moi;*
nam scio hunc solum	car je sais *bien* que lui seul
gavisurum solide	se réjouira pleinement
mea gaudia	de mes joies.
(*Charinus recedit.*)	(*Charinus s'éloigne.*)

DAVUS, PAMPHILUS, CHARINUS.	DAVE, PAMPHILE, CHARINUS.
DAVUS.	DAVE.
Ubinam Pamphilus?	Où-donc *est* Pamphile?
PAMPHILUS.	PAMPHILE.
Est hic, Dave.	Il est ici, Dave.
DAVUS. Quis homo est?	DAVE. Quel homme est *là?*
PAMPHILUS. Ego sum.	PAMPHILE. *C'est* moi *qui* suis *là*
DAVUS. O Pamphile!	DAVE. O Pamphile!
PAMPHILUS. Nescis	PAMPHILE. Tu ne-sais-pas
quid obtigerit mi.	quoi est arrivé à moi.
DAVUS. Certe, sed scio	DAVE. Assurément *non;* mais je sais
quid obtigerit mi.	quoi est arrivé à moi.

PAMPHILUS.

Et quidem ego.

DAVUS.

More hominum, evenit ut, quod sim nactus mali,
Prius rescisceres tu, quam ego illud, tibi quod evenit boni.

PAMPHILUS.

Mea Glycerium suos parentes repperit.

DAVUS.

O factum bene!

CHARINUS (*secum*).

Hem!

PAMPHILUS.

Pater amicus summus nobis.

DAVUS.

Quis?

PAMPHILUS.

Chremes.

DAVUS.

Narras probe.

PAMPHILUS.

Nec mora ulla est quin eam uxorem ducam.

CHARINUS.

Num ille somniat
Ea quæ vigilans voluit?

PAMPHILUS.

Tum de puero, Dave?

PAMPHILE. Et moi également.

DAVE. Voilà le monde : vous avez su mon infortune avant que j'aie appris votre félicité.

PAMPHILE. Ma Glycérie a retrouvé ses parents.

DAVE. Oh ! la bonne chose !

CHARINUS (*à part*). Ha !

PAMPHILE. Son père est un de nos plus grands amis.

DAVE. Quel est-il ?

PAMPHILE. Chrémès.

DAVE. Bonne nouvelle.

PAMPHILE. Plus d'obstacle ; je l'épouse.

CHARINUS (*à part*). Rêve-t-il qu'il possède ce qu'il souhaite, quand il est éveillé ?

PAMPHILE. Ah çà, et l'enfant, Dave ?

PAMPHILUS.	PAMPHILE.
Et ego quidem.	Moi aussi certes.
DAVUS. More hominum,	DAVE. Selon la coutume des hommes
evenit ut tu resciscceres	il est arrivé que tu apprisses
quod sim nactus mali,	ce que j'ai trouvé de mal,
prius quam ego	avant que moi *je n'apprisse*
illud quod evenit boni tibi.	ce qui est arrivé de bien à toi.
PAMPHILUS.	PAMPHILE.
Mea Glycerium	Ma Glycérie
repperit suos parentes.	a retrouvé ses parents.
DAVUS. O factum bene!	DAVE. O chose arrivée bien!
CHARINUS (*secum*). Hem!	CHARINUS (*à part*). Ho!
PAMPHILUS. Pater	PAMPHILE. *Son* père
summus amicus nobis.	*est* le plus grand ami à nous.
DAVUS. Quis?	DAVE. Qui?
PAMPHILUS. Chremes.	PAMPHILE. Chrémès.
DAVUS. Narras probe.	DAVE. Tu racontes à-merveille.
PAMPHILUS.	PAMPHILE.
Nec ulla mora est,	Et aucun obstacle *n'*existe,
quin ducam eam uxorem.	à-ce-que je prenne elle pour femme.
CHARINUS.	CHARINUS.
Num ille somniat	Est-ce-qu'il rêve
ea quæ voluit vigilans?	les choses qu'il a voulues éveillé.
PAMPHILUS. Tum	PAMPHILE. Puis
de puero, Dave?	quant à l'enfant, Dave?

DAVUS.

Ah! desine :
Solus est quem diligunt di.

CHARINUS.

Salvus sum, si hæc vera sunt.
Conloquar.

PAMPHILUS.

Quis homo est? Charine, in tempore ipso mi advenis.

CHARINUS.

Bene factum.

PAMPHILUS.

Audisti?

CHARINUS.

Omnia : age, me in tuis secundis respice.
Tuus est nunc Chremes : facturum, quæ voles, scio omnia.

PAMPHILUS.

Memini : atque adeo longum est nos illum exspectare dum exeat.
Sequere hac me intus ad Glycerium. Nunc [1] tu, Dave, abi domum ;
Propere accerse, hinc qui auferant eam. Quid stas? quid cessas?

DAVUS.

Eo.

(*Abit Pamphilus cum Charino.*)
(*Ad spectatores*).

Ne exspectetis dum exeant huc : intus despondebitur ;
Intus transigetur si quid est quod restat. Plaudite [2].

DAVE. Bah ! soyez tranquille ; c'est le mignon chéri des dieux.

CHARINUS (*à part*). Je suis sauvé, si ce qu'ils disent est vrai. Parlons-lui.

PAMPHILE. Quel est cet homme? Ah! Charinus, vous venez à point.

CHARINUS. Tant mieux.

PAMPHILE. Vous avez entendu?

CHARINUS. Tout. Allons, ne m'oubliez pas dans votre prospérité. Chrémès est maintenant tout à vous, et je suis sûr qu'il fera tout ce que vous voudrez.

PAMPHILE. Je ne vous oublie pas : mais il serait peut-être trop long à revenir : suivez-moi de ce pas chez Glycérie. Toi, Dave, va à la maison ; fais venir promptement des gens pour la transporter. Qu'attends-tu? A quoi t'amuses-tu?

DAVE. J'y vais. (*Charinus et Pamphile s'en vont.*) (*Aux spectateurs.*) N'attendez pas qu'ils reviennent ici : c'est là dedans que se feront les fiançailles, et que se termineront les autres arrangements. Applaudissez.

DAVUS. Ah! desine :
est solus quem di diligunt.
CHARINUS. Sum salvus,
si hæc sunt vera.
Conloquar.
PAMPHILUS.
Quis homo est?
Charine, advenis mihi
in tempore ipso.
CHARINUS. Factum bene.
PAMPHILUS. Audisti?
CHARINUS.
Omnia : age,
respice me
in tuis secundis.
Nunc Chremes
est tuus :
scio facturum
omnia quæ voles.
PAMPHILUS. Memini :
atque adeo est longum
nos exspectare illum
dum exeat.
Sequere me hac intus
ad Glycerium.
Nunc tu, Dave,
abi domum ;
accerse propere
qui auferant eam
hinc.
Quid stas?
quid cessas?
DAVUS. Eo.
(*Pamphilus abit
cum Charino.*)
(*Ad spectatores.*)
Ne exspectetis dum exeant
huc :
despondebitur intus;
si quid est quod restat,
transigetur intus.
Plaudite.

DAVE. Ah! cesse *de t'inquiéter :*
c'est le seul que les dieux chérissent.
CHARINUS. Je suis sauvé,
si ces choses sont vraies.
Je vais-lui-parler.
PAMPHILE.
Quel homme est *là?*
Charinus, tu arrives à moi
au moment même *où il faut.*
CHARINUS. *La chose* est arrivée bien.
PAMPHILE. As-tu entendu?
CHARINUS.
Tout : allons,
jette-les-yeux sur moi (protége-moi)
dans ta *fortune* prospère.
Maintenant Chrémès
est *tout* à-toi :
je sais (je suis persuadé) qu'il fera
tout ce-que tu voudras.
PAMPHILE. Je me souviens *de toi ;*
mais certes il est long
que nous attendions lui
jusqu'à ce qu'il sorte.
Suis-moi par ici dedans
chez Glycérie.
Maintenant toi, Dave,
va-t-en à la maison;
fais-venir promptement
des gens qui enlèvent elle
d'ici (de chez elle).
Pourquoi te tiens-tu *immobile?*
pourquoi tardes-tu?
DAVE. J'y vais.
(*Pamphile s'en va
avec Charinus.*)
(*Aux spectateurs.*)
N'attendez pas qu'ils sortent
pour reparaître ici :
les-fiançailles-se-feront *là*-dedans ;
et si quelque chose est qui reste *à faire*
cela s'arrangera *là*-dedans.
Applaudissez.

NOTES.

Page 2 : (*Titre*). Térence (Publius Terentius Afer), né à Carthage (av. J. C. 192), neuf ans avant la mort de Plaute. Il n'a laissé que six comédies : l'*Andrienne*, d'après l'Andrienne et la Périnthienne de Ménandre; l'*Hécyre*, d'après Apollodore et Ménandre; l'*Heautontimorumenos*, d'après Ménandre; l'*Eunuque*, d'après le Colax du même; le *Phormion*, d'après Apollodore; les *Adelphes*, d'après Ménandre et Diphile. Mort en 153.

— 1. Le prologue était ordinairement récité, comme il l'est ici, par le chef de troupe, qui prenait alors le nom de Prologue, et avait un costume affecté spécialement à ce rôle.

— 2. *Negoti* pour *negotii*. Contraction d'usage pour tous les génitifs de ce genre.

— 3. *Quas fecisset fabulas* pour *fabulæ quas fecisset*. Cas d'attraction très-fréquent. Voy. Plaute, Prologue des *Captifs*, 1; *Amphitryon*, IV, 1, 1; et Virgile (*Énéide*, I, 573) : « *Urbem* quam statuo vestra est. »

Page 4 : 1. Ce vieux poëte était un certain Lucius Lavinius : il en est encore question dans le Prologue de l'*Eunuque*.

— 2. *Animum advortite* pour *animadvertite*.

— 3. Ménandre, un des comiques grecs que Térence imita de préférence, et dont il ne reste que de rares fragments. Né à Athènes (342 av. J. C.), mort en 293. Il composa quatre-vingts comédies, d'autres disent cent huit.

— 4. *Andriam et Perinthiam*. Noms de deux pièces de Ménandre, parce qu'il y introduisait une fille d'Andros et une fille de Périnthe.

— 5. *Nævium, Plautum, Ennium*. Névius voulut user, sur le théâtre de Rome, de la liberté qu'avaient eue à Athènes les poëtes de la comédie ancienne, mais il expia son audace par l'exil. Mort à Utique, l'an 204 av. J. C. — Plaute, né à Sarsine en Ombrie, vers l'an 227, mort l'an 184 av. J. C. Il imita la comédie nouvelle des Grecs, en l'appropriant au goût et aux mœurs des Romains. Il nous reste de lui vingt comédies, des cent trente que lui attribuait Varron. — Ennius (Quintus), né à Rudies, près de Tarente, dans la Grande-Grèce, traduisit du grec plusieurs tragédies.

Page 6 : 1. *Spe*. Ancien génitif pour *spei*.

— 2. *Exigundæ*. Ce sens d'*exigere* se retrouve dans le Prologue de l'*Hécyre*. « Novas qui *exactas* feci ut inveterascerent. »

— 3. Acte I. Sans admettre la division par actes, nous avons cru devoir l'indiquer dans nos notes.

Page 8 : 1. *Haud muto*. On lit aussi *haud mulcto*, qui n'est pas absolument une mauvaise leçon.

Page 10 : 1. *Plerique omnes*. Ancienne locution. En grec : πλείονες πάντες. On trouve dans Névius (*Guerre punique*). « *Plerique omnes* subiguntur... »

— 2. C'est la traduction latine du Μηδὲν ἄγαν des Grecs, que l'on attribuait à Apollon.

Page 12 : 1. *Integra*. Ainsi dans Virgile (*Énéide*, IX, 255) : « *Integer* ævi Ascanius. »

— 2. *Esset*. Du verbe *esse* ou du verbe *edere*. Ce dernier sens nous a semblé préférable, à cause du vers 87 : « Symbolam dedit, cœnavit. »

— 3. *Habet*. Expression tirée des combats de gladiateurs.

Page 18 : 1. *At at*. Interjection admirative. — *Hoc illud est*. Comme dans Virgile (*Énéide*, IV, 675) : « *Hoc illud*, germana, fuit. »

Page 20 : 1. *Quid ais?* Sens de menace, et non d'interrogation. V. plus bas vers 182; Plaute (*Trinumus*, 155) et la remarque de M. Naudet sur ce passage.

Page 22 : 1. *Tute*. Toi-même. « Quod *tute* ipse fatebere majus. » (Virg., *Ecl*. III, 35.)

— 2. *Qui*, pour *quis*.

Page 24 : 1. *Id*, et cela... en grec : καὶ τοῦτο.

— 2. *Sequar*. D'autres : *Sequor*.

Page 26 : 1. *At* a été ajouté pour la mesure du vers.

— 2. *Provideram*. Même sens que *prævideram*, qui est donné par d'autres.

Page 28 : 1. *Quid ais?* Réponds.

— 2. *Scilicet*. Ironique. « *Scilicet* is superis labor est! » (Virg., *Én*. IV, 379.)

— 3. *Sini*, ancien parfait de *sino*, pour *sivi*.

— 4. *Qui* ne s'élide pas, mais s'abrége devant *amant*. « An *qui* amant. » (Virg., *Ecl*. VIII, 108.)

Page 30 : 1. Œdipe devina les énigmes du Sphinx.

— 2. *Usor*. Même cas que le verbe « Quid tibi *hanc* digito *tactio* est? » (parce que *tangere* gouverne l'accusatif.) Plaute, *Pœnulus*, V, 5, 29. D'autres : *usus*.

Page 32 : 1. *Bona verba.* Sous-entendu : *dic.* En grec : εὐφήμει. « *Benedice.* » (Plaut., *Casina*) II, 5, 38.)

— 2. *Verba dare.* Même sens que *decipere,* tromper. Voir le *Phormion,* IV, 5, 1 : « Ego curabo ne quid *verborum duit;* » et Phèdre, III, 3, 15 : « Natura nunquam *verba* cui potuit *dare.* »

— 3. *Servat.* Même sens que *observat.* « *Servata* remetior astra. » (Virg., *Én.* V, 25.) Hellénisme : φυλάττει με.

— 4. *Qua.* Même sens que *tum.* « Insignis *qua* paterna gloria, *qua* sua. » (T. Live.) « *Qua* itineris, *qua* de Bruto. » (Cicéron.)

Page 34 : 1. D'autres lisent *ut* à la fin du vers, et en font dépendre *conveniam* du vers suivant.

Page 36 : 1. *Siet,* archaïsme pour *sit.*

— 2. *Decrerat,* pour *decreverat.*

— 3. *d.* Ajouté par M. Quicherat pour la mesure du vers.

Page 38 : 1. *Monstri... ea.* Syllepse fréquente. Voir Horace, *Odes*, I, 31, 20.

Page 40 : 1. *Divorse.* Même sens que *in divorsa.* D'autres : *diversæ,* qui est bon aussi.

— 2. *Misere.* Ordinairement *misera.*

Page 41 : 1. *Utræque* se rapporte à *forma* et *ætas.* D'autres ajoutent *res,* que M. Quicherat a effacé d'après Donat. *Nunc* supprimé à tort dans d'autres éditions.

— 2. *Quod.* Même sens que *propter quod.* « *Quod* te per cœli jucundum lumen. » (Virg., *Én.* VI, 363.)

— 3. *Genium.* D'autres moins bien : *ingenium.*

Page 46 : 1. *Accersio,* ancienne forme, d'où *accersivi. Accerso*, ordinairement adopté, rompt la mesure du vers.

— 2 : 1. Acte II.

Page 48 : 1. *Ah!* D'autres : *At.*

— 2. *Mage,* ancien pour *magis.*

— 3. *Hic,* pour le pronom de la première personne. En grec : ὅδε, οὗτος, οὑτοσί, se prennent souvent avec cette signification. Voir notre édition des *Sept contre Thèbes,* texte grec, note 7, page 82.

— 4. *Prodat.* Même sens que *proferat, differat.* « An porro *prodenda* dies sit. » (Lucilius.)

Page 50 : 1. *Auxilii, consilii.* Ces mots ont été ainsi disposés pour la mesure. On lit ordinairement *consilii, auxilii.*

Page 52 : 1. *Jam* est ici dissyllabique *iam.*

Page 54 : 1. *Apiscier,* archaïsme pour *apisci. Apiscor* même qu'*adi-*

piscor. Voir Catulle, *Noces de Thétis et de Pélée*, au commencement, et la note de M. Naudet sur le vers 298 du *Trinumus* de Plaute.

Page 58 : 1. *Atque*. Même sens que *atqui*.

Page 60 : 1. *Ipsus* ancien pour *ipse*.

— 2. *Chremem*. On dit aussi *Chremetem* ; comme *Darem* et *Daretem*.

— 3. *Illoc*. Même sens que *illuc*.

— 4. *Ornati* ancien pour *ornatus*. On trouve ainsi : *senati*, *tumulti*.

Page 62 : 1. *Nullus*. Adjectif pour adverbe. « *Nullus* dixeris. » (*Hécyre*, I, 2, 4); « is *nullus* venit. » (Plaute, *Asinaria*, IV, 4, 2); « Sextus armis *nullus* discedit. » (Cicéron, *Lettres à Atticus*, XV, 23.)

Page 64 : 1. *Quid vis? patiar*. D'autres : *quidvis patiar*.

Page 68 : 1. *Sine omni periclo*. Un éditeur retranche *omni* pour la mesure. Le vers y serait, en lisant : *sine periclo omni*.

— 2. *Cautio* pour *cavendum*, *cautione opus est*. V. Plaut., *Bacch.* IV, 2, 15; *Pœn*. I, 3, 36.

Page 70 : 1. *Differat*. Ainsi dans les *Adelphes* : « *Differat* doloribus. »

— 2. *Face*. Archaïsme pour *fac*.

— 3. *Nunquam*. Remarquez *nunquam* avec un temps déterminé. Ainsi Névius dans le *Cheval de Troie* : « *Nunquam* hodie effugies ; » et Virg., *Ecl*. III, 79 ; *Én*. II, 670. Très-fréquent dans Plaute.

Page 72 : 1. *Scirem id. Propterea*. Ordinairement : *scirem. Id propterea*.

Page 74 : 1. *Excidit uxore*. « Dejectam conjuge tanto. » (Virg., *Én*. III, 317.) En grec : ἀπέτυχεν, ἐξέπεσεν.

— 2. Euripide avait dit déjà : ὥσπερ τις αὑτὸν τοῦ πέλας μᾶλλον φιλεῖ (*Médée*).

Page 76 : 1. *Potisne es* pour *potesne*. « Nec potis ionios fluctus æquare sequendo. » (Virg., *Én*. III, 671.)

Page 78 : 1. Il faudrait peut-être lire : *amavit tum; id clam*.

— 2. La leçon ordinaire est : *quidnam est? Puerile est. Quid est?* ce qui est contraire à la mesure.

— 3. La drachme peut s'évaluer à quatre-vingt-seize centimes environ de notre monnaie.

Page 80 : 1. *Re* pour *rei*. V. la note 1, page 6.

— 2. Acte III.

— 3. *Dixti* pour *dixisti*.

Page 82 : 1. La leçon ordinaire est : *bonum ingenium narras adolescentis* : contraire à la mesure.

Page 84 : 1. *Oportent*. Archaïsme. Le verbe est impersonnel.

Page 86 : 1. On pourrait lire : *adcura te*, d'*adcuro*, vieux verbe. « Si quam rem *adcures*. » (Plaute, *Pers.* IV, 1, 1.)

Page 90 : 1. *Falso*. D'autres : *falso?* Les deux leçons sont bonnes.

Page 94 : 1. *Eccum* pour *ecce eum*.

Page 96 : 1. *Itaque* pour *et ita*. Ainsi dans l'*Hécyre* : « *Itaque* nos una inter nos ætatem agere liceat ; » et dans la *Perse* de Plaute, II, 2, 4 : « Ita me Taxilus perfabricavit, *itaque* rem meam divexavit. »

Page 98 : 1. *Se emergere*. On a dit depuis *emergere*, pris intransitivement. Ainsi de plusieurs verbes. « *Sese* diversi *erumpent* radii. » (Virg., *Géorg.* I, 445.)

Page 100 : 1. *Quid istic?* Formule d'assentiment. En français : *Hé bien?*

— 2. *Claudier* pour *claudi*. Le mot opposé est *patere*. On lit dans l'*Eunuque* : « Ubi meam benignitatem sensisti in te *claudier?* »

— 3. *Adeo*, explétif ici, comme dans ce passage des *Géorgiques* : « Tuque *adeo* quem mox quæ sint habitura deorum Concilia incertum. » (I, 24.)

Page 102 : 1. La plupart des éditeurs ajoutent mal à propos *tu illum à audin'*.

Page 104 : 1. D'autres : *apparetur* pris absolument, comme dans l'*Eunuque* : « dum *apparatur*.... » (III, 5.)

Page 108 : 1. *Nulli*, ancien génitif pour *nullius*.

Page 112 : 1. Acte IV.

Page 116 : 1. *Altercare*, ancienne forme, pour *altercari*.

Page 118 : 1. *Hæc* pour *hæ*, archaïsme.

Page 122 : 1. *Ubi ubi*. Même sens que *ubicumque*. De même : *ut ut, qua qua, unde unde*, pour *utcumque, quacumque, undecumque*.

Page 128 : 1. *Ne*. Même sens que *nedum*. Ainsi dans Salluste : « *Ne* illa tauro paria sint. »

Page 132 : 1. *Proprium* est ici synonyme de *stabile*. Ainsi dans (Virg., *Én.* VI, 870) : « *propria* hæc si dona fuissent. »

— 2. *Facile*. Cicéron a dit dans le même sens : « illius civitatis *facile* princeps. »

Page 134 : 1. *Jurandum*. Comme s'il y avait *jurare*.

Page 138 : 1. *Tum*. *Tam* serait peut-être mieux pour le sens.

Page 140 : 1. *Faxis* pour *feceris*.

— 2. Ménandre avait dit : Οὐδὲ ποθ' ἑταίρα τοῦ καλῶς πεφρόντικε.

— 3. *Excessis* pour *excesserit*.

— 4. *Eradicent.* Façon de parler prise des Grecs. « Ego pol vos *eradicabo.* » (Plaut., *Pers.* V, 2, 38.)

Page 142 : 1. Canthara, servante de Glycérie.

Page 144 : 1. Allusion à une loi d'Athènes, citée par Sénèque en ces termes : *Rapta raptoris aut mortem aut indotatas nuptias optet.*

Page 146 : 1. *Jocularium in malum.* Antiphrase.

— 2. *Qui* pour *quis.*

Page 148 : 1. *Adtigas* ancien pour *attingas.*

— 2. *Voluimus,* et non *volumus* qui se lit ordinairement, et qui est contraire à la mesure.

— 3. *Ditias,* vieux mot pour *divitias.* Fréquent chez les comiques.

— 4. *Paupera,* féminin de *pauperus;* vieille forme.

Page 150 : 1. *Tetulissem,* ancienne forme pour *tulissem.* Ce redoublement est fréquent dans Plaute.

Page 152 : 1. *Grandicula.* Mot que l'on trouve dans Plaute. D'autres : *Grandiuscula,* qui rompt la mesure du vers.

— 2. Acte V.

Page 154 : 1. *Tetulit.* Voir la note 1 de la p. 86.

Page 160 : 1. *Ellum* pour *en illum.* Nous avons suivi la leçon commune. Un éditeur propose de mettre *ellum, confidens, catus* dans la bouche de Simon; ce qui alors s'expliquerait ainsi : « Le voilà bien (Dave) ; toujours impudent et rusé! » Ce sens nous plaît fort.

— 2. *Veritas.* On lit ordinairement *severitas,* en faussant le vers.

Page 164 : 1. On pourrait voir dans *quadrupedem* une allusion à ce supplice usité à Athènes, qui consistait à lier un homme de manière à lui faire pendre la tête à terre, comme les animaux.

Page 166 : 1. *Possiet* pour *possit.*

Page 168 : 1. *Hujus.* Simon se montre en disant ce mot. C'est comme s'il y avait *mei,* de moi. V. la note 3 de la p. 48.

Page 170 : 1. *Hanc ducere.* D'autres lisent à tort : *ducere? hanc.* — *Amittere,* même sens que *dimittere.* Ainsi dans les *Captifs* de Plaute : « ad patrem hinc *amisi* Tyndarum. » (581.)

Page 172 : 1. *Insolens,* inaccoutumé. Ce sens d'*insolens* est fréquent. — « Moveor etiam loci *insolentia.* » (Cicéron); « *insolens* vero accipiendi. » (Salluste).

Page 174 : 1. *Fraudem,* même sens que *errorem.* — Ainsi dans ce passage de Virgile : « quis deus in *fraudem,* quæ dura potentia nostri, egit. » (*Énéide,* X, 72.)

— 2. *Ut,* comme s'il y avait *qui.*

Page 176 : 1. Rhamnuse, bourg de l'Attique.

Page 180 : 1. D'autres font de *mirando* le gérondif de *miror*, ce qui n'altère pas le sens de la phrase, mais la rend, je crois, moins latine.

— 2. *Multimodis* pour *multis modis*. Ce mot se rencontre dans Plaute et dans Lucrèce.

Page 184 : 1. Le talent équivaut à 5750 fr. de notre monnaie.

Page 186 : 1. Il y a un jeu de mots sur *recte*, qui est pris dans deux sens, d'abord dans celui de *jure*, puis dans celui de *firmiter*.

Page 188 : 1. *Propriæ*. V. la note 1 de la p. 132.

— 2. *Gaudere gaudium*. Pléonasme fréquent dans les anciens auteurs.

Page 192 : 1. D'autres joignent *nunc* à la phrase précédente; mauvaise construction.

— 2. *Plaudite*. Formule finale des comédies chez les Latins. — « Donec cantor vos *plaudite* dicat. » (Horace, *Art poétique*, 155.)

www.ingramcontent.com/pod-product-compliance
Lightning Source LLC
LaVergne TN
LVHW010602110826
845149LV00003B/741